허삼관
매혈기

허삼관
매혈기

위화 장편소설

최용만 옮김

푸른숲

한국 독자에게

1995년 〈수확〉이라는 잡지에 발표된 《허삼관 매혈기》는 1998년에 한국에서 출간된 이래 33개의 언어로 번역 출간되었다. 《살아간다는 것》과 마찬가지로 한국은 가장 빨리 출간한 나라 중 하나일 것이다.

소설의 역자, 이제는 친구가 된 최용만은 당시 북경대학 중문과 석사 연구생이었고, 푸른숲 출판사의 부탁을 받아 《살아간다는 것》의 계약을 위해 집으로 나를 찾아왔다. 지금까지도 기억하는 것은 당시 최용만의 한 손에는 출판사 측의 사인이 된 계약서가 다른 한 손에는 《허삼관 매혈기》가 실린 〈수확〉을 들고 있던 모습. 그는 한국의 중문학자들은 아직 이 소설을 접하지 못했으니 자신이 번역하고 싶다며 내게 동의를 구해왔다. 나는 당시 이 젊은이를 보며 속으로 이 녀석이 이 소설을 잘 옮길 수 있을까? 하고 생각하며 그에게 글 좀 쓰느냐고 물었다. 그는 좀 쓸 줄 안다고 자신 있게 대답했다. 나는 또 다시 중고등학교 다닐 때 선생님으로부터 작문 칭찬을 들은 적이 있느냐고 물었고, 그는 자신의 글이 선생들 글보다 훨씬 훌륭했다고 허풍을 떨었다. 그러고는 자신이 노래를 했기 때문에《허삼관 매혈기》속의 민요 스타일을 잘 풀어낼 수 있다고 자신했다. 이 말에 마음이 움직여 그의 부탁을 들어주게 되었다. 결국 내 생각이 옳았다는 것이 증명되었다. 최용만의 번역은 훌륭했고, 허풍은 괜한 것이 아니었으며 한국에서 출간된 이래 많은 호평을 받았다.

《인생》과 마찬가지로《허삼관 매혈기》의 네 번째 서문을 쓰자니 마땅히 쓸 말이 없어서 예술, 영화, 티브이와 책에 관해 토론을 하는 또우반豆瓣이라는 인터넷 포털을 들여다 보았다. 출간된 지 28년이 지난 오늘날 독자들의 글 중에서 주목을 끈 글은 바로 오늘 지금 이 서문을 쓰는 시각으로부터 15시간 25분 전, 2023년 8월 9일 0시 11분에 Amy라는 아이디를 쓰는 독자가 올린 평이었다. "소란스러운 시작에서 고요한 결말에 이르는, 사운드가 있는 책. 단순한 이야기지만 읽어갈수록 마음속에 주체할 수 없는 어떤 느낌이 차오른다. 그 시절의 삶이란 참 괜찮았고. 지금의 삶도 참 괜찮다."

Amy의 마지막 문구가 작가로 하여금 만감을 불러일으켰다.《허삼관 매혈기》에서 묘사한 것은 물질적으로 빈궁한 시대였으나 Amy는 그 속에서 삶의 아름다움을 느꼈고, 그 아름다운 느낌은 현대 물질풍요의 시대로까지 이어졌다. 한 편의 소설이 독자로 하여금 과거와 현재 삶의 아름다움을 동시에 느끼게 한다는 것은 작가인 나에게도 깊은 위안을 주었다. 비록 이것이《허삼관 매혈기》가 전하는 많은 신호 중 하나에 불과하다 하더라도 분명 간과할 수 없이 중요한 것이라 생각한다. 삶 속의 아름다움이란 때로 빈곤과 풍요와는 무관한, 빈궁과 부귀만으로는 절대 가늠될 수 없는 것이기 때문이다.

2023년 8월 9일

위화

10년 만의 만남

만약 작가가 자신의 작품에 어떤 권위를 갖는다면, 아마도 그 권위는 작품이 완성되기 전까지만 유효할 것이다. 작품이 완성되면 작가의 권위는 점차 사라진다. 이제 더 이상 그는 작가가 아니라 한 사람의 독자이기 때문이다. 이것이 바로 지난 몇 년간 나의 옛 작품들을 읽으며 내가 느낀 감회다. 시간이 흐를수록, 이미 완성한 내 작품을 읽을 때 내 안에서는 종종 낯설다는 느낌이 솟아오른다.

모든 독자는 자신의 일상적인 경험과 상상력에 기초해 문학작품을 읽는다. 만약 이 작품이 누군가의 마음을 움직였다면, 분명 그의 마음속 깊은 곳에 숨어 있던 어떤 생각과 감정을 일깨웠기 때문일 것이다. 또한 이 작품에 대한 그의 이해와 감상은 다른 독자는 물론, 작가의 그것과도 전혀 다를 것이다.

나는, 작가로서, 동일한 내 작품이라도 읽을 때마다 다른 느낌을 받는다. 삶이 변했고, 감정도 변했기 때문이다. 그래서 나는 작가가 자기 작품의 서문에 쓰는 내용은 사실 한 사람의 독자로서 느낀 바라고 말하고 싶다.

모든 독자는 문학작품에서 자기가 일상에서 느껴온 것들을 찾고 싶어 한다. 작가나 다른 누군가가 아니라 바로 자기가 느껴온 것 말이다. 문학의 신비로운 힘은 여기서 나온다. 모든 작품은 누군가가 읽기 전까지는 단지 하나의 작품일 뿐이지만, 천 명이 읽으면 천 개의 작품이 된다. 만 명이 읽으면 만 개의 작품이 되고, 백만 명 혹은 그 이상이 읽는다면 백만 개 혹은 그 이상의 작품이 된다.

내 작품들이 한국에 소개된 지 10주년이 되는 올해, 푸른숲에서 장편소설 《인생》, 《허삼관 매혈기》, 《가랑비 속의 외침》과 중편소설집 《세상사는 연기와 같다》, 단편소설집 《내게는 이름이 없다》의 개정판을 출간하기로 했다고 한다. 이를 위해 올 4월 푸른숲의 김혜경 사장님이 특별히 항저우를 방문해 나와 개정판에 대한 이야기를 나누었다.

김혜경 사장님은 내가 개정판을 위한 서문을 써줬으면 하셨다. 이 다섯 권이 한국에 처음 소개될 때, 나는 이미 다섯 권 각각에 서문을 썼다. 한국 독자에게 하고 싶은 말은 그때 이미 다 했다고 생각한다. 지금은 감사의 말을 전해야 할 때다.

지난 10년간 나를 존중하고 지지해준 김혜경 사장님과 푸른숲에 감사의 말씀을 전한다. 그분들의 노력과 열정 덕분에 내 옛 작품들이 한국에서 매년 쇄를 거듭할 수 있었다. 또한 이미 푸른숲을 떠났지만, 내 작품들이 출간될 때 정성과 심혈을 기울여준 김학원 선생과 지평님 선생께도 감사드린다. 그리고 네 분의 번역자 선생님들, 즉 백원담 교수, 최용만 선생, 박자영 선생, 이보경 선생께도 감사의 말씀 올린다. 그분들의 훌륭한 번역 덕분에 내 작품이 한국에 뿌리내리고 꽃을 피울 수 있었다. 내 작품이 출간되기 전에 남모를 도움을 주었던, 나와 같은 일을 하는 한국 친구 공지영 선생께도 감사드린다. 또 내가 존경하는 한국의 선배 작가 이문구 선생이 대단히 적극적으로 내 작품을 추천해준 일도 빼놓을 수 없다. 그 밖에 김정환, 김민기, 전인권, 최원식, 안동규 선생 등등 내가 아는, 혹은 아직 알지 못하는 모든 한국 친구들에게 이 말을 꼭 전하고 싶다. 내 감사의 마음은 유유히 흐르는 한강처럼 그렇게 언제까지나 변함없을 거라고.

2007년 5월 5일

위화

평등에 관한 이야기

《허삼관 매혈기》는 '평등'에 관한 이야기다. 다소 이상하게 들릴지도 모르지만 어쨌거나 나는 그렇게 생각한다. 12세기 아프리카 북부에서 씌어진 시 가운데 다음과 같은 구절이 있다.

가능할까?

나

야곱 알만스의 일개 백성도

장미와 같이

아리스토텔레스와 같이

죽어갈 수 있을까?

나는 이 역시 평등에 관한 시라고 생각한다. 보통 사람인 우리는 그가 사회에서 요구하는 규범과 도리에 충실한 보통 사람인 동시에 장미의 아름다움, 아리스토텔레스의 박학다식함과 인격을 흠모하는 성실한 사람이라는 걸 알 수 있다. 그는 장미와 아리스토텔레스도 죽음의 순간에는 자신과 완전히 똑같았기를 바란다. 하이네는 '죽음은 상쾌한 저녁'이라며 죽음을 찬미했다. 그에게 '삶이란 고통의 한낮'이었기 때문이다. 하이네 역시 죽음만이 유일한 평등임을 알았던 것이다.

평등에 대한 또 다른 추구가 있다. 아리스토텔레스라는 외국인이 있다는 사실조차 모르고, 장미도 모르고(단지 꽃이라는 사실만 알 뿐), 아는 것도 별로 없고, 아는 사람도 많지 않으며, 자기가 사는 작은 성 밖을 벗어나지 않아야 길을 잃지 않는 사람이 있다. 당연히 다른 이들처럼 그에게도 가정이 있고, 처와 아들이 있다. 역시나 그는 다른 이들과 마찬가지로 남들 앞에서는 다소 비굴해 보이지만, 자식과 마누라 앞에서는 자신만만해 집에서 늘 잔소리가 많은 사람이다.

그는 머리가 단순해서, 잠잘 때야 꿈을 꾸겠지만 몽상 따위에 젖어 살지는 않는다. 깨어 있을 때는 그도 평등을 추구한다. 그러나 야곱 알만스의 백성과 달리 절대로 죽음을 통해 평등을 추구하지는 않는다. 그는 사람이 죽으면 아무것도 남지 않는다는 것을 알고 있다. 그는 그의 삶이 그렇듯 현실적인 사람이다. 그러므로 그가 추구하는 평등이란 그의 이웃들, 그가 알고 있는 사람들의 그것과 다를 바가 없다. 그는 아주 재수 없는 일을 당했을 때 다른 사람들도 같은 일을 당했다면 괜찮다고 생각한다. 또 생활의 편리함이나 불편 따위에는 개의치 않지만 남들과 다른 것에 대해서는 인내력을 잃고 만다.

그의 이름이 '허삼관'일지도 모른다. 안타깝게도 허삼관은 일생 동안 평등을 추구했지만, 그가 발견한 것은 결국 그의 몸에서 자라는 눈썹과 좆 털 사이의 불평등이었다. 그래서 그는 불만 가득한 목소리로 이렇게 푸념을 늘어놓았던 것이다.

"좆 털이 눈썹보다 나기는 늦게 나도 자라기는 길게 자란단 말씀이야."

1997년 8월 26일

위화

기억의 문을 두드리는 작업

이 소설은 작가가 오래도록 버리지 못하고 간직해온 미련에 관한 이야기다. 한 줄기 길과 한 줄기 강물, 비 온 뒤의 무지개, 면면히 이어져온 한때의 추억, 시작만 있고 끝은 없는 무한히 이어지는 한 자락의 민요, 그리고 한 인간의 생애……. 이 모든 것이 타래에서 풀려 나오는 새끼줄처럼 그 길의 끝자락까지 하나의 이야기로 이어졌다.

이런 공간에서 작가가 할 수 있는 일이란 때로 아무것도 없는 법이다. 붓을 놀리는 그 순간, 작가는 허구의 인물들 역시 자신의 고유한 목소리를 가진 존재라는 사실을 발견하고, 그 목소리들이 스스로 바람 속의 해답을 찾도록 존중해줘야 한다는 사실을 알기 때문이다. 작가는 자신이 서술하는 세계에 함부로 침입할 수 없다. 오히려 그 세계에서 들려오는 목소리에 귀 기울이는 존재라고 하는 편이 더 적절할 것이다. 인내심 있고, 세심하고, 남의 일을 자기 일처럼 헤아릴 줄 알며, 늘 경청자의 태도를 잃지 않으려고 애쓰는 그런 존재 말이다. 작가는 이처럼 애써야 한다. 글을 쓸 때는 작가라는 신분을 없애고 자신을 한 사람의 독자라고 생각해야 한다. 실제로 이 소설의 작가인 나 또한 작품을 완성한 뒤, 내가 이 소설에 관해 결코 남보다 많이 알고 있지 않다는 사실을 발견했다.

이 이야기 속의 인물들은 수시로 입을 열어 나에게 말을 건네온다. 때로는 이들이 나를 깜짝 놀라게 하기도 한다. 허구의 세계에 사는 이 인물들의 입에서 절묘한 언어가 튀어나올 때 나는 돌연 자괴감에 빠져 이런 생각을 한다.

'아니, 나라면 절대로 이런 말을 할 수 없어.'

하지만 그야말로 진정한 독자로서 다른 사람의 작품을 읽을 때는 득의양양한 미소를 짓곤 한다.

'그래, 언젠가 나도 이런 말을 했었지.'

문학이 주는 즐거움이란 아마도 이런 게 아닐까? 우리에게는 문학의 자극이 필요하다. 또 우리는 문학을 통해 삶에 대한 태도와 생각을 수정해간다. 흥미롭게도 수많은 위대한 작품이 작가에게 영향을 미치듯, 작가는 자기가 쓴 소설에 등장하는 허구의 인물들 역시 자신에게 꼭 같은 방식으로 영향을 미치고 있다는 걸 깨닫게 된다.

이 책은 사실 한 자락의 긴 민요라 할 수 있다. 그 장단은 회상의 속도를 따르고, 선율은 부드럽게 도약하며, 숨표는 운율 뒤로 모습을 감춘다. 나는 이 작품에서 단지 두 사람의 역사를 꾸며냈을 뿐이지만, 이를 통해 더 많은 사람의 기억을 불러내고 싶었다.

고대 로마의 시인 마티에르는 이렇게 말했다.

"지나간 삶을 추억하는 것은 그 삶을 다시 한번 사는 것과 다르지
않다."

글쓰기와 독서는 기억의 문을 두드리는 일 혹은 이미 지나가버린
삶을 다시 한번 살아보려는 뜨거운 욕망과도 같은 것이다.

1998년 7월 10일

위화

일러두기

1. 이 책의 외래어 표기는 국립국어원의 외래어 표기법 및 표기 용례를 따랐다. 단, 허삼관과 그의 아들 일락, 이락, 삼락 등의 인명은 우리식 한자 표기가 독자에게 환기하는 이미지와 그간의 인지도를 고려해 이런 원칙에서 예외로 허용했다.

2. 괄호 안의 보충 설명은 모두 옮긴이가 덧붙인 것이다.

1

허삼관은 성안의 날실 공장에서 누에고치 대주는 일을 하는 노동자다. 그가 오늘 마을에 할아버지를 보러 왔는데, 할아버지는 나이가 들어 눈이 침침해진 터라 허삼관이 바로 문 앞에 서 있는데도 얼굴조차 알아보지 못했다. 할아버지는 그의 코앞에 얼굴을 바짝 대고 물었다.

"아들아, 네 얼굴이 어디 있는 거냐?"

"할아버지, 저는 아버지가 아니고 할아버지 손자예요. 제 얼굴은 여기······."

허삼관은 할아버지의 손을 가져와 자신의 얼굴을 만져보게 했다. 할아버지의 손은 마치 공장의 사포 같았다.

"네 아비는 왜 날 보러 오지 않는 게냐?"

"아버지는 이미 죽었잖아요."

할아버지는 고개를 끄덕이다 입에서 침이 흘러나오자 입을 비뚜

름하게 움직여 침을 약간 삼킨 후 말을 이었다.

"아들아, 네 뼈대는 좀 쓸 만하냐?"

"튼튼하죠. 그런데 할아버지, 저는 아버지가 아니고……."

할아버지는 허삼관의 말을 가로막고 계속해서 물었다.

"아들아, 너도 피 팔러 자주 가느냐?"

허삼관은 고개를 가로저으며 대답했다.

"아뇨. 전 피를 판 적이 없는데요."

"피도 안 팔아봤으면서 무슨 뼈대가 튼튼하다는 소릴 하느냐? 나를 속이려 드는구나."

"할아버지, 무슨 말씀을 하시는 거예요? 전 무슨 말씀이신지 통 알아들을 수가 없는데요. 혹시 노망드신 거 아녜요?"

그 말에 할아버지는 고개를 가로저었다. 잠시 후 허삼관이 다시 말을 이었다.

"할아버지, 전 아버지가 아니라 할아버지 손자예요."

할아버지는 허삼관의 말엔 대꾸도 없이 계속 딴소리만 늘어놓았다.

"아들아, 네 아비가 내 말을 듣지 않고 성안의 그 누구냐, 그 무슨 '화'인가 하는 계집한테 푹 빠져 가지고는……."

"금화요. 그게 우리 엄마잖아요."

"네 아비가 와서는 한다는 소리가, 나이가 찼으니 성안으로 가서 그 무슨 '화'인가 하는 계집하고 결혼하겠다고 하지 않더냐. 나는 네두 형도 아직 결혼하지 않았다고 했지. 큰형도 아직 여자를 안 데려왔는데 동생이 먼저 여자를 데려온다니, 우리 마을에는 이런 법도가 없다고…….”

허삼관은 삼촌 집 지붕에 올라앉아 사방을 둘러보았다. 하늘 저 멀리에서 붉은 기운이 조금씩 진흙땅 위로 솟아오르더니, 멀리 있는 밭까지 밝게 비추어 농작물을 토마토와 같은 진홍빛으로 물들여갔다. 또한 들을 가로질러 흐르는 강과 쭉 뻗은 좁은 길, 나무, 초가집과 연못, 지붕 위로 구불구불 피어오르는 연기까지 모든 것을 붉게 물들이고 있었다.

허삼관의 넷째 삼촌이 그 아래서 외밭에 똥거름을 뿌리고 있는데 여자 둘이 걸어왔다. 한 사람은 나이가 많았고, 다른 사람은 젊었다. 삼촌이 먼저 말을 걸었다.

“계화가 자랄수록 엄마를 닮는구나.”

그 말에 젊은 여자는 히죽댔고, 나이 많은 여자는 지붕에 앉아 있는 허삼관을 보며 삼촌에게 물었다.

“지붕에 있는 저이는 누구요?”

“우리 셋째 형님의 아들이오.”

세 사람이 모두 고개를 들어 허삼관을 바라보았다. 허삼관이 실실 웃으며 계화라는 젊은 여자를 쳐다보자 그녀는 고개를 숙였다.

나이 많은 여자가 중얼거렸다.

“자기 아버지를 쏘옥 뺐구먼.”

그러자 삼촌이 웃으며 말했다.

“계화가 다음 달에 시집을 가죠?”

나이 많은 여자가 고개를 가로저으며 대답했다.

"아뇨. 우리가 파혼 났어요."

"파혼했다고요?"

삼촌은 손에 든 삽을 내려놓았다. 나이 든 여자가 목소리를 낮춰 말했다.

"그 사내가 몸이 망가져서 밥을 요렇게 작은 그릇으로 한 공기밖에 못 먹더라구. 우리 계화도 두 그릇이나 먹는데……."

삼촌 역시 목소리를 낮춰 물었다.

"몸이 어쩌다 망가졌는데요?"

"어쩌다 망가졌는지는 잘 모르지만, 내 처음에 그 사람이 성안에 가서 피를 안 판 지 1년이 넘었다는 얘기를 전해 듣고는 가슴이 두근반세근반 하더라구. 혹시 그 사람 몸이 성치 않은가 해서 말이야. 그래서 그 사람을 집으로 불러 식사 대접을 했지. 밥을 얼마나 먹나 보려구. 만약 큰 사발로 두 그릇을 먹는다면 그런대로 안심이고, 세 그릇을 먹어치우면 계화는 그날로 그 집 사람이 되는 거였다구. 그런데 그치가 한 그릇을 다 비웠기에 내가 밥을 더 퍼주려고 하니까 배가 불러서 더는 못 먹겠다는 거야. 아니 건장한 대장부가 밥을 한 그릇밖에 못 먹는다면 그게 몸이 망가진 게 아니고 뭐겠냐구."

삼촌은 이야기를 다 들은 후 고개를 끄덕이며 나이 많은 여자에게 말했다.

"참 세심도 하구려."

"어미 마음이 다 그렇지……."

잠시 후 두 여자가 고개를 들어 지붕 위의 허삼관을 보았다. 허삼관은 여전히 헤헤거리며 젊은 여자를 보고 있었는데, 나이 많은 여자가 재차 한마디 했다.

"자기 아버지를 꼭 빼다 박았네."

그러고 나서 두 여자가 총총히 지나가는데, 둘 다 엉덩이가 정말 컸다. 위에서 내려다보는 허삼관이 그들의 엉덩이와 넓적다리를 구분할 수 없을 정도였다. 그들이 지나간 후에도 그는 여전히 똥거름을 뿌리고 있는 넷째 삼촌을 바라보았다. 점차 하늘이 어두워지더니 삼촌의 몸도 따라서 어두워졌다.

"삼촌, 얼마나 더 뿌려야 해요?"

"곧 끝난다."

"삼촌, 한 가지 잘 모르는 게 있어서 좀 여쭤볼게요."

"말하려무나."

"피를 안 팔아본 사람은 모두 몸이 부실한가요?"

"그렇지. 너 방금 계화 엄마가 한 얘기 들었지? 이 마을에서는 피를 안 팔아본 남자는 여자를 얻을 수 없지."

"그런 법이 어디 있어요?"

"무슨 법인지는 나도 잘 모르겠다만, 몸이 튼튼한 사람은 다 가서 피를 판단다. 한 번 피를 팔면 35원을 받는데, 반년 동안 쉬지 않고 땅을 파도 그렇게 많이는 못 벌지. 사람 몸속의 피는 우물의 물처럼 퍼내지 않으면 많아지지 않거든. 네가 매일 퍼내도 우물물은 아직도 그렇게 많이……."

"삼촌, 삼촌 말대로라면 피가 바로 돈줄이네요?"

"하지만 먼저 네 몸이 실한지 부실한지를 봐야지. 만약 몸뚱이가 부실하면, 피 팔러 갔다가 목숨까지 팔게 되는 수도 있으니까 말이야. 네가 병원에 피를 팔러 가면 우선 검사부터 하는데, 먼저 피를 조금 뽑아 몸이 실한지를 보고 나서 피를 팔든가……."

"삼촌, 저도 피를 팔 수 있을까요?"

삼촌이 고개를 들어 지붕 위의 조카를 바라보니 허삼관은 상반신을 드러낸 채 히죽대고 있었다. 그의 몸에는 그런 대로 살집이 붙어 있었다.

"네 몸 정도면 팔 수 있겠는데."

허삼관은 지붕 위에서 한바탕 웃더니, 뭔가 생각나는 게 있는지 고개를 숙여 삼촌에게 물었다.

"삼촌, 궁금한 게 또 하나 있어요."

"뭐냐?"

"병원에 가서 검사할 때 먼저 피를 뽑는다고 하셨죠?"

"그랬지."

"그 피 값은 받나요?"

"아니. 그 피는 그냥 병원에 주는 거야."

그들은 길을 걷고 있었다. 일행은 셋이었고, 나이가 많은 사람이 서른두어 살, 어린 쪽은 겨우 열아홉 살이었다. 허삼관은 그 중간쯤이었는데, 그래서인지 걸을 때도 가운데서 걸었다. 허삼관이 양쪽에서 걷는 사람들에게 물었다.

"당신들, 수박을 짊어지고 자루에 사발을 넣고 다니는 걸 보니, 피를 판 다음 거리로 수박을 팔러 나갈 건가 보죠? 하나, 둘, 셋, 넷…… 전부 합쳐봐야 겨우 여섯 통인데, 수박을 팔려면 한 번에 1, 200근 정도는 지고 나서야 하는 거 아니냐구요. 그 사발은 또 뭐 하는 데 쓰는 거죠? 수박 팔 때 돈 통으로 쓰려는 건가요? 왜 먹을거리는 안 가져가죠? 점심땐 뭘 먹으려고……."

"우리는 피를 팔 때만큼은 먹을거리를 갖고 다니지 않아요."

열아홉 살 먹은 근룡이가 말했다.

"피를 판 다음엔 식당에 가서 돼지간볶음에 황주 두 냥(옛날에 무게를 잴 때 쓰던 단위로 약 37그램에 해당한다)을 마신다구요."

서른 몇쯤으로 보이는 방씨라는 사람이 말을 덧붙였다.

"돼지간은 보혈을, 황주는 혈액순환을 돕는 거라고……."

허삼관이 물었다.

"당신들, 한 번에 400호승(毫升, 밀리리터) 정도를 팔 수 있다고 했는데, 400호승이면 도대체 어느 정도나 되는 거요?"

그러자 방씨가 자루에서 사발을 꺼냈다.

"이런 사발 봤수?"

"봤죠."

"한 번에 두 그릇 팔 수 있수다."

"두 그릇이나?"

허삼관은 숨을 들이켠 후 다시 물었다.

"밥 한 그릇을 먹어야 겨우 피 몇 방울이 만들어진다던데, 이걸로 두 사발이면 도대체 밥을 얼마나 먹어야 한단 말이우?"

방씨와 근룡이가 허허 웃었다. 방씨가 다시 말을 이었다.

"밥만 먹어봐야 소용없어. 황주하고 돼지간볶음을 먹어야지."

근룡이가 말했다.

"저기요, 방금 우리가 수박을 너무 적게 가져간다고 했죠? 내 말씀 드리지. 이 수박들은 팔 게 아니라, 누구한테 줄 거예요."

방씨가 말을 받았다.

"이 혈두한테 줘야 한다구."

"이 혈두가 누군데요?"

허삼관이 물었다.

그들은 강물을 가로지르는 나무다리에 다다랐다. 강줄기는 곧게 흐르다 점차 넓어지기도 하고, 또다시 좁아지기도 했다. 강둑을 따라 자라난 파릇파릇한 풀이 논까지 이어져 있었다. 방씨가 걸음을 멈추고 근룡에게 말을 건넸다.

"근룡아, 이제 물 마셔야지."

근룡이는 수박을 내려놓고는 후유 하고 한숨을 내쉬었다.

"네, 마시자구요."

두 사람은 자루에서 사발을 꺼내 들고 강둑 아래로 내려갔다. 허삼관은 다리 난간에 기대어 그들을 바라보았다. 두 사람은 사발로 강물을 이리저리 휘저어 물에 떠 있는 잡초 따위를 골라낸 후 벌컥벌컥 퍼마시기 시작했다. 둘 다 쉬지 않고 네댓 사발이나 마셨다. 다리 위에서 그 모습을 지켜보던 허삼관이 물었다.

"새벽에 짠 음식을 많이 드셨나 보죠?"

방씨가 아래쪽에서 대답했다.

"우린 아침부터 아무것도 안 먹고 그저 물만 몇 사발 마셨을 뿐이오. 지금 또 몇 사발 마시고, 성안에 들어가서 또 몇 사발 들이켜고 ……. 계속 마셔서 배가 아플 때까지, 이뿌리가 시큰시큰할 때까지 ……. 물을 많이 마시면 몸속 피의 양도 늘어나기 때문이지. 물이 핏속으로 들어가서……."

"물이 핏속으로 들어가면, 피가 묽어지지 않을까요?"

"묽어지기야 하겠지. 하지만 그래야 피가 많아지지 않겠나."

"이제야 왜 당신들이 자루에 사발을 하나씩 넣고 다니는지 알겠네요."

허삼관은 이렇게 말하면서 강둑 아래로 내려갔다.

"사발 좀 빌려줘요. 나도 좀 마시게."

"내 걸 쓰세요."

근룡이가 사발을 건네며 말했다. 허삼관이 근룡이의 사발을 받아 강물 쪽으로 몸을 숙이자 방씨가 그를 보며 말했다.

"수면에 있는 물은 더러워. 바닥 물도 더럽고. 그러니 중간쯤에 있는 물을 떠 마시라고."

그들은 물을 다 마신 뒤 계속해서 길을 걸었다. 방씨와 근룡이는 수박을 담은 멜대를 함께 지고, 허삼관은 그 멜대에서 나는 삐익삐익 소리를 들으며 걸었다.

"힘들 텐데 나랑 교대합시다."

"방씨 아저씨하고 교대하세요."

방씨가 말했다.

"이까짓 수박 여섯 통 지는 건 힘든 일도 아니지. 성에 들어가서 수박을 팔 때는 매번 200근 정도를 진다우."

허삼관이 물었다.

"당신들이 아까 말한 이 혈두라는 사람, 그 사람이 누구요?"

"이 혈두라……."

근룡이가 말했다.

"그자는 병원에서 피 파는 걸 관리하는 대머린데요, 좀 있으면 보게 될 거예요."

방씨가 말을 이었다.

"그자는 촌장 같은 사람이지. 촌장이 우리를 관리하는 것처럼, 이 혈두는 바로 우리의 피를 관리한다오. 누구는 피를 팔게 하고 누구는 못 팔게 하고, 전부 그 사람이 말하는 대로 된다구."

허삼관이 이 말을 듣고 나서 말했다.

"그래서 혈두(血頭)라고 부르는 거군요."

"간혹 피를 팔겠다는 사람은 많고 피가 필요한 사람은 적을 때가 있지 않겠어? 그때는 바로 평소에 누가 이 혈두와 교분이 두터운가가 중요하지. 그자와 교분이 두터운 사람의 피가 팔리게 된다 이 말씀이야……. 여기서 말하는 교분이란 무엇이냐? 이 혈두의 말을 빌리자면, '피를 팔지 않을 때도 자기를 생각하고, 평소에도 늘 자기를 잊지 않는 것'이라고 하더군. 평소에 그를 생각한다는 게 뭐냐 하면 말이야."

방씨는 지고 있던 수박을 가리키며 푸념했다.

"이게 바로 평소에 그 양반을 생각하고 있었다는 징표인 게지."

"하지만 진심으로 평소에 그를 생각하는 사람도 있죠."

근룡이가 말했다.

"그 뭐라더라, 무슨 '영'이라는 여자, 그 여자는 평소에도 이 혈두를 생각하잖아요."

두 사람은 그 말이 나오자 피식피식 웃기 시작했다. 잠시 후 방씨는 허삼관에게 이런 설명을 덧붙였다.

"그 여자와 이 혈두 사이의 교분이란 이불 속 교분을 말하는 건데, 그 여자가 피를 팔러 갔을 땐 먼저 온 누구라도 한쪽에 서서 기다려야 해. 만약 그렇게 하지 않고 그 여자에게 욕이라도 퍼부었다가는 그자의 피가 신선의 피라도 이 혈두는 쳐다보지도 않을 거야."

어느덧 세 사람은 성안에 이르렀다. 성안에 들어와서는 이곳 사람인 허삼관이 두 사람을 이끌었다. 그들은 마실 물을 찾고 있었다. 허삼관이 말했다.

"성안에서는 강물을 마시면 안 돼요. 이 성의 강물은 더러우니까, 내 우물 있는 곳을 알려줄 테니 가서 그 물을 마십시다."

두 사람은 허삼관을 따라나섰다. 허삼관이 그들을 데리고 구불구불한 골목길을 걸으며 말했다.

"나 지금 오줌 마려 죽겠는데, 어디 가서 오줌이나 한 방 먼저 갈기고 가는 게 어때요?"

근룡이가 말했다.

"안 돼요. 만약 지금 오줌을 누면 물 몇 사발 마신 게 다 허사가 된 다구요. 몸의 피도 줄어들고 말예요."

방씨도 나서서 허삼관을 말렸다.

"우리가 당신보다 물을 마셔도 한참을 더 마셨으니, 아직 견딜 만 할 거요."

그러고 나서 방씨는 근룡이에게 이렇게 말했다.

"이 사람 오줌보가 작아서 그래."

허삼관은 배가 아파서 미간을 찌푸렸고, 걸음도 점점 느려졌다.

"목숨에는 지장이 없겠지요?"

"무슨 목숨?"

"내 목숨 말이오. 내 배가 터지면 어쩌냔 말이오?"

"자네 지금 이뿌리가 시큰거리나?"

방씨가 물었다.

"이뿌리요? 아직 시리지는 않은데요."

"그럼 됐네. 이뿌리가 시리지 않은 걸 보니 자네 오줌보가 아직은 괜찮은 거야."

허삼관은 그들을 병원 근처의 우물로 데려갔다. 우물가에는 큰 나 무 한 그루가 서 있었고, 우물 주변에는 이끼가 가득 끼어 있었다. 또 우물 옆에는 두레박이 하나 놓여 있었고, 두레박을 묶는 삼으로 된 밧줄이 한쪽에 얌전하게 말려 있었다.

방씨가 두레박을 밧줄에 묶어 우물 속으로 떨어뜨렸다. 두레박이 수면에 부딪히자 철썩 하고 뺨을 때리는 듯한 소리가 났다. 방씨와 근룡이는 두레박을 건져 올려 각기 두 사발씩 물을 마시고 사발을 허삼관에게 건네주었다. 허삼관이 그것을 받아 한 사발을 마시고 나니 방씨와 근룡이가 한 사발 더 마시라고 권했다. 그래서 허삼관은 다시 한 사발을 떠서 두 모금을 마셨다. 그러나 곧 인상을 찌푸리며 나머지 물은 두레박에 도로 부었다.

"나는 오줌보가 작단 말이오. 죽어도 못 마시겠다구."

세 사람이 병원에 이르렀을 때 그들의 얼굴은 오줌을 참느라 빨갛게 달아올라 있었고, 걸음걸이는 마치 만삭의 임산부처럼 조심스러웠다. 게다가 방씨와 근룡이는 여전히 수박을 메고 있어서 걸음이 더 느렸다.

그들은 수박이 담긴 광주리가 흔들리지 않게 짐 끈을 쥔 손에 힘을 주었다. 그러나 병원 복도가 너무 좁고 수시로 사람들이 지나다니는 통에 광주리는 걸음을 옮길 때마다 흔들렸다. 광주리가 흔들릴 때마다 방씨와 근룡이의 뱃속에 꽉 찬 물도 따라서 요동을 쳐, 두 사람의 얼굴이 고통으로 일그러졌다. 그때마다 꼼짝 않고 서서 움직일 엄두도 못 내다가, 요동이 잠잠해지면 그제야 다시 천천히 앞으로 걸어갔다.

이 혈두는 수혈실 앞에서 두 다리를 탁자에 올린 채 앉아 있었는데 바짓가랑이는 다 닳아 벌어져 있었고, 바지 앞단추도 다 떨어져 알록달록한 속옷이 들여다보일 정도였다. 허삼관이 들어섰을 때 수혈실에는 이 혈두 한 사람뿐이었다. 허삼관은 그를 보고 생각했다.

'이자가 이 혈두인가? 이자는 걸핏하면 우리 공장에 와서 번데기를 사 먹던 그 대머리 이씨가 아닌가.'

이 혈두는 방씨와 근룡이가 수박을 지고 들어오는 걸 보더니 발을 내려놓으며 너털웃음을 터뜨렸다.

"자네들이로구먼. 어서들 오라구."

그런 다음 허삼관을 보고는 방씨와 근룡이에게 말을 건넸다.

"이 사람은 어디서 본 것 같은데."

방씨가 말했다.

"성안 사람이니 낯이 익을 만도 하죠."

"그러면 그렇지."

허삼관이 끼어들었다.

"번데기를 사러 우리 공장에 자주 오시잖아요."

"그럼 자네는 날실 공장에서 일하는⋯⋯."

"맞습니다."

"이런 제기랄. 어쩐지 본 적이 있는 것 같더라니. 자네도 피 팔러 왔는가?"

이번엔 방씨가 끼어들었다.

"어르신께 드리려고 수박을 좀 가져왔습죠. 오늘 아침에 막 딴 것으로 말입니다요."

이 혈두는 엉덩이를 일으켜 수박을 보더니 다시 한번 너털웃음을 터뜨렸다.

"하나 하나 그런대로 큼지막하구먼. 저기 벽 쪽에 갖다 놓게나."

방씨와 근룡이는 광주리에서 수박을 꺼내 이 혈두가 시키는 대로 벽 쪽에 옮기려 했으나, 허리를 몇 번 굽히더니 얼굴과 귓불이 새빨 개지면서 숨을 헐떡거렸다. 그 모습을 본 이 혈두는 웃음기가 싹 가신 얼굴로 물었다.

"자네들 물을 얼마나 마셨나?"

방씨가 말했다.

"딱 세 사발 마셨습니다요."

근룡이가 옆에서 거든답시고 끼어들었다.

"저 양반은 세 사발 마시고, 저는 네 사발 마셨습니다."

"웃기고들 있네."

이 혈두가 눈을 치켜뜨며 말했다.

"내가 자네 같은 사람들 방광이 얼마만 한지도 모르는 줄 아나? 제 기랄, 자네들 방광이 뽈록 튀어나온 게 애 밴 여자보다도 더하다고. 아마 최소한 열 사발은 마셨을걸."

방씨와 근룡이가 헤헤거리며 웃자 이 혈두가 두 손을 휘저으며 입을 열었다.

"됐네. 자네들 그래도 양심은 좀 있구먼. 평상시에 나를 생각한 걸 봐서 이번에는 피를 팔게 해주지만, 다음부턴 절대 이러면 안 되네."

이렇게 말하며 이 혈두는 허삼관을 바라보았다.

"자네, 이리 좀 와보게."

허삼관이 이 혈두의 앞으로 다가왔다.

"고개 좀 낮춰봐."

허삼관이 머리를 낮추자 이 혈두는 손을 뻗어 그의 눈꺼풀을 까보고, 혓바닥을 보는 등 간단한 검사를 시작했다.

"자네 눈을 좀 보자구. 황달이나 간염이 있는지…… 없군. 자 혓바닥을 내밀어봐. 위장 상태 좀 보게……. 아주 좋아. 됐어. 자네는 피를 팔아도 되겠어. 잘 들으라구. 규정대로라면 먼저 피를 한 통 뽑아야 해. 그걸로 자네가 병이 있는지 없는지 검사해야 하지만, 내 오늘 방씨와 근룡이의 얼굴을 봐서 검사용 피는 안 뽑겠네. 다시 말해서 오늘 우리는 서로 안면을 튼 거야. 처음 만난 기념으로 주는 선물로 생각하라구……."

그들은 피를 팔자마자 곧장 비틀거리며 병원 변소로 걸어갔다. 세 사람 모두 얼굴이 심하게 일그러져 있었다. 감히 누구도 말을 꺼내지 못하고 고개를 숙인 채 땅만 보고 걸었다. 조금만 힘을 줘도 배가 터져버릴 것 같았기 때문이다.

소변통 앞에 일렬로 서서 오줌을 누고 있자니 이뿌리에 강한 신맛이 파고들었다. 그 때문에 이끼리 심하게 부딪혔는데, 그 소리가 오줌 줄기가 통에 부딪히는 소리만큼이나 날카로웠다.

그들은 병원을 나와 승리반점이라는 간판이 붙은 식당에 갔다. 식당은 돌다리 어귀에 있었는데, 다리보다 높이가 낮은 식당 지붕에는 잡초가 무성하게 자라고 있었다. 처마 앞쪽까지 뻗어나온 모습이 마치 얼굴에 난 눈썹과도 같았다. 언뜻 보니 식당에는 문이 따로 없었다. 하나로 이어진 문과 창문 중간을 막대기 두 개로 갈라놨을 뿐이었다. 허삼관 일행은 분명 창문인 듯한 곳을 통해 안으로 들어가 창가 옆의 탁자에 앉았다. 창밖으로 성을 가로질러 흐르는 작은 강과 그 위를 떠다니는 풀잎들이 보였다.

방씨가 먼저 식당 점원에게 소리쳤다.

"여기 돼지간볶음 한 접시하고 황주 두 냥 가져오라구. 황주는 따뜻하게 데워서 말이야."

근룡이도 소리쳤다.

"여기 돼지간볶음 한 접시하고 황주 두 냥 가져오라구. 황주는 따뜻하게 데워서 말이야."

그들이 주문하는 걸 가만히 보고 있던 허삼관은 소리칠 때 손으로 탁자를 치는 모습이 신기해, 자기도 따라서 탁자를 치며 주문했다.

"돼지간볶음 한 접시하고 황주 두 냥. 황주는…… 데워서……."

잠시 후 돼지간볶음 세 접시와 황주 세 잔이 나왔다. 허삼관이 돼지간을 집으려고 젓가락을 들다 보니, 방씨와 근룡이는 술잔을 먼저 들어 입술에 살짝 대고 눈을 가늘게 뜬 채 한 모금씩 마셨다. 두 사람의 입에서 동시에 "카" 소리가 터져나왔고, 찌푸렸던 얼굴이 기지개를 켜듯 팽팽해졌다.

"이번에는 깔끔하게 됐구먼."

방씨가 한숨 돌리며 말했다.

허삼관도 들었던 젓가락을 내려놓고, 술잔을 들어 한 모금 살짝 맛보았다. 황주가 목줄기를 타고 따뜻한 기운을 전하며 흘러내리자 그의 입에서 자기도 모르게 "카" 소리가 새어나왔다. 방씨와 근룡이가 그 모습을 보더니 소리 내어 웃었다.

방씨가 허삼관에게 물었다.

"어때, 피를 팔았는데 어지럽지는 않은가?"

"어지럽지는 않은데, 힘이 없네요. 손발이 나른하고, 걸을 때는 떠다니는 것 같은 게……."

"힘을 팔았으니 그럴 수밖에. 우리가 판 건 힘이라구. 이제 알겠나? 자네 같은 성안 사람들이 말하는 피가 바로 우리 촌사람들이 말하는 힘일세. 힘에는 두 가지가 있지. 하나는 피에서 나오는 힘이고, 나머지 하나는 살에서 나오는 힘이야. 피에서 나오는 힘은 살에서 나오는 힘보다 훨씬 더 쳐주는 법일세."

"어떤 힘이 피에서 나오고, 어떤 힘이 살에서 나오는 건가요?"

"잠을 자거나 밥을 먹거나 우리 집에서 근룡이네 집까지 갈 때는 별로 힘이 들지 않지. 이런 게 바로 살에서 나오는 힘이야. 하지만 자네가 논밭 일을 하거나 백여 근쯤 되는 짐을 메고 성안으로 들어갈 땐 힘을 써야 한단 말씀이야. 이런 힘은 다 피에서 나오는 거라구."

허삼관이 고개를 끄덕이며 말했다.

"알겠어요. 그 힘이란 게 주머니 속의 돈이랑 똑같은 거군요. 쓰고 나서 다시 벌어들이는……."

방씨가 고개를 끄덕이며 근룡이에게 말했다.

"성안 사람이라 역시 똑똑하군."

허삼관이 또 물었다.

"그렇게 매일 중노동을 하고도 남은 힘을 병원에 파는 걸 보니, 역시 나보다는 힘이 많군요."

근룡이가 말을 받았다.

"힘이 많다고 할 수는 없지요. 우리가 형님 같은 성안 사람보다 힘 쓰는 걸 대수롭지 않게 생각할 뿐이지. 우리는 여자를 얻고 집을 짓고 하는 돈은 전부 피를 팔아 벌어요. 땅 파서 버는 돈이야 겨우 굶어 죽지 않을 정도니까요."

방씨가 거들었다.

"근룡이 말이 맞소. 내가 방금 피를 판 건 집을 짓기 위해서요. 두 번만 더 팔면, 집 지을 돈이 충분해지거든. 근룡이가 피를 판 건 우리 마을의 계화를 마음에 두고 있기 때문이고. 원래 계화는 다른 사람이랑 정혼이 되어 있었는데, 이번에 파혼을 해서 근룡이가 눈독을 들이고 있지."

허삼관이 말했다.

"나도 그 계화라는 여자 본 적이 있는데, 그 여자 엉덩이 한번 되게 크더구만. 근룡이는 엉덩이 큰 여자가 좋나 봐?"

근룡이가 헤헤거리며 웃었다. 방씨가 다시 말했다.

"엉덩이 큰 여자가 쓸 만하지. 침대에 누우면 큼지막한 배처럼 넉넉하거든."

허삼관도 헤헤거리며 따라 웃었다.

"어이 삼관이, 자네 피 팔아 번 돈 어떻게 쓸지 생각해봤나?"

"아직 안 해봤는데요. 오늘에서야 피땀 흘려 번 돈이 어떤 건지를 안 셈이니까요. 제가 공장에서 일해 번 돈은 땀으로 번 돈이고, 오늘 번 돈은 피 흘려 번 돈이잖아요. 피 흘려 번 돈을 함부로 쓸 수는 없지요. 반드시 큰일에 써야죠."

이때 근룡이가 말꼬리를 낚아챘다.

"참, 오늘 이 혈두 바지 속에 있는 알록달록한 거 보셨죠?"

방씨가 껄껄대며 웃자 근룡이는 신나서 말을 이었다.

"그거 혹시 무슨 '영'인가 하는 그 여자의 빤스 아닐까요?"

"말할 거 뭐 있나? 두 사람이 자고 일어나 모르고 바꿔 입은 거 겠지."

방씨가 말했다.

"정말 가서 한번 보고 싶네요."

근룡이가 깔깔거리며 말했다.

"그 여자가 정말로 이 혈두의 빤스를 입고 있는지 말예요."

2

　허삼관이 밭에 앉아서 수박을 먹고 있는데, 밭 주인인 넷째 삼촌이 일어나 엉덩이를 털었다. 엉덩이에 묻었던 흙이 머리 주위로 날려 수박에도 떨어졌지만, 허삼관은 입으로 훅훅 불고는 계속해서 연붉은 수박을 먹었다. 삼촌이 엉덩이를 털다 말고 다시 자리에 앉자 허삼관이 물었다.

　"저기 저 누리끼리한 건 뭐예요?"

　그들 앞에는 등나무 잎에 반쯤 가려진 수박 밭 앞쪽으로 대나무 받침대가 있었는데, 그 위에는 손바닥만 한 크기의 통통한 황금색 박이 매달려 있었다. 그리고 다른 쪽 받침대에는 길고 짙푸른 열매가 달려 있었다. 열매들은 모두 햇빛을 받아 빛났고 바람이 불면 먼저 넝쿨과 이파리들이, 나중에는 열매들이 따라서 흔들거렸다.

　삼촌은 비쩍 마른 팔을 들어 허삼관이 말한 쪽을 가리켰다. 수척한 탓인지 그의 팔은 벌써 쭈글쭈글해져 있었다.

"저 누리끼리한 거 말이냐? 그건 황금과고, 그 옆의 짙푸른 건 할미과지……."

"저 이제 수박은 그만 먹을래요. 삼촌, 저 두 통이나 먹었죠?"

"두 통은 아니지. 나도 먹었잖니. 내가 절반이나 먹었는데."

"황금과는 저도 알아요. 속살은 향기롭지만 그리 달지는 않잖아요. 오히려 씨가 더 달아요. 성안 사람들은 황금과를 먹을 때 씨를 모두 뱉던데, 저는 한 번도 뱉은 적이 없어요. 땅에서 난 건 먹을 수만 있다면 다 영양분이 있을 테니……. 할미과라는 것도 먹어봤어요. 달지도 않고 바삭바삭하지도 않은 게 먹으면 입 안에 찰진 맛이 돌아서 이가 없어도 되겠던데요. 삼촌, 저 더 먹을 수 있을 것 같아요. 황금과 두 개랑 할미과 하나만……."

허삼관은 삼촌의 외밭에 와서 앉으면 온종일 죽치고 있다가 해질 무렵이 되어서야 자리를 털고 일어났다. 석양 빛발에 비친 그의 얼굴이 돼지간처럼 뻘겋게 달아올랐다. 그는 멀리 농가 지붕 위로 피어오르는 밥 짓는 연기를 보며 엉덩이의 먼지를 털어낸 뒤 수박과 황금과, 할미과, 오이와 복숭아로 꽉 채운 볼록한 배를 쓰다듬으며 삼촌에게 말했다.

"저 장가나 가버릴래요."

그러고는 몸을 돌려 수박 밭 쪽으로 오줌을 갈기며 말했다.

"삼촌, 여자를 찾아 결혼하고 싶어요. 요 며칠간 줄곧 피 팔아 번 돈 35원을 어떻게 쓸까 생각했는데요, 할아버지께 몇 원 드리고 싶었지만 할아버지는 너무 나이가 들어서 돈 쓸 일이 없을 것 같더라구요. 삼촌한테도 어느 정도는 드리고 싶었어요. 친척들 중에 삼촌이 저한테 가장 잘 해주셨으니까요. 하지만 좀 아쉽더라구요. 이 돈은 그냥 제 힘을 들여 번 돈이 아니라 제 피를 팔아서 번 돈이잖아요. 드리기가 좀 그렇더라구요. 그런데 삼촌, 조금 전에 갑자기 마누라나 들일까 하는 생각이 들었어요. 피 팔아 번 돈을 쓸 곳을 찾은 셈이죠. 삼촌, 과일로 배를 채웠는데 어째 꼭 술 한잔 마신 것 같네요. 얼굴이며 목, 발바닥, 손바닥까지 죄다 확 달아오르는 게 말예요."

3

기계 소리가 윙윙거리는 날실 공장에서 허삼관이 하는 일이란 하얗고 보드라운 누에고치로 가득 찬 수레를 미는 작업이었다. 그는 매일같이 쉬는 시간이면 커다란 지붕 아래서 젊은 여자들과 시시덕거리길 좋아했다. 그 여자들은 걸핏하면 그의 머리를 건드리고 가슴을 만지는가 하면, 그를 앞뒤로 밀어젖히는 등의 장난을 걸어왔다. 만약 그가 그중에서 한 명을 골라 자기 여자로 만들 생각을 한다면, 눈 내리는 겨울에 이불 속에서 꼭 껴안고 지낼 만한 그런 여자를 고른다면 단연코 임분방이 최고였다. 땋은 머리가 허리까지 내려오고, 웃을 때면 하얀 이가 고르게 드러나고, 볼우물까지 있는 여자. 그녀의 큰 눈을 언제고 바라볼 수만 있다면 평생 행복할 것 같았다. 임분방 역시 그의 머리를 건드리거나 가슴을 밀어젖히곤 했다. 한번은 몰래 그의 손등을 잡아줬는데, 바로 허삼관이 그녀에게 가장 좋은 누에고치를 보냈을 때였다. 그 다음부터 허삼관은 그녀에게만큼은 나쁜 누에고치 보낼 수가 없었다.

　또 다른 아가씨로는 간이식당에서 일하는 아주 예쁘장하게 생긴 점원이 있었다. 그녀는 새벽녘에 커다란 기름 솥 옆에 서서 꽈배기를 튀기며 줄곧 "아이야, 아이야" 하고 소리를 질렀다. 펄펄 끓는 기름이 손에 튀거나 옷에서 지저분한 곳을 발견하거나 길을 걷다가 미끄러졌을 때, 혹은 비 내리는 걸 보거나 천둥소리를 들었을 때, 그녀는 늘 꾀꼬리 같은 목소리로 탄성을 내질렀다.

　"아이야……."

　그녀의 이름은 허옥란. 꽈배기 튀기는 일은 새벽이 지나면 끝나기 때문에, 허옥란은 낮에는 일없이 호박씨나 해바라기씨를 까먹으며 큰길을 돌아다녔고, 길에서 아는 사람을 만날 때면 큰 소리로 말을 걸거나, 큰 소리로 웃으며 "아이야" 하는 교성을 터뜨렸다. 간혹 그녀의 입술에는 까먹다가 묻은 씨앗 껍데기가 그대로 붙어 있었다. 그녀가 큰 입을 벌려 말할 때, 운 좋게 그 옆을 지나는 사람은 그녀의 입에서 풍겨 나오는 씨앗의 향기를 맡을 수 있었다. 어떤 날에는 거리를 걷다 말고 갑자기 집으로 돌아가, 10분쯤 뒤에 옷을 갈아입고 나와 다시 걷기도 했다. 그녀는 매일 세 차례 옷을 갈아입는데, 사실 그녀가 가진 옷이라고는 이 세 벌이 전부였다. 또 신발은 네 번 갈아 신는데, 역시 그 네 켤레가 전부였다. 새롭게 할 만한 게 아무것도 없을 때는 목에 명주 손수건이라도 한 장 두르고 길을 나섰다.

　사실 그녀는 다른 사람보다 옷을 결코 많이 갖고 있지 않았지만, 사람들은 모두 그녀가 이 성안에서 옷을 가장 많이 가진 현대적인 여성이라고 생각했다. 미모 또한 출중해서 이곳 사람들은 그녀를 꽈배기 서시(춘추시대 월나라의 미인으로, 중국에서는 미인의 대명사로 통한다)라 불렀다.

"저기 봐요. 꽈배기 서시가 와요."

"꽈배기 서시가 포목전으로 들어갔어. 그녀는 매일 포목전에 가서 예쁜 꽃무늬 천을 사지."

"아니야. 꽈배기 서시는 그저 눈요기만 하는 거지 진짜로 사지는 않아."

"꽈배기 서시의 얼굴에서 향기가 물씬 풍기던데."

"꽈배기 서시는 손은 안 예쁘더라. 손은 너무 작고, 손가락은 너무 굵어."

"저 여자가 꽈배기 서시야?"

한번은 허옥란이 하소용이라는 젊은 남자와 이야기도 하고 웃기도 하면서 길을 걷다가 나무다리 위에 한참 동안 서 있었다. 그들은 석양이 지고 어둠이 내릴 때까지 줄곧 그렇게 있었다. 그때 하소용은 흰색 남방을 입고 있었는데, 소매를 손목 위까지 걷어 올린 상태로 팔짱을 낀 채 미소 지으며 이야기하는 그의 모습에 허옥란은 완전히 넋을 잃었다. 하소용을 바라보는 그녀의 눈에서 반짝반짝 빛이 났다.

또 언젠가는 하소용이 허옥란의 집 앞을 걸어가는데, 때마침 허옥란이 집에서 나오다 그를 보고는 "아이야" 하고 탄성을 지르는 걸 봤다는 사람도 있었다. 그 사람 말이 허옥란이 소리를 지르고는 미소

가득한 얼굴로 이렇게 말했다고 한다.

"잠깐 들어와 앉았다 가세요."

하소용이 허옥란의 집으로 들어서자, 탁자 앞에 앉아 황주를 마시던 허옥란의 아버지가 낯선 총각이 딸아이를 따라 들어오는 걸 보고, 자리에서 엉덩이를 뗄 듯 말 듯 엉거주춤한 자세로 말을 건넸다.

"한잔하겠나?"

그 후로 하소용은 자주 허옥란의 집에 들렀고, 그녀의 아버지와 황주를 마시며 소곤소곤 이야기를 나누거나 킥킥대며 웃곤 했다. 그럴 때면 허옥란이 큰 소리로 물었다.

"무슨 얘기를 하는 거예요? 왜 웃느냐구요?"

허삼관이 시골에서 성안으로 돌아온 날이었다. 그가 돌아올 때는 날이 이미 어두워진 뒤였다. 아직 거리에 가로등이 놓이기 전이라, 초롱 몇 개만이 가게의 처마 밑에서 네모반듯한 돌이 깔린 거리를 드문드문 비추었다. 어두워졌다 밝아졌다 하는 거리를 따라 집으로 가던 허삼관은 극장을 지나가다가 허옥란을 보았다. 극장 정문 앞에 서서 두 초롱의 중간쯤으로 몸을 비스듬히 기울인 채 호박씨를 까먹고 있는 꽈배기 서시의 두 볼이 초롱의 불빛을 받아 빨갛게 달아올라 있었다.

허삼관은 가던 길을 되돌아와서는 길 맞은편에 서서 히죽거리며 허옥란을 바라보았다. 이 어여쁜 아가씨가 씨앗 껍데기를 어떻게 뱉어내는지 보고 싶었다. 마침 허옥란도 허삼관을 보았다.

그녀는 허삼관을 힐끔 곁눈질로 쳐다보고는 이내 눈길을 돌려 걸어가는 두 남자를 보았다. 그러더니 다시 한번 힐끔 쳐다보고는 고개를 돌려 극장 안을 보았다. 극장 안에서는 남녀 두 사람이 평서(評書, 민간 문예의 하나로 이야기를 들려주는 것)를 하고 있었다. 허옥란이 다시 고개를 돌려보니, 허삼관은 여전히 그 자리에서 그녀를 보고 있었다.

"아이야!"

허옥란은 결국 교성을 터뜨리고 말았다. 그러고는 허삼관을 가리키며 말했다.

"당신, 왜 날 감시하듯 보는 거예요? 또 왜 실실 웃는 거죠?"

허삼관이 맞은편에서 걸어와, 초롱 불빛에 얼굴이 빨갛게 달아오른 그녀에게 말했다.

"샤오룽빠오(작은 만두)를 한 접시 대접하고 싶은데 말입니다."

"난 당신이 누군지도 몰라요."

"난 허삼관이라고 합니다. 날실 공장에서 일하구요."

"그래도 모르겠어요."

"난 당신을 알아요."

허삼관이 웃으며 말했다.

"당신이 꽈배기 서시잖아요."

허옥란은 이 말을 듣자마자 크게 웃으며 물었다.

"당신도 알아요?"

"이 근방에서 당신을 모르는 사람은 없죠. 갑시다. 내 샤오룽빠오를 대접할 테니."

"오늘은 배가 불러서요."

허옥란이 빙그레 웃으며 말했다.

"샤오룽빠오는 내일 사세요."

이튿날 오후, 허삼관은 허옥란을 승리반점으로 데려가 창가 근처에 자리를 잡았다. 일전에 돼지간볶음이며 황주를 시켜 먹은 자리 바로 앞이었다. 그는 방씨와 근룡이가 그랬던 것처럼 거드름을 피우며 탁자를 두드려 주문했다.

"여기 샤오룽빠오 한 판 가져오라구."

허옥란이 샤오룽빠오 한 판을 다 먹고는 훈툰(만둣국 비슷한 음식) 한 그릇을 더 먹고 싶다고 하자, 허삼관이 다시 탁자를 두드렸다.

"여기 훈툰 한 그릇 가져오라구."

이날 허옥란은 연신 미소를 지으며 말린 매실까지 먹어 치우고는 뒷맛이 짜다고 트집을 잡아 사탕을 시켜 먹더니, 나중에는 갈증이 난다며 수박 반 통을 더 시켜 먹었다.

허옥란과 허삼관은 나무다리 위에 나란히 섰다. 허옥란은 연신 웃음을 흘리며 수박 반 통을 몽땅 먹어 치우더니, 이제는 웃으며 딸꾹질을 했다. 그녀가 몸을 떨며 딸꾹질을 하는 동안 허삼관은 오늘 저녁에 대체 얼마를 썼는지 손가락으로 셈을 하고 있었다.

"샤오룽빠오 24전, 훈툰 9전, 매실 10전에 사탕을 두 번 샀으니 23전, 여기에 17전짜리 수박 반 통까지 하면 모두 83전이네……. 나한테 언제 시집 올 테요?"

"아이야."

허옥란이 놀라 외쳤다.

"내가 왜 당신한테 시집을 가요?"

"당신한테 오늘 쓴 돈이 모두 83전이나 된다구."

"당신이 그냥 대접한 거 아녜요? 난 그저 공짜로 생각하고 먹었는데. 그것들을 먹으면 당신한테 시집가야 한다고는 안 했잖아요."

허옥란이 딸꾹질을 하면서 말했다.

"나한테 시집오면 안 되는 이유라도 있소? 나한테 시집오면 내가 아껴주고, 살펴주고, 또 맛있는 음식도 많이 사줄 텐데……."

"아이야."

허옥란이 또 탄성을 올렸다.

"당신한테 시집간다면 난 절대 이렇게 안 먹어요. 시집간 후라면 결국 내 것을 먹는 건데, 아까워서 어떻게 그래요? 진작 이럴 줄 알았으면 안 먹었을 텐데."

"후회할 필요 없어요. 나한테 시집오면 되는데요, 뭘."

허삼관이 그녀를 위로하며 말했다.

"난 당신한테 시집갈 수 없어요. 난 남자가 있단 말예요. 우리 아버지도 허락 안 하실 테고……. 아버지는 하소용을 좋아한단 말예요……."

그래서 허삼관은 황주 한 병과 다첸먼 담배 한 보루를 들고 허옥란의 집을 찾아갔고, 허옥란의 아버지 앞에 앉아 끝없이 이야기를 늘어놓았다.

"우리 아버지를 아실 겁니다. 그 유명한 허 목수요. 그분은 살아계실 때 성안의 부잣집 일만 전문적으로 하셨죠. 아버지가 만든 탁자는 누가 만든 것과도 비교할 수 없었어요. 손바닥으로 탁자 표면을 문질러보면 주단처럼 매끄러웠으니까요. 제 어머님 아시죠? 제 어머니가 바로 금화예요. 금화라는 이름 들어보셨죠? 성 서쪽의 미인이죠. 예전에는 다 그렇게 불렀어요. 아버지가 죽고 나서 어머니는 국민당 연대장에게 시집을 가더니, 나중에는 둘이 줄행랑을 놓았죠. 제 아버지 핏줄은 저 하나뿐이에요. 어머니와 국민당 연대장 사이에 자식이 있는지는 저도 잘 모르겠구요. 저는 허삼관이라고 하는데, 두 백부님의 아들들이 저보다 나이가 많아 허씨 집안 항렬로는 제가 셋째죠. 그래서 삼관이에요. 날실 공장에서 일하구요. 하소용보다는 두 살이 많습니다. 그 친구보다 3년이나 일찍 일을 시작했구요. 돈도 분명히 더 많을 겁니다. 그 친구가 옥란 씨를 아내로 맞으려면 아마 몇 년은 돈을 더 모아야 할걸요. 저야 결혼 자금은 이미 마련해놓았고, 모든 준비가 끝나 이제 동풍만 불어주면 배는 떠난다 이 말씀입죠.

아버님께서는 옥란 씨 하나뿐이시죠? 만약 옥란 씨가 하소용에게 시집을 가버리면 허씨 집안은 대가 끊기는 거 아니겠어요? 태어날 아이는 하씨 성을 갖게 될 테니까요. 저한테 시집오면, 저야 원래 성이 허씨니까 태어날 아이들도 모두 허씨 성을 받게 되지 않겠습니까. 그러니 아버님 댁 자손도 계속 이어지는 거지요. 말하자면 제가 옥란 씨와 결혼하는 건 제가 데릴사위가 되는 거나 매한가지라 이겁니다."

허옥란의 아버지는 마지막 몇 마디를 듣고는 허허하고 웃더니 탁
자를 손가락으로 두드리며 말했다.

"이 술과 담배는 받아놓겠네. 자네 말이 맞구먼. 내 딸이 하소용한
테 시집을 가면 우리 허씨 가문은 대가 끊기게 되지. 자네한테 시집
을 가면 두 허씨 집안이 모두 대를 잇게 되고."

허옥란은 부친의 결심을 알고는 침대에 앉아 울었다. 연신 훌쩍거
리며 손등으로 눈물을 닦아내는 딸을 보며, 허옥란의 아버지가 허삼
관에게 말했다.

"봤나? 저게 바로 여자일세. 기쁠 때 웃지 않고 운단 말이야."

"제가 보기에는 전혀 기쁜 것 같지 않은데요."

이때 허옥란이 말했다.

"하소용한테는 뭐라고 얘기해요?"

그러자 그녀의 아버지가 말했다.

"그냥 가서 너 결혼한다고 말해라. 신랑 이름은 하소용이 아니고
허삼관이라구 말이야."

"그 말을 어떻게 제 입으로 해요? 만약 그 사람이 단념하지 않고
벽에 머리라도 받으면 난 어떡하냐구요?"

"벽에 머리를 세게 받으면 한방에 죽을 테고, 그렇게 되면 넌 군이
말할 필요도 없겠구나."

허옥란은 하소용이란 남자를 저버릴 수 없었다. 팔짱을 낀 채로
말하길 좋아하는 남자, 매일같이 웃음 띤 얼굴로 그녀의 집을 찾아

온 남자, 며칠에 한 번씩 황주 한 병을 들고 와서는 아버지와 함께 앉아 술을 마시며 이야기를 나누고 때로는 허허거리며 웃던 남자.

그러다 딱 두 번 허옥란의 아버지가 옆 골목에 있는 공중변소에 갔을 때, 하소용이 갑자기 그녀를 문 뒤로 밀어붙이고 덮치는 바람에 그녀의 가슴이 쿵쿵쿵 요동친 일이 있었다. 처음에는 심장이 미친 듯이 뛰는 것 말고는 별다른 느낌이 없었지만, 두 번째는 그의 수염을 느꼈다. 그의 수염이 솔처럼 그녀의 얼굴을 마구 비벼댔다.

그럼 세 번째는? 깊은 밤 인적이 잦아들 무렵, 허옥란은 침대에 누워 쿵쾅거리는 가슴으로 생각에 잠겨 있었다. 그때 아버지가 일어나 옆 골목에 있는 공중변소로 향하자, 하소용이 재빨리 몸을 일으켜 방금 전까지 앉아 있던 의자를 넘어뜨리고 세 번째로 그녀를 벽에 밀어붙였다.

이번에도 허옥란은 하소용과 나무다리 위에서 만났다. 날이 어둑해질 무렵이었다. 허옥란은 하소용을 보자마자 허삼관이란 남자가 느닷없이 나타나 샤오룽빠오와 말린 매실, 사탕, 수박 반 통을 사 주고는 다 먹고 나자 결혼을 요구했다고 말했다. 하소용은 사람이 오는 걸 보고는 초조해하며 허옥란에게 말했다.

"이봐, 울지 말라구. 다른 사람들이 날 어떻게 생각하겠어?"

"당신이 나 대신 가서 허삼관한테 그 83전을 갚아줘요. 그럼 난 빚진 게 없어진다구요."

"우린 아직 결혼도 안 했는데, 나보고 당신 빚을 책임지라구?"

"당신이 우리 집에 데릴사위로 들어와요. 그렇게 하지 않으면 아버지가 날 허삼관한테 줘버릴 거예요."

"거 무슨 허튼소리요. 천하의 하소용이 어째서 당신 집 데릴사위로 들어가야 한단 말이오? 그럼 나중에 내 아들들이 모두 허씨가 되라구? 말도 안 되지."

"그럼 난 허삼관에게 시집가는 수밖에 없어요."

한 달 후에 허옥란은 허삼관에게 시집을 갔다. 그녀는 붉은 빛깔의 치파오를 예복으로 요구했고, 허삼관은 그녀가 원하는 치파오를 사줬다.

허옥란은 또 겨울에 입을 요량으로 붉은색과 녹색 솜저고리를 한 벌씩 사달라고 했는데, 허삼관은 붉은색과 녹색 주단을 한 장씩 사주며 시간 날 때 직접 옷을 만들어 입으라고 했다. 그녀는 또 집에 괘종시계도 필요하고, 거울도 필요하고, 침대와 탁자와 걸상도 있어야 하고, 세숫대야와 요강도 필요하다고 했는데 허삼관의 대답은 간단했다.

"다 있어."

사실 허옥란은 속으로 허삼관이 하소용보다 못할 게 없다고 생각했다. 외모도 하소용보다 좀 낫고, 주머니의 돈도 더 많고, 게다가 힘도 하소용보다 세어 보였기 때문이다. 그래서 이제는 허삼관을 볼 때마다 괜히 웃음을 지었다.

"난 참 재주가 많아요. 옷도 만들 줄 알고, 밥도 잘 짓거든요. 그러니 당신은 복이 참 많은 사람이에요. 나 같은 여자를 다 얻고⋯⋯."

허삼관이 의자에 앉아 웃으며 연신 고개를 끄덕이자, 허옥란은 계속해서 말했다.

"저는 외모도 예쁘고 재주도 많으니, 앞으로 당신 옷은 제가 직접 지어드릴게요. 집안일도 제가 맡아 하구요. 힘쓰는 일 말고는……. 쌀을 사거나 연탄을 사는 건 당신이 하고, 다른 일은 일절 당신에게 미루지 않겠어요. 당신을 정말 잘 모실 거라구요. 당신은 정말 복 받은 사람이에요. 안 그래요? 당신, 왜 고개를 끄덕이지 않는 거예요?"

"끄덕였어. 계속 끄덕였다구."

"참, 맞다."

그녀가 갑자기 무엇인가 생각난 듯이 말했다.

"잘 들어요. 나는 명절을 지낼 때는 아무 일도 안 해요. 쌀을 일거나 채소를 씻거나 하는 일도 할 수가 없어요. 그때는 쉬어야 한다구요. 그 며칠간은 당신이 전부 알아서 해야 해요. 알겠어요? 당신, 왜 고개를 끄덕이지 않는 거죠?"

허삼관이 고개를 끄덕이며 물었다.

"무슨 명절을 쇠는데? 언제 쇠는 거야?"

"아이야."

허옥란이 탄성을 질렀다.

"내가 무슨 명절을 지내는지 모른단 말예요?"

허삼관은 고개를 가로저었다.

"난 모르겠는데."

"월경 말예요."

"월경?"

"우리 여자들이 하는 월경 몰라요?"

"들어는 봤지."

"내 말은 월경 때 난 아무 일도 할 수가 없다는 거예요. 피곤하면 안 되고, 찬물에 손을 대도 안 되고……. 피곤하거나 찬물에 손을 대면 난 배가 아프거든요. 열도 나고요……."

4

조산원의 의사가 말했다.

"아직 진통은 오지도 않았는데 괜히 악만 써대는군."

허옥란은 양다리를 높이 쳐들고, 양팔이 분만대 양쪽에 묶인 채 누워 있었다. 의사가 힘을 주라고 하자 진통 때문에 몹시 고통스러웠던 그녀는 힘을 주면서 심한 욕설을 퍼부었다.

"허삼관! 이 개자식아, 너 어디로 도망친 거야. 난 아파 죽겠는데, 넌 어디로 도망간 거냐구⋯⋯. 이 칼 맞아 뒈질 쌍놈의 자식 같으니라구. 넌 좋겠지! 난 아파 죽겠는데 넌 신났겠지. 허삼관, 너 대체 어디 있는 거야⋯⋯. 빨리 와서 내가 힘쓰는 걸 도우란 말이야⋯⋯. 더는 못 참겠어⋯⋯. 허삼관, 너 빨리 안 와? 의사 선생님, 애가 나왔나요?"

"힘 좀 내봐요. 아직 이른 것 같은데."

"엄마야! 허삼관, 전부 네가 이렇게 만든 거야⋯⋯. 너희 남자들이란 죄다 나쁜 것들이야……. 지들 재미만 보면 다지……. 자기들 볼 일만 끝나면 다인 줄 알고……. 우리 여자들은 고통스럽다구! 아파 죽겠다구! 열 달이나 애를 뱃속에 지니고……. 아이고 아파라! 허삼관, 너 어디 있어……. 의사 선생님! 애기 아직 안 나왔어요?"

"조금 더 힘을 줘요. 머리가 나왔어요."

"머리가 나왔다구요? 힘을 더 내야 하는데…… 힘이 없어요……. 허삼관, 빨리 와서 좀 도와줘……. 허삼관, 나 죽어, 죽는다구……."

조산원의 의사가 말했다.

"두 번째 출산인데도 이 난리군."

허옥란은 땀에 흠뻑 젖어 가쁜 숨을 몰아쉬었다. 그러고는 신음을 내며 소리를 질렀다.

"아이야! 아이고 아파! 아이고! 허삼관, 네가 날 또 이렇게 죽이는 구나……. 아이야! 널 죽이고 말 거야……. 아이고 아파라! 내가 여 기서 살아 나가면 죽어도 다시는 너랑 안 잘 거야……. 아이고 아파! 넌 웃겠지만…… 네가 무릎 꿇고 빌어도 너랑은 안 잘 거야……. 아 이야, 아이야! 아이고 아파! 힘을 내야지…… 힘을 더 내야지……."

조산원의 의사가 말했다.

"힘줘요. 자, 다시 힘줘요."

허옥란은 죽기 살기로 힘을 주며 악을 썼다.

"허삼관! 이 사기꾼아! 이 쌍놈의 자식아! 이 칼 맞아 뒈질 놈…….

허삼관! 이 속 시커먼 불량배 같은 놈! 너 이 자식, 머리에 부스럼이
나 난 주제에……."

"됐어요. 애가 나왔는데도 계속 그렇게 소리칠 거예요?"

간호사가 말했다.

"나왔어요?"

허옥란은 서서히 몸을 눕히며 말했다.

"이렇게 빨리요?"

허옥란은 5년 동안 아들 셋을 낳았는데, 허삼관은 애들 이름을 각
각 허일락, 허이락, 허삼락이라고 지었다.

삼락이가 15개월이 되었을 때 허옥란이 허삼관의 귀를 잡아당기
며 물었다.

"내가 아이를 낳을 때, 당신은 바깥에서 희희낙락했겠다?"

"난 웃은 적 없어. 그저 좀 히죽댔을 뿐이지. 소리를 내서 웃지는
않았다구."

"아이야."

허옥란이 탄성을 질렀다.

"그러니까 애들 이름이 일락, 이락, 삼락이지. 내가 분만실에서 고
통을 한 번, 두 번, 세 번 당할 때 당신은 밖에서 한 번, 두 번, 세 번
즐거웠다 이거 아냐?"

5

성안에서 허삼관을 아는 사람들은 이락이의 얼굴에서는 허삼관의 코를 찾았고, 삼락이의 얼굴에서는 허삼관의 눈매를 읽어낼 수 있었지만, 어찌 된 일인지 일락이의 얼굴에서는 허삼관의 흔적을 찾을 수 없었다. 그래서 사람들은 일락이가 허삼관을 전혀 닮지 않았다며 수군거렸다. 입이 그나마 허옥란을 닮았고, 다른 곳은 엄마조차 닮지 않았다는 것이다. 과연 허삼관이 이 아이의 아버지일까? 아니라면 일락이를 세상에 내놓은 씨앗을 허옥란의 몸에 심은 사람은 누구일까? 혹시 하소용은 아닐까? 이런 말이 나오는 건 일락이의 이목구비가 점점 하소용을 닮아갔기 때문이었다.

이런 소문이 퍼지고 퍼져 급기야 허삼관의 귀에도 들어갔다. 허삼관은 곧바로 일락이를 불러 세워놓고는 한동안 자세히 살펴보았다. 일락이가 겨우 아홉 살 때의 일이었다. 허삼관은 한참을 살펴봤지만 소문이 사실인지 확신할 수 없었다. 그래서 집 안에 하나뿐인 거울을 가져왔다. 이 거울은 결혼할 때 산 바로 그 거울이었다. 허옥란은 줄곧 거울을 창턱에 놓고 매일 아침 일어나자마자 창가로 가서 창밖의 나무도 보고, 거울 안의 자기 모습도 들여다보았다. 그러고는 머리를 곱게 빗고, 향기가 짙은 설화크림을 얼굴에 발랐다.

그렇게 시간이 흘러 일락이가 손을 뻗어 창턱의 거울을 잡을 수 있게 되었고, 뒤이어 이락이도 거울을 잡을 수 있을 만큼 자랐다. 그 다음으로 삼락이가 자라서 창턱에 손이 닿을 무렵까지 거울은 줄곧 그곳에 놓여 있었는데 얼마 전에 그만 그 거울을 깨뜨리고 말았다. 허옥란은 깨진 조각 중에서 삼각형 모양의 가장 큰 조각을 주워와 창턱에 놓아두었다.

허삼관이 그 깨진 거울을 손에 들고 먼저 자기 눈을 보고 다시 일락이의 눈을 보니, 그 눈이 그 눈이었다. 다시 자기 코를 비춰 보고 일락이의 코를 보니, 역시 그 코가 그 코였다. 그래서 그는 생각했다.

'모두 일락이가 날 안 닮았다고 하지만 내가 보기에는 닮은 구석이 있구만.'

일락이가 멍하니 자기를 바라보는 아버지에게 물었다.

"아버지, 아버지를 보다가 저를 보고…… 도대체 뭘 보시는 거예요?"

"네가 나를 닮았는지 안 닮았는지 보는 거야."

"저도 사람들 말하는 걸 들었는데…… 제가 기계 공장의 하소용을 닮았대요."

"일락아, 가서 이락이랑 삼락이 좀 오라고 해라."

아들들이 다 모이자 허삼관은 그들을 침대에 일렬로 앉히고는 의자를 당겨 그 앞으로 다가가 앉았다. 그러더니 일락, 이락, 삼락이를 순서대로 훑어보고 다시 삼락, 이락, 일락의 순서로 살펴봤다. 세 아들은 영문도 모른 채 히죽거렸다. 그렇게 셋이 함께 웃는 모습이 비슷하다고 생각한 허삼관은 웃으며 말했다.

"얘들아, 다시 한번 웃어 봐. 큰 소리로 웃어보라니까."

그는 몸을 좌우로 흔들기 시작했다. 세 아들은 아버지의 익살스런 동작에 깔깔거리며 웃어댔고, 허삼관도 따라 웃으며 말했다.

"자식들, 웃을수록 서로 닮았네."

허삼관은 혼잣말로 중얼거렸다.

"제까짓 것들이 일락이가 날 닮지 않았다고 하지만 일락이, 이락이, 삼락이가 서로 닮았잖아. 아버지는 안 닮았어도 형제들이랑 닮았으면 됐지 뭐…… 이락이와 삼락이가 나랑 닮지 않았다고 하는 사람도 없고, 내 아들이 아니라고 하는 사람도 없잖아…… 일락이가 날 닮지 않은 건 상관없어. 지 형제들하고만 닮았으면 됐지."

허삼관이 세 아들에게 말했다.

"일락이는 기계 공장의 하소용이라는 사람을 알 거다. 이락이와 삼락이 너희도 아느냐? 너희는 모르겠군. 상관없다…… 아 참, 일락이가 말한 바로 그 사람, 옛날 우체국 골목에 사는, 왜 그 항상 사냥 모자를 쓰고 다니는 사람 말이다. 잘 들어라. 그 사람이 바로 하소용이다. 알겠지? 이락이와 삼락이, 하소용 하고 한번 불러봐라. 그렇지. 잘 들어라. 그 하소용이라는 사람은 나쁜 사람이다. 알겠지? 왜 나쁜 놈이냐? 잘 들어라. 예전에 너희가 없었을 때, 그러니까 너희 엄마가 너희를 낳기 전에 말이다. 그 하소용이라는 사람은 매일 너희 외할아버지 댁에 갔다. 가서 뭘 했냐구? 너희 외할아버지하고 술을 마셨지. 그때는 너희 엄마가 나한테 시집오기 전이었거든. 그런데 나중에 너희 엄마가 나한테 시집온 후에도, 하소용은 계속 외할아버지 댁에 가서 술을 마신 거야. 그전에는 그래도 가끔 술을 사 들고 갔는데, 엄마가 나한테 시집온 이후부터는 매번 빈손으로 가서 외할아버지네 술을 여남은 병씩 마셔버렸단다. 하루는 너희 외할아버지가 하소용이 또 오는 것을 보시고는 얼른 일어나 이렇게 말씀하셨단다. '하소용, 나 술 끊었네.' 그 후로는 하소용도 감히 술 마시러 가지 못했지."

일락이가 하소용을 닮았다는 말을 자주 듣다 보니, 허삼관은 '이런 소문이 끊임없이 계속되는 걸 보면 혹시 그게 사실은 아닐까' 하고 의심하게 되었다. 그래서 허옥란에게 달려가 면전에 대고 물었다.

"사람들 이야기 들었지?"

허옥란은 허삼관이 뭘 묻는지 알고 있었다. 그녀는 빨고 있던 옷을 내려놓고, 손에 묻은 비누 거품을 앞치마에 닦아내면서 방문 쪽으로 걸어갔다. 그러고는 문간에 앉아 울면서 혼잣말로 한탄을 늘어놓았다.

"내가 전생에 무슨 죄를 지었누⋯⋯."

허옥란은 한 차례 대성통곡을 하고는 세 아들을 불렀다. 세 아들은 그녀 주위로 빙 둘러선 채 놀라 겁먹은 얼굴을 하고는 큰 소리로 우는 엄마를 바라보았다. 허옥란은 눈물을 닦고 코를 풀더니 고개를 절레절레 흔들면서 말했다.

"내가 전생에 무슨 죄를 지었누. 내가 무슨 수절과부도 아니고, 재가를 한 것도 아니고, 서방질을 한 것도 아닌데, 내 세 아들이 두 아버지를 가졌다니. 내가 전생에 무슨 죄를 지었누. 내 아들들은 분명히 아버지가 하난데. 사람들이 거짓말을 하는 거라구."

허옥란이 문간에 앉아 우는 모습을 보고 있으니, 허삼관은 머리에서 윙윙 소리가 나는 것 같았다.

"이리 와. 문간에 앉지 말라구. 왜 우는 거야? 소리는 왜 질러? 이 여자가 정말 동네 창피한 줄 모르고. 이게 당신이 울 일이야? 당신이 소리 지를 일이냐구? 이리 오지 못하겠어?"

허삼관이 허옥란의 등 뒤에서 소리를 치자 이웃들이 하나 둘씩 모여들며 물었다.

"옥란이, 왜 우는 거야? 양식 배급표가 또 부족한 거야? 아니면 삼관이가 괴롭히기라도 했나? 삼관이가 뭘 잘못했냐구? 방금 삼관이가 소리치는 걸 들었는데……. 옥란이, 왜 우는 거야? 뭘 잃어버렸어? 누구한테 빚이라도 진 거야? 아니면 애들이 밖에서 사고를 치기라도 한 거야?"

이때 이락이가 잽싸게 끼어들어 말했다.

"아니에요, 엄마가 우는 건 형이 하소용을 닮았기 때문이에요."

"음, 그렇구나."

"이락아, 여기 있지 말고 들어가."

일락이가 말했다.

"난 안 들어가."

이락이는 말을 듣지 않았다.

"나도 안 들어가."

삼락이가 이락이의 말을 그대로 따라했다.

"엄마, 울지 말고 들어가요."

일락이는 우는 엄마를 달랬다. 그때 허삼관은 뒷방에서 이를 갈며, 허옥란이 정말 멍청한 여자라고 생각했다. 집안에 부끄러운 일이 있으면 숨겨야지, 문간에 앉아서 소리를 질러대다니⋯⋯. 그는 뒷방에서 이를 갈며 허옥란이 울며불며 하소연하는 소리를 들었다.

"내가 전생에 무슨 죄를 지었누. 수절과부도 아니고, 재가를 한 것도 아니고, 서방질을 한 것도 아닌데⋯⋯. 세 아들을 낳아서⋯⋯. 내가 전생에 무슨 죄를 지었기에 나더러 이생에서 하소용을 알게 했는지⋯⋯. 하소용은 좋은 사람이에요. 우린 아무 일도 없었다구요. 나보고 어쩌란 말예요? 일락이가 갈수록 그 사람을 닮아가는 건 그때 딱 한 번, 그 후론 두 번 다시 허락하지 않았다구요. 그 딱 한 번이 일락이가 그를 닮아가는⋯⋯."

'뭐? 그때 딱 한 번?'

허삼관은 몸속의 피가 머리로 솟구치는 느낌이었다. 곧바로 뒷방의 방문을 걸어차고 나가, 바깥방 문간에 앉아 있는 허옥란에게 소리쳤다.

"이런 제기랄, 이리 안 와!"

허삼관의 청천벽력 같은 호통에 구경 온 사람들은 깜짝 놀랐다. 허옥란도 울음을 뚝 그치고 고개를 돌려 허삼관을 쳐다봤다. 허삼관은 바깥방 문가로 뛰어가 허옥란을 잡아채며 구경 온 사람들에게 소리를 질렀다.

"꺼져!"

그런 다음 대문을 잠갔다. 세 아들이 들어오려 했으나, 아들들에게도 똑같이 소리쳤다.

"꺼져!"

대문을 잠그고, 허옥란을 뒷방으로 끌고 와서는 뒷방의 문도 잠갔다. 그러고는 허옥란의 따귀를 때리며 소리쳤다.

"너 하소용이랑 잤지?"

허옥란이 얼굴을 가린 채 훌쩍이자 허삼관이 다시 소리쳤다.

"말해!"

"네."

허옥란이 울먹이며 말했다.

"몇 번?"

"딱 한 번이요."

허삼관은 허옥란을 일으켜 세우고는 다시 뺨을 때리며 욕을 퍼부었다.

"이런 창녀 같은 년. 그러고도 서방질한 적이 없다고 떠벌려."

"난 서방질한 적 없어요. 하소용이 그랬다구요. 그가 날 벽으로 밀어붙이고는 침대로 끌고 가서……."

"입 닥쳐!"

허삼관이 소리쳤다. 하지만 한편으로는 그때의 정황이 궁금하기도 했다.

"밀어내면 되잖아. 그 자식 물어뜯어 봤어? 발로 차봤냐구?"

"밀어내려고 했어요. 발로 차기도 하고……. 그런데 그자가 날 벽에 밀어붙이고 두 손으로 내 가슴을 꽉 쥐고는……."

"그만!"

허삼관은 소리를 지르며 허옥란의 양쪽 뺨을 차례로 갈겼다. 하지만 그 다음에 어떻게 되었는지를 또 알고 싶어서 다시 캐물었다.

"그 자식이 당신 가슴을 쥐고, 그래서 바로 잤나?"

허옥란은 두 손으로 얼굴을 감쌌다.

"말해!"

"못 하겠어요."

허옥란이 고개를 가로저었다.

"내가 말만 하면 뺨을 때리니, 눈이 침침하고 이도 시리고 아프단 말예요. 얼굴도 불에 덴 것처럼 화끈거리구요."

"말해! 그 자식이 가슴을 쥐고, 그 다음에……."

"그 사람이 내 가슴을 쥐니까 온몸의 힘이 쭉 빠져버렸어요."

"바로 침대에 따라 올라갔나?"

"힘이 쭉 빠지니까 그 사람이 날 침대 위로 잡아끌었어요."

"그만!"

허삼관은 허옥란에게 다가가 그녀의 넓적다리를 걸어찼다. 허옥란은 어찌나 아픈지 아무런 소리도 내지 못했다.

"우리 집에서 그랬나? 이 침대에서?"

잠시 후 허옥란이 겨우 입을 열었다.

"아버지 집에서요."

갑작스레 피곤함을 느끼고 의자에 털썩 주저앉은 허삼관의 입에서 상심에 찬 목소리가 흘러나왔다.

"9년이야. 지난 9년간 참 즐거웠는데, 결국 일락이는 내 아들이 아니었군. 괜히 즐거워했던 거야. 이런 제기랄. 쓸데없이 일락이를 9년이나 키웠어. 결국 일락이는 다른 놈의 자식이었는데 말이야……."

허삼관은 이렇게 말하고는 무슨 생각이 들었는지 의자를 박차고 일어나 허옥란에게 소리쳤다.

"그럼 결국 첫날밤은 하소용하고 보낸 거로구만?"

"아니에요."

허옥란이 울면서 말을 이었다.

"첫날밤은 당신과 보낸 것이……."

"생각났어."

허삼관이 말을 막았다.

"하소용하고 첫날밤을 보낸 게 틀림없어. 첫날밤에 내가 등잔불을 켜라고 했을 때, 불을 안 켰잖아. 이제야 알겠어. 내가 알아챌까 겁이 났던 게지. 하소용하고 먼저 잔 걸 알아챌까 봐……."

"내가 불을 못 켜게 한 건……."

허옥란이 울면서 말했다.

"그건 내가 부끄러워서……."

"당신이랑 처음 잔 건 분명 하소용일 거야. 유독 일락이만 그 후레자식을 닮은 걸 보면, 내 여자가 첫날밤을 다른 놈하고 보낸 게 틀림없어. 그러니까 내 장남은 다른 놈 자식이었구만. 이 허삼관이 이제 남들 앞에서 어떻게 낯을 들고 다니나."

"저기 저, 생각 좀 해봐요. 첫날밤에 피를 봤잖아요."

"피가 무슨 상관이야, 이 창녀 같은 것아. 그날은 네가 명절을 지낸 거잖아!"

"세상에나……."

6

허삼관이 두 발을 의자에 걸친 채 등나무 평상에 누워 있는데, 허옥란이 걸어오며 말했다.

"여보, 집에 쌀이 떨어졌어요. 겨우 저녁 한 끼 먹을 만큼만 남았다구요. 자, 여기 양식 배급표랑 돈이랑 쌀자루……. 가서 쌀 좀 사 와요."

"싫어. 난 앞으로 아무 일도 안 할 거야. 이제 집에 오면 좀 쉬어야겠어. 쉬는 게 어떤 건지 아나? 바로 이런 거라구. 등나무 평상에 누워서 두 다리를 의자에 걸치고 있는 거지. 내가 왜 이러는지 알고 싶어? 바로 당신을 벌주기 위해서야. 당신이 저지른 잘못 말이야. 당신은 나를 배신하고 그 후레자식이랑 잠을 자서는 일락이까지 낳고 ……. 그 생각을 하니 또 열받네. 그런데도 나더러 쌀을 사 오라구? 꿈 깨시지."

"100근이나 되는 쌀을 내가 어떻게 들어요?"

"100근을 못 들면 50근만 사 와."

"50근도 못 드는데."

"그럼 스물다섯 근만 사면 되잖아."

허옥란이 말했다.

"침대보 좀 잡아줘요. 침대보를 빨려고 하는데, 너무 커서……."

허삼관이 말했다.

"싫어. 나 지금 누워 있잖아. 이제 막 몸이 편안해지려고 하는데 움직이면 안 되지."

허옥란이 말했다.

"저 상자 옮기는 것 좀 도와줄래요? 아무래도 혼자서는 못 할 것 같아서……."

허삼관이 말했다.

"안 돼. 난 지금 등나무 평상에 누워서 쉬고 있다고."

허옥란이 말했다.

"식사해요."

허삼관이 말했다.

"밥 좀 이리로 가져와. 난 등나무 평상에 앉아서 먹을 테니까."

허옥란이 물었다.

"언제까지 그렇게 쉴 거예요?"

허삼관이 말했다.

"나도 몰라."

허옥란이 말했다.

"일락이, 이락이, 삼락이 모두 잠들었고, 나도 눈을 뜰 수가 없네요. 언제까지 등나무 평상에서 쉴 거예요? 침대에 들어와서 자요."

허삼관이 말했다.

"어느 침대에서 자든 무슨 상관이야."

7

허삼관이 날실 공장에서 누에고치 대주는 일을 하면서 얻는 혜택 중의 하나는 매달 실로 짠 장갑을 얻을 수 있다는 것이었다. 작업장의 여공들은 허삼관을 보면 부러운 눈으로 이렇게 묻곤 했다.

"아저씨는 장갑을 몇 년에 한 번씩 바꿔요?"

그러자 허삼관이 장갑 낀 손을 흔들어 보이는데, 다 풀어진 실밥과 꿰맨 실밥이 장난감 북채처럼 흔들렸다.

"이 장갑은 3년쯤 꼈지."

"그게 어디 장갑이에요? 이렇게 멀리서도 손가락 열 개가 똑똑히 보이는데."

"1년은 새것, 그 다음 2년은 헌것, 그 다음에는 기우고 기워서 한 3년. 이 장갑은 앞으로도 한 3년쯤은 끄떡없다구."

"장갑 한 켤레를 6년이나 끼면, 그동안 공장에서 매달 받는 장갑은 다 어디다 써요? 우리나 줘요. 우린 겨우 반년에 한 켤레뿐인데."

그러나 허삼관은 새로 받은 장갑을 곱게 접어서 주머니에 넣고 피식피식 웃으며 집으로 돌아왔다. 집에 돌아와 그 장갑을 허옥란에게 건네주었다. 장갑을 받은 허옥란은 문밖으로 나가서 햇빛에 비추어 보며 조방(粗紡, 굵은 실로 짠 것)인지 정방(精紡, 가는 실로만 곱게 짠 것)인지 살펴보고, 정방이면 갑자기 소리를 질렀다.

"아이야!"

그럴 때면 허삼관은 이 달에 새로 받아온 장갑이 벌레에 삭은 줄 알고 깜짝 놀라곤 했다.

"정방이잖아!"

한 달에 두 번, 공장에서 돌아오는 허삼관에게 허옥란이 손을 내밀며 하는 말이 있다.

"이리 줘요."

그중 하루는 월급날이고, 다른 하루는 바로 장갑을 받아오는 날이었다. 허옥란은 장갑을 옷상자 깊숙이 넣어두었다가 네 켤레가 모이면 그 실을 풀어 삼락이 옷을 한 벌 짜주고, 여섯 켤레가 모이면 이락이 옷을, 여덟 내지 아홉 켤레가 모이면 일락이 옷을 한 벌 해주었다. 허삼관의 옷은 스무 켤레가 넘지 않으면 만들 수가 없어서 허옥란은 허삼관에게 핀잔을 주곤 했다.

"당신, 이 겨드랑이 살 좀 봐요. 허리에도 갈수록 살이 붙고, 배도 계속 나오잖아. 지금 같아서는 스무 켤레로도 모자란다구……."

그러면 허삼관은 이렇게 대꾸했다.

"그러면 당신 옷이나 해 입어."

"지금은 안 돼요."

허옥란은 정방으로 짠 장갑이 열일곱 켤레 정도가 모일 때까지 기다렸다가 자기 옷을 해 입을 작정이었다. 정방으로 짠 장갑은 허삼관이 1년에 기껏해야 두세 켤레밖에 타 오지 않기 때문이다. 결혼해서 7년 동안 모은 것으로 허옥란은 얇은 정방 면실 옷을 한 벌 해 입었다. 그 옷을 만들었을 때는 바야흐로 꽃피는 춘삼월이었다. 허옥란은 우물가에서 머리를 감고, 문밖에 앉아 깨지기 전의 거울을 들고 허삼관을 이리저리 지휘하면서 머리를 다듬었다. 햇볕에 머리를 말린 다음, 갓 지은 정방 면실 옷에 향기가 가득 배도록 얼굴에 설화크림을 잔뜩 바르고, 처녀 적에 쓰던 명주 손수건을 상자에서 꺼내 목에 두른 채 한 발은 문간 밖에 두고 다른 한 발은 뗄까 말까 한 자세로 허삼관에게 이렇게 말했다.

"오늘은 당신이 쌀 씻고 밥해요. 난 오늘 명절 쇠는 날이니까 아무 일도 안 할 거예요. 나 그럼 나가요. 거리에 좀 나가야겠어요."

"지난주에 지내놓고 또 지내?"

"월경이 아니고…… 당신은 내가 새 옷 입은 것도 안 보여요?"

면실로 곱게 짠 옷은 한 번 만들어 2년 정도 입는 동안, 다섯 번만 빨아도 중간에 한 번씩 해진 부분을 기워야 했다. 허옥란은 얼마 전에 정방으로 짠 장갑을 하나 떴는데, 역시나 옷의 해진 부분을 꿰매기 위해서였다. 그녀가 허삼관이 정방으로 짠 장갑을 받아오기를 간절히 바라는 것도 바로 이런 이유에서였다.

"새 면실 옷은 한 벌뿐이라구요."

허옥란은 장갑을 뜨고 싶을 때면, 그 전날 밤 자기 전에 반드시 창문을 열고 밤하늘의 별빛이 환하게 비치는지를 확인했다. 만약 달과 별이 밝게 빛나면 다음날 날씨가 쾌청할 거라 확신하고, 이튿날 어김없이 장갑을 뜨었다.

장갑을 뜰 때는 두 사람이 필요했다. 실밥을 찾아 쭉 뽑아낸 후 아래로 잡아당기면 되는데, 뽑아낸 실밥을 다른 사람의 양팔에 둘둘 감아야 실을 곧게 펼 수 있다. 그렇게 하지 않으면 실이 돌돌 말려 있어서 곧바로 옷을 짤 수가 없다. 그러니 반드시 물속에 두세 시간 정도 담갔다가 대나무 막대에 널어서 햇볕에 말려야 물의 무게에 의해 실이 곧게 펴지는 것이다.

허옥란이 장갑을 뜨기 위해서는 자기 앞쪽으로 쭉 내민 팔뚝이 필요했다.

"일락아, 일락아……."

밖에 있던 일락이가 그 소리에 안으로 들어왔다.

"엄마, 부르셨어요?"

"일락아, 와서 엄마 장갑 뜨는 것 좀 도와줄래?"

일락이가 고개를 가로저으며 싫다고 대답했다.

일락이가 가버리자 허옥란은 이락이를 불렀다.

"이락아, 이락아……."

집으로 뛰어들어온 이락이는 장갑 뜨는 일을 도우라는 것인 줄 알고 즐거운 마음으로 의자에 앉아 엄마가 뽑은 실을 자기 팔에 감도록 양팔을 쭉 내밀었다. 그러자 삼락이도 들어와 이락이 옆에 서서 양팔을 쭉 내밀었다. 삼락이가 이락이에게 몸을 기대는 게 아무래도 이락이를 밀어내려는 것 같았다. 허옥란이 삼락이가 내민 손을 보고 야단을 쳤다.

"삼락아, 넌 저리 가거라. 손이 온통 콧물 범벅이잖니."

허옥란과 이락이가 앉아 있는 곳에서는 이야기가 끊이지 않았다. 서른 살 먹은 여자와 여덟 살짜리 아이의 대화가 마치 서른 살 먹은 사람 둘이나 여덟 살짜리 아이 둘의 대화 같았다. 밥을 다 먹은 뒤나 잠자기 전, 또는 길을 걸을 때 두 사람의 이야기는 하면 할수록 장단이 맞았다.

"성 남쪽의 장씨네 딸은 갈수록 예뻐지더라."

"머리를 엉덩이까지 땋은 그 장씨네 딸 말예요?"

"그래, 전에 너한테 수박씨를 준 그 아가씨 말이야. 점점 더 예뻐지는 것 같지 않니?"

"사람들은 장 젖소라고 부르던데요."

"날실 공장에 다니는 임분방이 흰색 운동화 신은 걸 봤는데, 글쎄 그 안에 빨간색 나일론 양말을 신지 않았겠니? 그래도 빨간색 나일론 양말은 전에 본 적이 있어. 우리 집 맞은편에 사는 임평평이 신은 걸 말이야. 하지만 여자 운동화는 이번이 처음인 것 같아."

"나도 본 적 있어요. 백화점에 진열된 걸……."

"남자 운동화는 많이 봤지. 임평평네 형도 한 켤레 있고, 우리 동네 왕덕복도 있고."

"매일같이 그 왕덕복네 집에 가는 말라깽이도 신었잖아요."

"……."

"……."

그러나 허옥란과 일락이 사이에는 많은 말이 오가지 않았다. 일락
이가 허옥란과 함께 있는 걸 싫어했고, 함께 뭘 하기를 바라지도 않
았다.

"일락아, 나 대신 바구니 좀 들어줄래?"

"싫어요."

"일락아, 바늘에 실 좀 꿰어줄래?"

"싫어요."

"일락아, 옷 좀 잘 개켜놓으렴."

"싫어요."

"일락아……."

"싫어요."

허옥란이 화가 나서 일락이한테 소리를 질렀다.

"넌 그럼 도대체 뭐가 하고 싶니?"

허삼관이 방에서 왔다 갔다 하다가 우연히 고개를 들어 천장을 보
니, 햇빛 몇 줄기가 군데군데 새어 들어오는 게 보였다.

"지붕에 올라가서 손질 좀 해야겠는걸. 장마 오기 전에 고치지 않
으면 큰 비가 올 때 줄줄 새겠어."

일락이가 이 말을 듣고는 허삼관에게 말했다.

"아버지, 제가 가서 사다리 빌려올게요."

"넌 아직 어려서 사다리를 못 들 거야."

"그럼 제가 먼저 가서 말해놓을게요. 아버지가 들고 오세요."

허삼관이 빌려온 사다리를 타고 지붕으로 올라갔다.

"아버지, 제가 사다리 꼭 붙잡고 있을게요."

허삼관이 올라가자 지붕에서 삐걱삐걱 소리가 났다. 일락이도 아래에서 분주히 움직였다. 그는 허삼관의 찻주전자를 사다리 옆에 가져다 놓았다. 그리고 세숫대야를 가져와 물을 부어서는 허삼관의 수건을 적셨다. 그런 다음 두 손으로 찻주전자를 받쳐 들고 위를 향해 외쳤다.

"아버지, 내려와서 차 좀 마시고 하세요."

허삼관이 지붕 위에 선 채로 대답했다.

"됐다. 방금 올라왔는데, 뭘."

일락이는 허삼관의 수건을 꽉 짜서 두 손으로 받쳐 들고 잠시 기다렸다가 또다시 소리쳤다.

"아버지, 차 한 모금 드시고 하세요. 땀도 좀 닦으시구요."

허삼관이 지붕에 웅크리고 앉은 채 대답했다.

"아직 땀도 안 났는데."

이때 삼락이가 뒤뚱거리며 걸어오자 일락이는 손을 휘저으며 내쫓으려 했다.

"삼락아, 저리 가. 여기엔 네가 할 일이 없단 말이야."

삼락이는 말을 듣지 않고 사다리 쪽으로 다가가 사다리를 붙잡았다.

"지금은 사다리를 붙잡을 필요가 없어."

삼락이가 사다리 제일 아래 칸에 앉자 일락이는 달리 방법이 없다는 듯 허삼관에게 소리쳤다.

"아버지, 삼락이가 안 가요."

허삼관이 지붕에서 소리 질렀다.

"삼락이 너 저리 안 가냐. 기왓장이라도 떨어지면 너 머리 깨져 죽는단 말이야."

일락이는 늘 허삼관에게 이렇게 말했다.

"아버지, 전 엄마나 여자들하고 있는 게 싫어요. 여자들은 누가 예쁘다거나 누구 옷이 예쁘다는 얘기밖에 안 해요. 난 아버지 같은 남자들이랑 있는 게 좋아요. 남자들 이야기는 다 듣기 좋거든요."

하루는 허삼관이 나무통을 들고 우물에 물을 길러 갔다. 이 나무통의 손잡이에 매인 밧줄은 이미 수백 번 물속에 들어갔다가 햇볕에 마르기를 반복해온 터였다. 그래서인지 이번에 허삼관이 나무통을 우물에 넣었더니, 끊어진 노끈만 달랑 올라왔다. 나무통이 우물 속으로 떨어져 우물물에 먹혀버린 것이었다.

돌아오는 길에 허삼관은 어느 집 처마 밑에서 옷을 널어 말리는 대나무 장대를 주웠다. 집에 와서 의자를 문 앞에 놓고 앉아 펜치로 굵은 철사를 구부려 갈고리를 만들고, 가는 철사로 그 갈고리를 대나무 장대 끝에 묶었다.

일락이가 그걸 보더니 다가와서 물었다.

"아버지, 나무통이 또 우물에 빠졌나요?"

허삼관이 고개를 끄덕이며 일락에게 말했다.

"일락아, 아버지 장대 메는 것 좀 도와다오."

일락이는 땅바닥에 앉아 장대를 어깨에 멘 채로 허삼관이 갈고리를 단단히 묶는 모습을 바라보았다. 잠시 후 장대의 한쪽 끝은 허삼관이 들고, 다른 한쪽은 일락이가 어깨에 메고 부자가 함께 우물가로 갔다.

보통 허삼관이 장대를 우물 속에 넣고 한 시간 정도 찾으면 갈고리로 나무통의 손잡이를 낚아 올릴 수 있었는데, 이번에는 웬일인지 한 시간 반이나 지났는데도 손잡이를 낚을 수가 없었다.

허삼관은 얼굴의 땀을 닦아내며 푸념을 늘어놓았다.

"위에도 없고, 왼쪽에도 없고, 오른쪽에도 없고⋯⋯. 사방에 다 없는 걸 보니 분명히 손잡이가 거꾸로 처박힌 거야. 날 샜군. 아주 번거롭게 됐는걸."

허삼관이 장대를 꺼내 우물가에 기대어놓고는 어찌할 바를 몰라 두 손으로 머리만 쓰다듬고 있는데, 우물 가장자리에 착 달라붙어서 그 속을 한참 들여다보던 일락이가 허삼관에게 말했다.

"아버지, 저 더워서 땀 흘리는 것 좀 보세요⋯⋯."

허삼관의 입에서 "음" 하는 소리가 흘러나오자 일락이가 말을 이었다.

"아버지, 옛날에 제가 세숫대야 물에 얼굴을 처박고는 숨 한 번 안 쉬고 1분 23초나 견뎠던 거 기억나시죠?"

"이런 제기랄, 손잡이가 밑으로 처박혔으니 어쩌지?"

"아버지, 이 우물은 너무 깊어서 들어가기가 무서워요. 한번 내려가면 올라올 수 없을 것 같아요. 그런데 아버지, 아버지가 제 허리에 밧줄을 묶어서 저를 밑으로 조금씩 내려주면…… 제가 잠수를 해서 …… 1분 23초나 잠수할 수 있으니까……. 나무통 손잡이를 찾으면 아버지가 절 다시 올려주세요."

허삼관이 듣고 보니 일락이 녀석의 방법이 제법 신통했다. 허삼관은 그 길로 집으로 뛰어가 튼튼한 밧줄을 찾았다. 만일 낡은 밧줄을 썼다가 일락이가 나무통마냥 우물에 처박히면 그야말로 모든 것이 끝장이기 때문이었다.

허삼관은 밧줄의 양끝을 일락이의 넓적다리에 빙 두른 다음 다시 허리에 묶고, 일락이를 우물 속으로 천천히 내려줬다. 이때 또다시 삼락이가 뒤뚱거리며 걸어왔다. 그 모습을 본 허삼관이 삼락이를 쫓아 보내려고 소리쳤다.

"삼락아, 저리 가거라. 잘못하면 우물 속으로 떨어진단 말이야."

허삼관은 항상 삼락이에게 이렇게 말했다.

"삼락아, 저리 가……."

허옥란도, 일락이와 이락이까지도 때때로 이렇게 말했다.

"삼락아, 저리 가……."

그들이 삼락이에게 저리 가라고 하면 삼락이는 어쩔 수 없이 저만치 떨어져 혼자 큰길에서 어슬렁거렸다. 군침을 삼키며 사탕가게 앞에 오랫동안 서 있거나, 강가에 혼자 쪼그리고 앉아 붕어 떼나 민물 새우를 바라보기도 하고, 나무 전신주에 몸을 붙인 채 웽웽거리는 전류 소리를 듣거나, 다른 집 앞에서 무릎을 껴안은 채 잠들기도 했다. 툭하면 모르는 길을 무작정 걷다가 길을 잃고는 물어물어 집으로 돌아오곤 했다.

허삼관은 늘 허옥란에게 이렇게 말했다.

"일락이는 나를 닮고, 이락이는 당신을 닮았는데, 삼락이 저 녀석은 도대체 누굴 닮은 거지?"

허삼관이 이렇게 말하는 것은 세 아들 가운데 일락이를 가장 좋아한다는 뜻이었다. 그런데 열받게도 일락이가 다른 놈의 자식으로 판명된 것이다. 그때부터 허삼관은 등나무 평상에 누워 생각에 잠긴 듯 멍하니 있다가 가끔씩 상심에 찬 눈물을 흘렸다. 허삼관이 눈물을 흘릴 때면 삼락이가 다가와 자기도 따라 울었다. 삼락이는 아버지가 왜 우는지 몰랐고, 자기가 왜 우는지도 몰랐다. 단지 다른 사람이 재채기를 하면 자기도 따라서 재채기를 하는 것처럼, 아버지의 상심이 그대로 전해졌던 것이다.

허삼관은 옆에서 자기보다 더 상심한 듯 울고 있는 삼락이를 보면 손을 휘저으며 말했다.

"삼락아, 저리 가."

그러면 삼락이는 또 어쩔 수 없이 물러갔다.

이즈음에는 삼락이도 이미 일곱 살 먹은 사내아이라, 손에는 새총을 들고 주머니에는 총알을 가득 넣고 다니며 처마 끝이나 나뭇가지에 앉아 있는 참새에게 새총을 쏘곤 했다. 참새들은 잠시 놀라서 짹짹거리기는 해도 곧 유유히 날아가 버렸다. 그러면 삼락이는 그 자리에 서서 도망가는 참새를 향해 성난 목소리로 소리를 쳤다.

"돌아와. 이리 오란 말이야."

삼락이의 새총은 늘 가로등이나 고양이, 닭, 거위 등을 조준했고, 대나무 장대에 널어놓은 빨래나 창가에 걸어둔 건어물, 깨진 병, 바구니, 강물에 떠다니는 채소 이파리 등 가리지 않고 총알을 쏘아댔다.

한번은 삼락이가 새총으로 어떤 사내아이의 머리통을 맞혔다. 그 아이는 삼락이와 동갑내기였는데, 멀쩡하게 걸어가다가 갑자기 공기알만 한 총알에 머리를 강타당한 것이다. 총알을 맞는 순간 그 아이의 몸이 잠시 휘청거렸다. 아이는 곧 손으로 아픈 곳을 쓰다듬더니 울음을 터뜨렸다. 그리고 몸을 돌려 삼락이가 새총을 손에 든 채 히죽거리는 것을 보고는 더 크게 울면서 그 앞으로 다가갔다. 그러더니 갑자기 삼락이의 귀싸대기를 올렸는데 잘못해서 뺨이 아니라 뒤통수를 때렸다. 그러자 삼락이도 그 아이의 뺨을 한 대 후려쳤고, 아이는 또다시 삼락이의 얼굴을 강타했다. 두 아이가 이렇게 짝짝 소리가 나도록 상대의 얼굴을 한 대씩 때릴 때마다 울음소리도 따라서 점점 커졌다. 물론 삼락이도 악악거리며 울음을 그치지 않았다.

그 아이가 말했다.

"우리 형 불러올 거야! 난 형이 둘이나 있다구. 우리 형이 널 실컷 두들겨 패줄 거다."

삼락이도 지지 않고 맞섰다.

"너만 형이 둘인 줄 아냐? 나도 형이 둘 있다. 우리 두 형이 너희 두 형을 박살 내버릴 거다."

그래서 두 아이는 잠시 휴전하고 서로 뺨을 때리지 않기로 했다. 그런 다음 각자 집으로 가서 자기 형들을 불러와 한 시간 후에 그 자리에서 다시 만나기로 했다. 삼락이는 집으로 뛰어가 방 안에 앉아 하품을 하고 있는 이락이 형에게 도움을 청했다.

"이락이 형, 내가 누구랑 싸웠는데 빨리 와서 나 좀 도와줘."

"누구랑 싸웠는데?"

"그 자식 이름은 모르겠어."

"얼마만 한데?"

"나만 해."

이락이는 그 아이가 삼락이만 하다는 소리를 듣자마자 탁자를 내려치며 욕을 퍼붓기 시작했다.

"이런 씨팔, 감히 내 동생을 얕보는 놈이 있다니. 가서 그 자식 손 좀 봐줘야겠네."

삼락이가 이락이를 데리고 약속 장소로 갔을 때, 그 아이는 자기 형과 벌써 나와 있었다. 이락이는 그 아이의 형이 자기보다 머리 하나가 더 큰 걸 보고는 일순간 머리카락이 쭈뼛해지는 걸 느꼈다. 이락이가 뒤에 서 있는 삼락이에게 말했다.

"넌 아무 말도 하지 말고 내 뒤에 가만히 서 있어."

그 아이의 형은 이락이와 삼락이가 오는 걸 보고 손가락으로 그들을 가리키며 가소롭다는 듯 자기 동생에게 물었다.

"쟤네들이냐?"

그러고는 팔을 걷어붙이고 앞으로 나가 눈을 부릅뜨고 물었다.

"누가 내 동생이랑 싸운 거냐?"

이락이가 웃으며 말했다.

"난 네 동생이랑 싸운 적 없다."

이락이는 손을 들어 어깨 너머에 서 있는 삼락이를 엄지손가락으로 가리켰다.

"내 동생하고 네 동생하고 싸운 거야."

"그렇다면 내가 네 동생을 좀 패줘야겠는데."

"우리 먼저 사리를 좀 따져보자구."

이락이는 그 아이의 형에게 말했다.

"사리가 맞지 않으면 그때 가서 내 동생을 패라구. 그럼 난 끼어들지 않을 테니까……."

"네가 끼어들면 또 어쩔 건데?"

그 아이의 형이 손으로 밀치자 이락이는 뒤로 몇 걸음이나 밀려났다.

"난 오히려 네가 끼어들어서 너희 두 놈을 몽땅 두들겨줬으면 하는데."

"난 절대로 끼어들지 않아."

이락이는 손을 휘저으며 말했다.

"난 그저 사리를 따져보고 싶은 거야……."

"웃기고 있네."

이렇게 말하며 그 아이의 형이 이락이에게 주먹을 날렸다.

"우선 너부터 패주고, 네 동생 놈을 손을 봐주겠어."

이락이는 한 발 한 발 뒤로 물러서며 그 아이에게 물었다.

"이 사람 누구니? 누군데 사리를 따지자는데 주먹부터 날리는 거냐구?"

"우리 큰형이야."

그 아이가 자신 있게 말했다.

"작은형도 있구."

이락이는 작은형이 있다는 말을 듣자마자 말했다.

"잠깐, 그만둬."

이락이는 두 아이를 가리키며 그 아이의 형에게 말했다.

"이건 공평하지가 않잖아. 내 동생은 작은형을 불러왔는데, 네 동생은 큰형을 불러왔잖아. 이건 불공평하다구. 네가 정말 담이 센 놈이라면 내 동생더러 우리 큰형을 불러오라고 해서 형이랑 한판 붙어 보는 게 어때?"

그 아이의 형이 주먹을 휘두르며 말했다.

"그런다고 천하의 내가 겁을 낼 줄 알아? 가서 너희 형 불러와. 너희 형, 너, 그리고 네 동생 모두 신나게 두들겨 패줄 테니."

삼락이가 일락이를 부르러 갔다. 잠시 후, 일락이는 그 자리에 오긴 했어도 선뜻 가까이 다가서지 않았다. 척 보니 그 녀석이 자기보다 머리통 반만큼 더 커 보였기 때문이었다. 일락이가 동생들에게 말했다.

"우선 오줌부터 한 방 갈기고 올게."

이렇게 말하고서 일락이는 골목으로 들어가 오줌을 갈기고, 뒤로 감춘 두 손에 삼각형 모양의 날카로운 돌을 들고 나왔다. 일락이는 고개를 숙인 채 그 형이란 녀석 앞으로 걸어갔다.

그가 말했다.

"이놈이 너희 큰형이냐? 나보다 머리통 하나는 작은 주제에."

일락이는 고개를 들어 녀석의 머리가 어디 있는지 똑바로 보고는 그 머리를 있는 힘껏 돌로 내리찍었다. 그 애가 억 하고 소리를 냈지만 일락이는 연거푸 세 번이나 머리를 찍었다. 그러자 그 아이는 땅바닥에 사지를 쭉 뻗었고, 바닥에는 붉은 피가 홍건했다. 일락이는 그 애가 완전히 뻗어버리자 곧 돌을 내버렸다. 그러고는 손에 묻은 먼지를 털어내고 놀라서 멍하니 서 있는 이락이와 삼락이에게 손짓하며 말했다.

"집에 가자."

8

"대장장이 방씨 아들이 허삼관 아들한테 맞아서 머리가 박살 났
대. 듣자 하니 망치로 박살 냈다는데. 골통이 깨져 산산조각 난 게 꼭
땅에 떨어져 깨진 수박 통 꼴이라더군. 전부 갈라져서는……. 식칼
로 찍었다는구만. 찍은 데가 손가락 깊이만큼이나 파여 가지고는 희
끄무레한 골이 다 보인다더라구. 병원 간호사들이 그러는데 그 골이
꼭 푹 익은 연두부 같다는구만. 열기가 푹푹 뿜어져 나오는 게…….
진 선생님이 방씨 아들 머리를 수십 바늘이나 꿰맸다는데…….
그 딱딱한 골통이 어디 바늘로 꿰매질까? 어떻게 꿰맸는지 모르겠
단 말씀이야……. 강철 바늘로 꿰매는 거지. 강철 바늘은 신발 만들
때 쓰는 바늘보다도 몇 배나 굵어……. 그런데 그렇게 굵은 바늘도
잘 안 들어가서 작은 쇠망치로 두들겨 집어넣었다더군……. 그러려
면 먼저 머리카락을 싹 다 뽑아야 하는데……. 어떻게 잡아 뽑겠나.
깎는 거지. 머리카락은 땅에서 자라는 풀이랑은 다르고, 골통도 깨

져 있는 상태니까 힘줘서 뽑으면 골이 한 덩이씩 뽑혀 나올지도 몰라……. 이런 걸 피부 준비라고 하는 거야. 수술 전에는 반드시 상처 주위의 털을 깨끗하게 깎아내야 하거든. 내가 작년에 맹장을 잘라낼 때도 보니까 먼저 거시기 털을 깨끗하게 깎아내더라구……."

허삼관이 허옥란에게 물었다.
"사람들이 무슨 얘기하는지 들었지?"

"방씨네 아들은 병원 진 선생님 덕분에 살아났지. 진 선생님이 수술실에서 열 시간이 넘도록 서서……. 방씨네 아들 얼굴에 온통 붕대를 감고 두 눈만 달랑 남겨놨다는군. 코끝이랑 입 절반 정도랑……. 방씨 아들은 수술실에서 나와서 스무 시간 넘게 아무 소리도 못 내고 그냥 누워 있다가 어제 새벽에 간신히 눈을 떠서……. 죽을 먹었다가 전부 토해냈대……. 똥오줌하고 말이야……. 방씨네 아들이 입으로 똥오줌을 게워냈다는 거야……."

허삼관이 허옥란에게 물었다.
"사람들이 무슨 얘기하는지 들었지?"

"방씨 아들이 입원해서 약도 먹고 주사도 맞고 매일 약병을 걸어 놓고 맞아야 하는데, 돈이 꽤 많이 든다는군. 그런데 그 돈을 누가 내야 하느냔 말이야. 허삼관이 내야 할까? 아니면 하소용이 내야 할까? 어쨌든 허옥란은 옴짝달싹 못 하게 생겼군. 아비가 누구든 어미는 허옥란이니까……. 그 돈을 허삼관이 낼까? 허삼관은 어딜 가나 하소용더러 일락이를 데려가라고 말한다더군……. 그 돈도 하소용이 내야 한다면서 말이야. 자기는 하소용의 아들을 9년 동안이나 헛키우지 않았느냐고……. 일락이 엄마하고도 9년 동안 헛잠을 잔 셈이고. 병사는 하루를 쓰려 해도 천 날을 키워야 하는 법이니, 만약 어느 여자가 나하고 9년 동안 공짜로 자준다면 그 여자의 아들이 어려움을 당했을 때 나 같으면 수수방관하지는 않을 텐데……. 허삼관의 말에도 일리는 있다구……. 왜냐? 만약에 여자가 공짜로 당신이랑 9년이나 자주고, 게다가 허옥란처럼 예쁘기까지 하면, 그 아들한테 일이 생겼을 때 당연히 도와야지. 하지만 허옥란은 허삼관이 돈을 써서 시집온 여자가 아닌가. 그렇게 부부가 되었으니 그 둘 사이를 헛잠이라고 할 수 있을까……. 당신들, 허삼관이 그 돈을 내야 한다고 생각하는 건가? 아니지……. 아니야……. 허삼관은 이미 9년이나 자라 대가리(중국에서 남자에게 하는 최대의 욕으로, 무능하고 바보 같은 자를 일컫는다) 노릇을 하지 않았느냐구. 예전에야 아무것도 몰랐으니 그랬다손 치더라도 이제는 다 알았잖은가. 알고도 돈을 물어준다면 자라 대가리 같은 짓이 아니고 뭐냔 말이야?”

허삼관이 허옥란에게 말했다.

“당신, 사람들이 무슨 얘기하는지 들었지? 아마 다는 못 들었을 거야. 일부만 들었겠지……. 방씨가 여러 번 왔었어. 빨리 돈을 준비해서 병원에 보내라고. 당신, 하소용하고 돈을 얼마나 준비했어? 울긴 왜 울어? 우는 게 무슨 소용이냐구. 나한테 빌지 마. 만일 이락이나 삼락이가 밖에서 사고를 쳤다면 내가 그 사람들한테 가서 머슴 짓이라도 기꺼이 하겠지만……. 일락이는 내 아들이 아니잖아. 공짜로 9년이나 키우는 동안 그 아이가 내 돈을 얼마나 쓴 줄 알아? 내가 하소용을 찾아가 그간의 계산을 따지지 않은 거로도 많이 참은 거라구. 당신, 사람들이 무슨 얘기하는지 들었지? 내가 사람이 착해서 그렇지, 다른 사람 같았으면 하소용이랑 그 아들놈은 전부 맞아 죽었을 거라구……. 나랑 의논할 생각하지 마. 나하고는 상관없으니까. 이건 하씨 집안의 일이라구. 사람들 말이 내가 만일 그 돈을 물어주면 돈 써서 자라 대가리 짓을 하는 거라고 하더군……. 됐어, 됐다구. 다시는 울지 말라구. 당신 계속 울고만 있는 거 보기 싫어 죽겠으니까. 이렇게 하지. 당신이 하소용한테 가서 이렇게 전해. 당신과 10년 동안 산 정을 생각해서, 또 일락이가 9년 동안 날 아버지라고 부른 정을 생각해서 일락이를 하씨 집으로 돌려보내지 않고 앞으로도 내가 키울 테지만, 이번의 이 돈만큼은 하소용이 내야 한다구. 그렇게 하지 않으면 내가 사람들 볼 낯이 없다구 말이야……. 이런 제기랄, 이거 하소용한테 너무 후한 거 아냐?"

9

 허옥란이 허삼관에게 지금 하소용을 만나러 가는 길이라고 말했을 때, 허삼관은 방에 앉아 대걸레를 만들고 있었다. 그는 허옥란의 말을 듣고서도 코를 쓰다듬고 입을 문지르며 아무 말 없이 계속 걸레를 마포 자루에 묶었다.

 "나 지금 하소용을 만나러 가요. 당신이 가라고 해서 가는 거라구요. 난 원래 평생 다시는 그 사람 안 보기로 맹세했었다구요."

 그러고는 물었다.

 "화장을 곱게 하고 갈까요? 아니면 봉두난발을 하고 갈까요?"

 '그 녀석을 만나는데 왜 화장을 해야 하나? 머리도 곱게 빗고, 머릿기름이랑 설화크림도 바르고, 그토록 아끼는 정방 면실 옷을 입고, 신발의 먼지도 깨끗하게 닦아냈겠다? 거기다 명주 손수건까지 목에 두르고 즐거운 마음으로 나를 9년이나 자라 대가리 노릇을 하게 한 하소용을 만나러 간다구?'

허삼관은 생각이 여기까지 미치자 대걸레를 집어던지며 자리에서
벌떡 일어났다.

"이런 니미럴, 아직도 그 자식이 가슴 주물러주던 맛을 못 잊었나?
당신, 하소용이랑 또 그 짓을 해서 사락이까지 낳으려구 그러는 거
야? 화장하고 싶은 생각이 나? 봉두난발을 하고, 얼굴에는 부뚜막
재나 바르고 가."

"내가 만일 봉두난발을 하고 얼굴에 재나 바르고 가면 하소용이
아마 이렇게 말할 거예요. '허삼관 마누라 꼬락서니 좀 보소.'"

허삼관이 생각해보니 그 말도 맞는 것 같았다. 그 개자식에게 자
신만만한 표정을 짓게 할 수는 없는 노릇이었다.

"그럼 화장하고 가."

허옥란은 정방 면실 옷을 입고, 겉에는 짙은 남색에 카키색 옷깃
이 달린 춘추복을 입었다. 목둘레의 옷깃을 최대한 바깥으로 꺾어
가슴 앞쪽으로 정방 면실 옷이 많이 보이게 한 다음, 기어코 명주 손
수건까지 목에 둘렀다. 명주 손수건은 처음에는 가슴께까지 늘어지
게 묶었다가 거울에 비춰보니 정방 면실 옷을 가리는 것 같아, 목 왼
쪽으로 매듭을 지어 옷깃 속으로 집어넣었다. 그러고는 또 거울을
보면서 매듭진 끝을 다시 끄집어내 옷깃 위로 치켜세웠다.

그녀는 자기 얼굴에서 나는 설화크림 향기를 맡으며 하소용의 집
으로 향했다. 옷깃 위로 세운 명주 손수건이 새의 날갯짓마냥 바람
에 나풀거렸다. 허옥란은 두 구역을 지나 골목으로 들어서 하소용의
집 앞에 이르렀다. 서른 줄에 접어든 여자가 문간에 앉아 빨래판에

빨래를 비비고 있었는데 허옥란은 이 여자가 하소용의 부인이란 걸 단박에 알아챘다. 대나무처럼 빼빼 마른 게 10년 전이나 다를 바가 없었다. 평소에 그 여자는 하소용과 거리를 걷다가 허옥란과 마주치면 콧방귀를 뀌곤 했는데, 그럴 때마다 허옥란은 그들이 지나간 후에도 웃음을 참지 못했다. 그녀는 속으로 '아하, 하소용이 가슴도 절벽이고 엉덩이도 없는 여자를 얻었구나'라고 생각했는데 엉덩이와 가슴이 없기는 그때나 지금이나 마찬가지였다.

허옥란은 활짝 열린 대문을 향해 소리쳤다.

"하소용! 하소용!"

"누구요?"

하소용이 대답을 하면서 이층의 창문으로 머리를 내밀었다가, 아래에 허옥란이 서 있는 걸 보고는 깜짝 놀라며 창가에서 사라졌다. 잠시 후, 그의 침울한 얼굴이 다시 창가에 나타났다. 그는 저 아래 자기 마누라보다 예쁜 여자가 서 있는 모습을 바라보았다. 자기와 살을 섞고 종종 거리에서 만나기도 했지만 이제 다시는 함께 이야기를 나눌 수 없는 여자. 그 여자가 엷은 웃음을 머금고 자신을 바라보고 있었다.

"무슨 일이오?"

"하소용 씨, 정말 오랜만이에요. 풍채가 좋아졌네요. 아래턱이 다접힐 정도니."

하소용은 마누라가 "퉤!" 하고 침 뱉는 소리를 듣고 재차 물었다.

"무슨 일로 왔냐니까?"

"우선 내려와요. 내려와서 이야기해요."

하소용은 자기 마누라를 힐끗 쳐다보았다.

"싫어요. 난 여기가 좋다구. 내가 왜 내려가야 한단 말이오?"

"내려와요. 내려와서 이야기하는 게 편해요."

"여기 그냥 있겠소."

허옥란은 하소용의 마누라를 보며 비아냥대기 시작했다.

"하소용 씨, 혹시 못 내려오는 거 아니에요?"

하소용은 마누라의 눈치를 계속 살피며 기어 들어가는 목소리로
대꾸했다.

"못 내려가는 게 아니라……."

이때 하소용의 마누라가 일어서며 입을 열었다.

"내려와요. 저 여자가 당신을 뭐 어쩌겠어요? 설마 또 잡아먹기야
하겠어요?"

그제야 하소용은 아래로 내려와 허옥란 앞에 서서 쭈뼛거렸다.

"어디 얘기해보쇼. 할 말 있으면 빨리 하란 말이오. 뀔 방귀 있으면
빨리 뀌고."

허옥란은 얼굴에 엷은 웃음을 띠고 말을 늘어놓기 시작했다.

"좋은 소식을 전하러 왔어요. 우리 남편이 지난날은 다 잊기로 했
으니 오늘부터는 안심해도 좋다고 말예요. 원래는 당신을 결딴내려
했다구요. 자기 여자를 농락해 배를 부르게 했으니까. 게다가 당신
아들을 9년이나 키웠으니 그것도 결딴낼 일이죠. 그렇게 해도 뭐라
할 사람 아무도 없을걸요. 우리 남편이 지금까지 일락이한테 쓴 돈

도 받지 않고, 앞으로도 계속 자기가 키우겠다고 했어요. 그러니까 당신은 횡재한 거라구요. 남의 돈으로 자기 아들을 키웠으니 거저 아버지가 된 거 아니냐구요. 내 남편이 큰 손해를 본 거죠. 일락이가 태어나고는 한동안 밤새 잠도 못 자고 애를 안고 방 안을 왔다 갔다 했다구요……. 일락이는 안아줘야 잠을 잤거든요. 일락이의 기저귀도 남편이 다 빨았고, 매년 새 옷도 사주고, 먹여주고…… 밥도 나보다 많이 먹는다구요. 하소용 씨, 우리 남편이 지난 일에 대한 계산은 하지 않겠대요. 다만 대장장이 방씨 아들의 병원비만 내면…….”

“방씨 아들이 입원한 거랑 나랑 무슨 상관이 있다는 거요?”

“당신 아들이 그 아이 머리를 박살 내서…….”

“난 아들이 없소. 대체 나한테 무슨 아들이 있다는 거요? 난 딸만 둘이란 말이요. 하소영하고 하소홍.”

“이런 양심도 없는 사람 같으니.”

허옥란은 손가락으로 하소용의 가슴을 찔렀다.

“그해 여름, 생각 안 나? 아버지가 화장실 간 틈을 타서 날 침대에 눕히고는……. 이 흉악한 인간아, 내가 전생에 무슨 죄를 지었기에 당신 같은 인간의 종자를 뱃속에…….”

하소용은 허옥란의 손가락을 치우며 그녀의 말을 가로막았다.

“이 천하의 하소용이 어찌 당신 같은 사람의 뱃속에 씨앗을 심는단 말이오? 그건 허삼관의 씨야. 단번에 씨앗 세 개를…….”

“천하의 양심도 없는…….”

허옥란의 눈에서 눈물이 흘러내렸다.

"일락이를 본 사람들이 다 그래. 당신을 빼다 박았다구. 그러니 발할 생각 말라구. 얼굴을 불에 태우거나 숯에 그을리거나 할 게 아니라면 발은 꿈에도 생각하지 말란 말이야. 일락이는 점점 더 당신을 닮아갈 테니까……."

사람들이 주위로 몰려들자 하소용의 부인이 소리를 질렀다.

"이봐요. 와서 좀 보라구요. 벌건 대낮에 이 염치없는 여자가 글쎄 내 서방을 훔쳐 가려고 이 난리를 피웁니다요."

이 말을 들은 허옥란이 고개를 휙 돌리며 말했다.

"내가 다른 사람 남편을 꾀었으면 꾀었지 당신 남편한테는 손 안 대. 이 허옥란이 소싯적에 얼마나 예쁘고 고왔던지 다들 나를 꽈배기 서시라고 불렀다구. 당신 남편 하소용은 내가 차버린 남자야. 그 다음에 당신이 얼씨구나 하고 주워갔지……."

하소용의 부인은 곧장 달려가서 허옥란의 뺨을 갈겼다. 이에 허옥란도 지지 않고 맞받아쳤다. 급기야 두 여자는 주먹을 마구 휘두르다가 죽을힘을 다해 상대방의 머리채를 잡아 뜯었다. 하소용의 부인이 허옥란의 머리를 잡아 뜯으며 소리쳤다.

"여보, 여보!"

하소용이 다가와 허옥란의 두 손을 꽉 붙들었다. 허옥란이 "아이야"하고 소리를 지르자 하소용이 손을 풀어주면서 허옥란의 귀싸대기를 올렸다. 그 바람에 허옥란은 땅바닥에 주저앉고 말았다. 그녀는 얼굴을 쓰다듬으며 악을 썼다.

"하소용! 너 이 칼 맞아 뒈질 놈! 쌍놈의 자식! 양심을 개한테 갖다 줘버린 놈……."

그러고는 다시 일어나서 하소용을 가리키며 말했다.

"하소용, 너 이 자식 두고 보자. 내일이면 송장이 될 테니까. 두고
보라구. 우리 남편이 단칼에 베어버릴 테니. 넌 내일까지도 못 살 거
라구……."

허옥란이 집으로 돌아왔을 때 허삼관은 아직도 대걸레를 만드는
중이었다. 그녀는 얼굴이 눈물로 얼룩진 채 피곤을 이기지 못하고
허삼관 앞에 주저앉은 그녀는 남편을 보자마자 또다시 눈물을 쏟아
냈다. 허삼관은 허옥란의 눈물을 보고 그녀가 돈 문제를 해결하지
못했다는 걸 알아챘다.

"내 빈손으로 올 줄 알았지."

"여보, 당신이 가서 하소용을 칼로 베어버려요."

"이런 제기랄, 하소용을 보자마자 마음이 약해져서 돈 얘기는 꺼
내지도 못했겠지. 그렇지?"

"여보, 가서 하소용을 죽여버리라니까요."

"확실히 말해주겠는데, 만약 당신이 돈을 안 가져오면 내일 방씨
가 우리 집을 다 들어낸댔어. 당신 침대랑 탁자, 당신 옷, 설화크림,
명주 손수건이랑 다 말이야. 몽땅 가져간댔다구."

허옥란은 급기야 울음을 터뜨렸다.

"내가 돈을 내라고 했더니 달라는 돈은 안 주고 내 머리를 잡아 뽑
고, 뺨을 때리고……. 여보, 당신 마누라가 다른 사람한테 무시당하
는 걸 보고만 있을 거예요? 여보, 가서 하소용을 죽여버려요. 내가

어제 주방에 있는 식칼 잘 갈아놨으니까, 가서 하소용을 단칼에 베어버리라구요."

"그럼 난 어쩌고? 하소용을 찔러 죽이면 난 감옥에 가서 죽을 텐데. 그럼 제기랄, 당신은 과부가 된단 말이야."

허옥란은 이 말을 듣고 일어나 문 쪽으로 가서 문간에 다시 앉았다. 그 모습을 본 허삼관은 또 그 난리가 시작됐다는 걸 직감했다. 허옥란이 눈물을 닦던 손수건을 흔들며 곡소리를 냈다.

"내가 전생에 무슨 죄를 지었누. 이생에서 하소용만 재미 보게 해주고, 재미 본 건 관두더라도 그놈의 씨를 받아서, 아니 씨받은 건 관두더라도 일락이를 낳고, 아니 일락이를 낳은 건 관두더라도 일락이가 사고까지 치니……."

허삼관이 안에서 조용히 소리쳤다.

"이런 니미럴, 안 들어와! 또 자라 대가리 노릇 시키려구 소리 지르나……."

허옥란은 울음을 멈추지 않았다.

"일락이가 사고 친 건 관두더라도 남편이라고 저렇게 손 하나 까딱하지 않으니……. 하소용도 마찬가지야. 돈은 고사하고 머리를 쥐어뜯고 사람을 패기까지 하니……. 하소용 이 천벌 받아 죽을 놈 같으니라구……. 아니, 그건 또 관두더라도 내일 방씨가 사람들을 데려오면 어쩌지? 나더러 어쩌란 말이야?"

일락이, 이락이, 삼락이가 엄마의 울음소리를 듣고 달려왔다.

"엄마, 울지 마세요. 방으로 들어가세요."

"엄마, 울지 마세요. 왜 울어요?"

"엄마, 울지 마. 그런데 하소용이 누구야?"

이웃들도 와서 물었다.

"옥란이, 울지 마. 이러다 몸 상하겠어……. 옥란이, 왜 우는 거야? 울어서 뭐 하냐구?"

이락이가 이웃들에게 말했다.

"왜냐면요…… 엄마가 우는 건 일락이 형 때문이에요……."

"이락이 너 입 다물어."

"싫어. 맞잖아. 일락이 형이 엄마하고 아버지의 아들이 아니라서……."

"이락이 너 한 번만 더 입 놀리면 패줄 거야."

"일락이 형은 하소용하고 엄마하고……."

일락이가 이락이의 뺨을 한 대 때리자 이락이도 악악거리며 울기 시작했다. 허삼관은 방 안에서 그 소리를 듣고 속으로 '이 잡종의 자식이 기어코 내 아들까지 때리는구나'라고 생각했다. 그러고는 곧바로 뛰어나와 일락이의 뺨을 때리고 벽으로 떠밀며 호통을 쳤다.

"이 잡종의 자식아, 네 어미가 이제껏 날 망신스럽게 하더니 이제는 네가 감히 내 아들까지 패는 거냐?"

일락이는 갑자기 허삼관에게 얻어맞고는 두 손으로 벽을 짚으면서 멍하니 서 있었다. 허옥란이 이런 일락이를 보면서 한탄했다.

"내 신세도 모질지만, 일락이 저 어린것 신세가 어찌 저리 모질까. 허삼관도 하소용도 모두 싫다고 하니……. 멀쩡한 아이한테 아버지가 없다니……. 아버지가 하나도 없다니……."

그러자 이웃 하나가 말했다.

"옥란이, 그러지 말고 일락이더러 직접 하소용을 찾아가라고 해. 세상에 어느 누가 자기 아들을 보고도 마음이 쏠리지 않을까? 지금 딸만 둘이니 일락이를 보면 말도 못 하고 눈물만 흘릴 거야, 아마."

허옥란은 이 말을 듣더니 울음을 뚝 그쳤다. 그리고 이를 꽉 문 채 벽에 기대 선 일락이를 보고 말했다.

"일락아, 들었지? 빨리 가라. 하소용을 찾아가서 아버지라고 한번 불러보렴."

일락이는 벽에 몸을 기댄 채 고개를 가로저으며 대답했다.

"안 가요."

"일락아, 엄마 말 들으렴. 어서 가서 하소용을 아버지라고 한번 불러봐. 만약에 대답이 없으면 다시 한번……."

일락이는 이번에도 고개를 가로저으며 단호하게 대답했다.

"안 가요."

이때 허삼관이 일락이를 가리키며 소리를 질렀다.

"정말 안 갈 테야? 안 가면 내가 두들겨 팰 테다."

허삼관은 이렇게 말하며 벽에 기대어 있던 일락이를 끌어내 등을 떠밀었다. 하지만 손을 놓자 일락이는 벽으로 다시 돌아갔다. 허삼관은 주먹을 불끈 쥐고 쫓아가 정말이지 흠씬 패줄 작정이었다. 그런데 순간 퍼뜩 드는 생각이 있어 주먹을 내려놓았다.

"이런 제기랄, 일락이는 내 아들이 아닌데 내 맘대로 패서는 안 되지."

허삼관이 이렇게 말하며 물러서자 일락이가 큰소리로 외쳤다.

"난 절대 안 가요. 내 아버지는 하소용이 아니고, 허삼관이란 말 예요."

"웃기고 있네."

허삼관이 이웃들에게 말했다.

"보라구요. 이 잡종 같은 녀석이 아직도 나한테 몽땅 뒤집어씌우려고 들잖아요."

문간에 앉아 있던 허옥란이 이 소리에 다시 울기 시작했다.

"내가 전생에 무슨 죄를 그리 많이 지었누……."

허옥란의 대성통곡은 그동안 하도 많이 들어서 이제는 아무런 동정심도 불러일으키지 못했다. 게다가 소리를 많이 질러댄 탓에, 그녀의 목소리는 촉촉한 물기가 사라지고 메말라 잠긴 소리로 변했다. 손수건을 흔들던 팔 동작은 느려졌지만 울먹임은 더욱 격해졌다. 어느새 이웃들은 이제 연극이 끝났다는 듯이 모두 돌아가고, 허삼관도 나가버렸다. 허삼관은 벌써부터 허옥란의 읍소에 익숙해져, 자기가 나가면 울지 않을 거라 여기며 자리를 떴다. 이어서 이락이와 삼락이도 나갔다. 두 아들 역시 갈수록 짜증스러워지는 어머니의 곡소리에 재미를 잃어가던 참이라, 사람들이 흩어지고 아버지까지 나가자 뒤따라 엄마 곁을 떠났다.

오직 일락이만 두 손을 뒤로 하여 몸을 벽에 기댄 채 그곳에 남아 있었다. 사람들이 모두 돌아가자 일락이가 허옥란 곁으로 다가왔다.

허옥란은 문틀에 몸을 기대고 손수건을 흔들던 손으로 턱을 괸 채 앉아 있었는데, 일락이가 다가오는 모습을 보자 멈췄던 눈물이 다시 흘러내렸다.

"엄마, 울지 마세요. 제가 하소용을 찾아가 아버지라 부를게요."

일락이는 홀로 하소용의 집으로 갔다. 집 앞에는 자기보다 나이 어린 계집애들이 고무줄놀이를 하고 있었다. 두 팔을 활짝 펴고 깡충깡충 뛰자 길게 땋은 머리도 함께 깡충깡충 뛰었다.

"얘들아, 너희 아버지가 하소용이지……. 그렇다면 너희는 내 누이동생들이겠구나."

계집애들은 고무줄놀이를 멈추고 한 명은 문간에 앉아, 나머지 한 명은 언니의 무릎 위에 걸터앉아 일락이를 바라보았다.

일락이는 하소용과 그의 부인이 방에서 나오는 걸 보고 그를 불렀다.

"아버지."

하소용의 부인이 빈정댔다.

"당신 사생아가 왔구려. 내 어쩌는지 보리다."

일락이가 다시 한번 불렀다.

"아버지."

"난 네 아비가 아니니 빨리 돌아가라. 다시는 오지 말고."

"아버지."

하소용의 마누라가 하소용을 쏘아붙이듯 다그쳤다.

"당신, 빨리 안 쫓아내고 뭐 하는 거예요?"

일락이가 마지막으로 외쳤다.

"아버지."

"누가 네 아비라는 거냐? 어서 꺼져."

일락이는 흐르는 콧물을 손으로 쓱 닦고는 하소용에게 말했다.

"엄마가 그랬어요. 한 번 아버지라고 불러서 대답이 없으면 계속 부르라구요. 제가 벌써 네 번이나 아버지라고 불렀는데 대답도 안 하고…… 꺼지라고만 하시니…… 그럼…… 갈래요."

10

대장장이 방씨가 허삼관을 찾아와 어서 병원에 돈을 갖다 주라고
재촉했다.

"돈을 안 내면, 내 아들한테 약을 안 주겠다잖아."

"난 일락이 아버지가 아니라구요. 번지수가 틀렸으니, 하소용한테
가서 알아보세요."

"자네가 언제부터 일락이 아버지가 아니었다는 거야? 일락이가
내 아들을 패기 전부터야, 후부터야?"

"당연히 이전부터죠. 생각해보라구요. 내가 9년 동안이나 자라 대
가리 노릇을 하며 하소용이 자식을 대신 키워줬는데, 병원비까지 대
신 내주면 이건 완전히 자라 대가리 왕이 아니냐구요."

방씨는 허삼관의 말에 일리가 있다는 생각이 들어 하소용을 찾아
갔다.

"이것 보라구. 자네가 허삼관한테 9년 동안이나 자라 대가리 노릇

을 시켰잖아. 게다가 자네 아들을 9년이나 키워줬으니……. 낙숫물
떨어지듯 입은 은혜를 샘물이 용솟듯 갚으라는 말도 있잖은가. 지난
9년간의 상황을 봤을 때 내 아들 병원비는 자네가 내야 할 것 같네."

"무슨 근거로 일락이가 내 아들이라는 거요? 그 아이가 날 닮은
거? 세상에 날 닮은 아이는 쌔고 쌨다고요."

하소용은 말을 마치고 방으로 들어가더니 상자에서 호적등본을
꺼내와 방씨에게 보여주었다.

"자, 보라구요. 여기 어디 일락이 이름이 있습니까? 있어요, 없어
요? 없죠? 호적등본에 허일락이란 이름이 있는 집에서 당연히 당신
아들 병원비를 내야지, 지금 무슨 소리를 하는 거요?"

하소용도 돈을 내지 않자 방씨는 할 수 없이 허옥란을 찾아갔다.

"허삼관도 일락이 아버지가 아니라 하고, 하소용도 아니라 하니
내 할 수 없이 당신을 찾아왔소. 일락이 엄마는 분명히 한 사람뿐일
테니까 말이우."

방씨의 말을 듣고 허옥란은 두 손에 얼굴을 묻고 울기 시작했다.
대장장이 방씨는 그녀가 울음을 그칠 때까지 기다렸다가 한마디 덧
붙였다.

"당신들이 병원에 돈을 납부하지 않으면 어쩔 수 없이 당신 집안
의 물건이라도 들어내겠소. 돈이 될 만한 것들이라도 가져가야겠단
말이오. 이 방 철장(鐵匠, 대장장이)은 한다면 하는 사람이오."

이틀 후, 방씨가 사람들을 이끌고 두 대의 짐수레와 함께 나타났다.

골목 안으로 일곱 명이 들어서자 길이 꽉 막혔다. 허삼관은 막 나가려던 참이었는데 방씨가 오는 걸 보고는 오늘이 바로 집을 들어내는 날이라는 걸 알아차렸다. 그래서 몸을 돌려 허옥란에게 소리쳤다.

"어이, 찻잔 일곱 개 준비하고, 물 한 주전자만 끓이라고. 통 속에 찻잎이 아직 남아 있나? 손님이 일곱 분이나 오셨다구……."

허옥란은 속으로 무슨 손님이 그리 많이 왔나 하고 생각하며 나왔다가, 방씨 일행을 보고는 얼굴이 하얗게 질려서 허삼관에게 말했다.

"집을 들어내려고 온 사람들이잖아요."

"집을 들어내러 온 사람은 손님이 아닌가? 빨리 가서 물부터 준비해."

방씨 일행이 문 앞에 짐수레를 세워놓고 허삼관에게 말했다.

"나도 방법이 없네. 20여 년이나 서로 험한 꼴 안 보이고 지낸 사인데……. 나도 방법이 없어. 내 아들이 병원에서 돈을 기다리고 있으니 말이오. 돈이 없으면 약을 주지 않겠다니……. 내 아들 머리가 일락이한테 박살 난 이후로 내가 당신 집에 와서 행패 부린 일 있소? 없을 거요. 병원에서 마냥 당신이 돈 주기를 기다린 지 벌써 2주일이 지났소……."

허옥란은 문간의 한가운데에 양팔을 벌리고 앉아 들어오려는 이들을 막았다.

"제발 이러지 마세요. 제 물건들을 가져가지 마세요. 이 집은 제 생명과 같다구요. 10년간이나 먹을 것 안 먹고 갖은 고생해서 만든 집이라구요. 제발 집에 들어오지 마세요. 저희 집을 들어내지 마세요."

허삼관이 허옥란에게 말했다.

"사람들이 수레까지 가져왔는데 당신이 몇 마디 한다고 돌아갈 것 같은가? 일어나서 차나 끓여 오라구."

허옥란이 허삼관의 말을 듣고 일어나 눈물을 닦고 물을 끓이러 들어간 사이, 허삼관이 방씨에게 말했다.

"가져갈 만큼 가져가시오. 단, 내 물건은 안 되오. 일락이가 사고 친 거하고 나하고는 아무런 상관이 없으니까. 알겠소?"

허옥란이 부엌에서 주전자를 들고 나올 때쯤 방씨 일행은 막 방 안으로 들어가고 있었다. 그들은 이 상자 저 상자를 마구 뒤지고, 탁자와 의자는 물론 허옥란의 옷가지도 들고 나갔다. 그녀가 시집올 때 가져온 상자 두 개가 모두 수레에 실렸고, 입기조차 아까워했던 옷감 역시 수레에 실렸다.

허옥란은 집이 조금씩 비어가는 걸 느꼈다. 찻잔을 놓을 탁자마저 없어졌다는 걸 깨달았을 무렵, 그녀는 식구들이 밥을 먹고 숙제를 하던 탁자를 허삼관이 짐꾼들을 도와 수레에 싣는 모습을 보았다. 탁자를 옮기느라 힘을 쓴 탓인지 가쁜 숨을 몰아쉬며 땀을 닦아내는 그의 모습에 그녀는 눈물을 참을 수 없었다. 급기야는 그에게 소리를 쳤다.

"세상에 저런 인간이 다 있을까? 자기 물건 내가는 걸 도와주는 인간이 있다니……. 이제 보니 남들보다 힘을 더 쓰네."

마지막으로 방씨 일행이 허옥란과 허삼관의 침대마저 옮기려 하자 허삼관이 황급히 소리쳤다.

"이 침대는 안 돼. 이 침대의 절반은 내 것이니까 말이오."

방씨가 말했다.

"이 집에서 그래도 제일 값나가는 물건이 이 침대인데."

"당신들, 내가 밥 먹는 탁자까지 가져가지 않았소? 그 탁자도 절반은 내 것인데 그걸 가져갔으니 침대는 그냥 남겨두시오."

방씨는 이미 휑하니 비어버린 방을 둘러보더니 고개를 끄덕였다.

"그럼 침대는 남겨둡시다. 이것마저 가져가면 잠잘 곳도 없을 테니까."

방씨 일행은 탁자와 상자들을 밧줄로 수레에 단단히 묶은 뒤 떠날 준비를 마치고 소리쳤다.

"자, 이제 갑니다."

허삼관은 그들에게 미소를 지으며 고개를 끄덕였고, 허옥란은 문틀에 몸을 기댄 채 눈물을 줄줄 흘리며 말했다.

"차라도 한 모금 마시고 가세요."

방씨가 고개를 가로저으며 대답했다.

"아니요. 됐습니다."

"여러분께 드리려고 차를 끓여서 부엌 바닥에 놓아두었으니 드시고 가세요. 정말로 여러분 드리려고 끓인 차예요."

방씨는 그런 허옥란을 보고 어쩔 수 없다는 듯이 대답했다.

"그럼 마시고 가지요."

그들이 부엌으로 가서 차를 마시는 동안 허옥란은 문간에 앉아 있었다. 그래서 그들은 차를 다 마시고 나올 때 모두 다리를 들어 그녀가 앉은 자리 옆으로 돌아 나와야 했다. 허옥란은 그들이 짐수레를 끌기 시작하자 드디어 참았던 울음을 터뜨렸다.

"정말 이제는 살기도 싫어. 살 만큼 살았다구. 죽는 게 차라리 낫지. 내가 죽으면 이리저리 마음 졸일 필요도 없고, 남자들 대신 밥하고 빨래할 필요도 없고, 애써 피곤하게 살 이유도 없고……. 죽는 게 낫지. 처녀 때보다 더 편할 거야……."

허옥란의 푸념을 들은 방씨가 가던 길을 멈추고 말했다.

"댁의 물건들을 바로 팔지는 않겠소. 내 3, 4일쯤 시간을 드리리다. 그동안은 우리 집에 보관했다가, 내 아들 병원비만 가져오면 이 물건들 전부 원래 있던 자리에 갖다 놓으리다."

허삼관이 방씨에게 말했다.

"저 사람도 당신이 별수가 없다는 걸 알 거요. 그냥 답답해서 그러는 거지."

그러고 나서 허삼관은 허옥란 앞에 쪼그리고 앉았다.

"방씨도 별수가 없었을 거야. 그 사람도 그동안 할 만큼 한 거라구. 다른 사람 같았으면 우리 집은 벌써 결딴났겠지……."

허옥란은 두 손에 얼굴을 묻은 채 울었고, 허삼관은 방씨 일행에게 손을 흔들며 소리쳤다.

"어서 가시오. 가라구."

허삼관은 허옥란과 함께 10년이나 정든 살림살이가 수레에 실려 흔들거리며 골목을 빠져나가는 모습을 바라보았다. 이윽고 수레가 시야에서 완전히 사라지자, 그 역시 눈물을 참지 못하고 급기야 허옥란 곁에 앉아 엉엉 소리 내 울기 시작했다.

11

다음날 허삼관은 이락이와 삼락이를 불러 세워놓고 말 끈을 풀기 시작했다.

"나한테는 아들이 너희 둘뿐이다. 너희들, 꼭 기억해야 한다. 누가 우리 집안을 이 지경으로 만들었는지 말이야. 지금 이 집엔 의자 하나 없다. 지금 너희가 서 있는 자리에는 원래 탁자가 있었고, 내가 서 있는 자리에는 상자가 두 개 있었잖니? 그런데 지금은 아무것도 없다. 옛날에는 집에 물건이 가득했는데 지금 텅 비어 있는 걸 봐라. 내 집에서 자는 게 꼭 길바닥에서 자는 것 같단 말이다. 꼭 기억해라. 누가 우리 집을 이렇게 만들었는지……."

두 아들이 한 목소리로 대답했다.

"대장장이 방씨요!"

"아니야, 방씨가 아니야. 하소용이다. 왜 하소용이냐? 하소용이 날 욕보이고 너희 엄마를 임신시켜 일락이를 낳게 한 데다, 일락이가 방 철장 아들 대갈통을 박살 냈으니…… 하소용이 우리 집을 이렇게 만든 거냐, 아니냐?"

두 아들은 고개를 끄덕였다.

"그래서."

허삼관은 물을 한 모금 마시고 계속 말을 이었다.

"너희가 크면 이 아버지를 대신해서 하소용에게 꼭 복수하도록 해라. 너희들, 하소용한테 딸이 둘 있는 거 알지? 안다구? 그 애들 이름 아니? 몰라? 이름은 몰라도 상관없어. 얼굴만 알아볼 수 있으면 돼. 꼭 기억해라. 너희가 다 크면 가서 하소용네 딸들을 덮쳐버려라."

허삼관은 텅 빈 집에서 하룻밤을 잔 뒤 도저히 이렇게 지낼 수는 없겠다는 생각에, 어떻게 해서든 방씨가 가져간 물건들을 도로 찾아와야겠다고 다짐했다. 그러다 보니 피를 파는 데 생각이 미쳤고, 이어서 10년 전에 방씨랑 근룡이랑 같이 피를 팔던 순간이 떠올랐다. 이 집안은 그날 피를 팔아 이룬 것이다. 그런데 오늘 다시 피를 팔 이유가 생겼다. 피를 판 돈으로 탁자와 상자, 의자 등을 다시 가져와야 한다.

하지만 이렇게 한다면 정말이지 하소용을 너무 봐주는 것 같았다. 하소용을 대신해서 그의 아들을 9년이나 키워줬는데, 또 그 아들 때문에 생긴 빚까지 갚아야 한다니. 이렇게 생각하니 일순간 마음이 푹 가라앉고, 가슴이 꽉 막히는 것 같았다. 그래서 허삼관은 이락이와 삼락이를 불러다 군자는 10년을 기다려서라도 원수를 갚는 법이니 하소용의 두 딸을 10년 후에 꼭 덮쳐버리라고 말했던 것이다.

허삼관의 두 아들은 하소용의 딸들을 강간 해버리라는 말을 듣고는 낄낄거리며 웃었다. 허삼관이 재차 물었다.

"너희들, 이다음에 크면 어떻게 하라고 했지?"

두 아들이 대답했다.

"하소용의 딸들을 덮치라구요!"

허삼관은 큰소리로 웃고 나서 이제는 피를 팔러 가도 되겠다고 생각했다.

허삼관은 집을 나서 병원으로 향했다. 이날 아침 그는 수년간 못 만났던 이 혈두를 찾아가, 소매를 바짝 걷어 올리고 자기 팔뚝에서 가장 굵은 혈관에 그 병원에서 가장 두꺼운 주삿바늘을 꽂고는 피를 쭉쭉 뽑아 유리병에 넣어야겠다고 결심했다. 허삼관은 예전에 왔을 때 자기 피를 보았다. 진하다 못해 검은색에 가까운, 그리고 유리병 안의 가장 위층에는 거품이 채 가시지 않은 자신의 피를.

허삼관은 백설탕 한 근을 들고 병원 수혈실의 문을 밀어젖혔다. 이 혈두는 탁자 뒤에 앉아 있었다. 지저분한 흰색 가운을 입고 손에는 꽈배기를 쌌던 신문을 들고 있었는데, 창문으로 햇살이 들어와 비추자 신문지가 꼭 투명한 유리종이처럼 보였다.

이 혈두는 신문을 내려놓고 허삼관이 걸어오는 모습을 봤다. 허삼관이 손에 들고 있던 백설탕을 앞에 놓자 손을 내밀어 받아놓고는 계속해서 쳐다봤다. 허삼관은 이 혈두와 마주 앉으며, 그의 머리칼이 전보다 많이 줄긴 했지만 얼굴의 살집은 훨씬 늘어났다고 생각했다.

"헤헤헤, 요 몇 년 동안은 공장에 번데기 사러 통 안 오십니다."

이 혈두는 고개를 끄덕이며 물었다.

"자네 날실 공장에서 일하는가?"

"예전에도 왔습죠. 방씨랑 근룡이랑 같이요. 전 선생님을 오래 전부터 알고 있었는데……. 남문교 아래 사시죠? 가내 두루 평안하시구요? 혹시 절 기억하시나요?"

이 혈두는 고개를 가로저으며 대답했다.

"기억 안 나는데. 여기 오는 사람이 워낙 많아서……. 보통 남들이 날 알아보니까 난 잘 몰라. 방금 말한 방씨와 근룡이는 알지. 석 달 전에도 왔거든. 그 사람들과는 언제 왔는가?"

"10년 전에요."

"10년 전?"

이 혈두는 바닥에 침을 탁 뱉은 후 말을 이었다.

"10년 전에 온 사람을 어떻게 기억하겠나? 신령님이라도 기억하기 어려울 걸세."

이 혈두는 두 다리를 접어 무릎을 감싸 안고는 퉁명스레 물었다.

"그래, 오늘 피 팔러 왔나?"

"네."

이 혈두는 탁자 위의 백설탕을 가리키며 넌지시 물었다.

"나한테 주는 건가?"

"네."

"받을 수 없네."

이 혈두는 탁자를 한 번 탁 치고 나서 말을 이었다.

"자네가 반년 전에 줬어도 아마 받지 않았을 거야. 지난번에 방씨와 근룡이가 계란 두 근을 가져왔을 때도 받지 않는걸. 나는 공산 당원이라구. 알겠나? 지금은 인민의 물건을 절대 받지 않는다구."

허삼관은 고개를 끄덕이면서도 이 혈두에게 매달렸다.

"제 식구가 모두 다섯입니다. 1년에 백설탕을 딱 한 근 배급받는데 오늘 그걸 전부 가져왔습니다. 평소에 공경한다는 뜻으로……."

"백설탕이라구?"

이 혈두가 그 말을 듣자마자 꾸러미를 풀어보니 속에는 정말 하얗게 빛나는 설탕이 가득 들어 있었다.

"백설탕은 진짜 귀한 건데. 난 소금인 줄 알았지."

이 혈두는 손에 설탕을 조금 덜어놓으며 말했다.

"이 백설탕은 보드랍기가 젊은 처녀 피부 같네그려. 그렇지?"

말을 마친 이 혈두는 눈을 가늘게 뜨고 혓바닥을 내밀어 손바닥의 설탕을 핥아먹더니, 도로 싸서 허삼관에게 돌려주었다. 허삼관이 이를 되밀었다.

"그냥 받아두시죠."

"받을 수 없네. 지금은 인민의 물건을 절대 받지 않는다구."

"전 정말로 공경의 뜻으로 가져온 건데, 받지 않으시면 누구한테 주라구요?"

"자네나 두고 먹게."

이 혈두가 말했다.

"제가 아까워서 그 백설탕을 어떻게 먹겠습니까? 이건 선물용이라구요."

"그 말이 맞긴 맞네만……."

이 혈두가 다시 백설탕을 가져갔다.

"사실 이렇게 좋은 설탕은 자기가 먹긴 아깝지. 이렇게 하세. 내 다시 설탕을 조금 손에 덜어서……."

이 혈두는 또 한번 손바닥에 설탕을 조금 덜어서 혓바닥으로 음미한 뒤 꾸러미를 다시 허삼관 쪽으로 밀었다. 물론 허삼관은 재차 그것을 이 혈두에게 되밀었다.

"그냥 받으세요. 아무도 모르게 입단속 단단히 할 테니까요."

이 혈두는 불쾌하다는 듯 얼굴에서 미소를 싹 거두었다.

"자네를 곤란하게 하려는 게 아니라 그저 맛만 잠깐 보려고 한 거야. 괜히 긁어 부스럼 만들지 말게."

이 혈두의 불쾌한 표정을 보고 허삼관은 얼른 설탕을 도로 집어넣으며 대답했다.

"그럼 집어넣겠습니다."

이 혈두는 허삼관이 설탕을 주머니에 집어넣는 걸 보고는 손가락으로 탁자를 두드리며 물었다.

"이름이 뭐라고 했던가?"

"허삼관이라고……."

"허삼관?"

이 혈두는 탁자를 계속 두드리며 말했다.

"허삼관이라, 어디서 많이 들어본 것 같은데……."

"예전에 왔었는데요."

"그게 아니라……."

이 혈두는 갑자기 손을 휘저으며 소리쳤다.

"허삼관? 아아!"

그러더니 갑자기 큰소리로 웃기 시작했다.

"생각났네. 자네가 허삼관인가? 바로 그 자라 대가리……."

12

허삼관은 피를 판 후 곧장 대장장이 방씨에게 가지 않고 먼저 승리반점으로 갔다. 10년 전 처음으로 피를 팔았을 때가 생각났기 때문이다. 그는 창문 쪽 탁자에 앉아 머리를 쥐어짜며 예전에 방씨와 근룡이가 주문하던 말을 떠올리려 애썼다.

잠시 후 생각이 난 듯 그는 한 손으로 탁자를 두드리며 외쳤다.

"돼지간볶음 한 접시하고, 황주 두 냥……."

종업원이 주문을 받고 가려 하자, 허삼관은 뭔가 한마디를 빼먹은 것 같아 손을 들어 그를 붙잡았다. 종업원은 행주로 이미 여러 번 닦은 탁자를 다시 닦아내며 물었다.

"뭐 더 주문하시려구요?"

허삼관은 잠시 생각하다가 여의치 않다는 듯이 대답했다.

"생각나면 다시 부르지."

"에이 참."

종업원이 불쾌한 듯 투덜거리며 막 자리를 뜨려 할 때, 허삼관이 다시 그를 불러 세웠다.

"어이, 생각났어."

종업원이 바로 다가와서 물었다.

"뭘 더 시킬 건데요?"

허삼관이 탁자를 두드리며 말했다.

"황주는 좀 데워 오도록."

허삼관이 돈을 갚자, 대장장이 방씨는 어제 짐을 날랐던 여섯 명 가운데 세 사람만 불러서 물건들을 가져왔다.

"사실 당신네 집 물건들은 수레 한 대하고 일꾼 세 사람이면 충분했는데, 어제는 괜히 수레 한 대하고 일꾼 세 사람을 더 썼다구."

세 사람 가운데 한 사람은 수레를 끌고, 나머지 두 사람은 양쪽에서 짐이 떨어지지 않게 받치며 허삼관의 집 앞에 이르러 푸념을 늘어놓았다.

"어제 돈을 갚았으면 괜한 헛수고는 안 했을 거 아니오?"

"그렇게 말하면 안 되지."

허삼관은 수레에서 의자를 내리며 말했다.

"일이란 다 닥쳐야 하게 되는 거요. 사람이란 막다른 길에 이르러서야 방법이 생기는 거란 말이외다. 그건 막다른 길에 이르기 전에는 행동을 취해야 할지 말아야 할지 불분명하기 때문이란 말이오. 만약에 병원에서 방씨네 아들한테 계속 약을 줬다면, 방씨가 당신들을 시켜서 내 집 물건을 들어내게 하지는 않았을 거요. 안 그렇소, 방 씨? 말 좀 해보시오."

방씨는 고개를 끄덕이지 않았다. 이때 허삼관이 돌연 망연자실한 표정으로 소리쳤다.

"아이고, 망했다."

방씨 일행은 깜짝 놀랐다. 허삼관은 자기 머리를 딱딱 소리가 나도록 쥐어박았고, 방씨 일행은 그런 허삼관을 멍하니 바라보고만 있었다.

'자기 머리를 때리는 줄 몰라서 계속 저러는 걸까?'

방씨가 그런 생각을 하고 있는데, 허삼관이 울상이 되어 말했다.

"물 마시는 걸 잊었단 말이오."

허삼관은 그제야 피를 팔기 전에 물을 마셔야 한다는 게 생각났던 것이다.

"물? 무슨 물 말이오?"

방씨 일행은 도무지 무슨 말인지 알아들을 수가 없었다.

"아무 물이든 상관없지."

허삼관은 이렇게 말하며 수레에서 내린 의자를 들고 벽 쪽으로 걸어갔다. 벽에 등을 기대고 앉아 피를 뽑은 팔뚝의 소매를 걷어 올리고는 빨갛게 피가 맺힌 주삿바늘 자국을 보며 방씨 일행을 향해 중얼거렸다.

"피를 두 그릇이나 팔았단 말이오. 그 정도 농도였으면 세 그릇은 충분했는데, 물 마시는 걸 까먹어서⋯⋯. 요즘 왜 자꾸 손해 보는 일만 할까……."

"뭐가 두 그릇이란 말이오?"

그때 허옥란은 친정집에서 아버지가 매일 누워 낮잠을 자는 등나무 평상에 앉아 눈물을 훔치고 있었다. 그녀의 아버지도 눈 주위가 벌겋게 된 채 의자에 앉아 있었다. 그녀는 어제 방씨가 가져간 물건들을 일일이 손가락으로 세어가며 아버지에게 말했다.

"제가 10년간 힘들여 모은 물건들을 그 사람들이 두 시간 만에 가져갔어요. 10년간의 제 고생……. 옷감 두 단도 가져갔어요. 아버지가 저 시집갈 때 주신 그 옷감 말예요. 옷 해 입기도 아까워서 애지중지 아껴둔 건데……."

그렇게 허옥란이 손가락을 꼽고 있을 때 방씨 일행은 모든 물건을 제자리에 되돌려놓았다. 그녀가 돌아왔을 때는 이미 그들이 떠난 후였는데, 문 앞에서 눈이 휘둥그레져 어제 실려 나간 물건들이 다시 돌아와 있는 걸 바라보았다. 그녀의 탁자며 상자며 의자……. 이 물건들을 몇 번이나 보고 또 본 뒤에야 그녀는 10년이나 고락을 함께한 허삼관이 방 한가운데 있는 탁자 곁에 앉아 있는 모습을 바라보았다.

13

"돈은 누구한테 빌렸어요?"

허옥란은 손가락을 허삼관의 코앞에까지 들이대며 삿대질을 해댔다. 허삼관이 코가 시큰해지는 걸 느끼고 손을 치우자 그녀는 다른 손을 들이대며 소리쳤다.

"방씨네 빚을 갚으려고 새 빚을 얻어요? 동쪽 담을 헐어다 서쪽 담을 쌓는 격이군요. 그러다 한쪽에 구멍이 뚫리면 어쩔 거냐구요? 도대체 누구한테 돈을 꾼 거예요?"

허삼관은 소매를 걷어 올리고 허옥란에게 팔뚝의 주삿바늘 자국을 보여주었다.

"봤어? 여기 빨간 점 보이냐구? 여기 빈대가 문 것 같은 빨간 점 말이야. 이게 바로 병원에서 주삿바늘을 꽂은 자리라구."

허삼관이 소매를 내리면서 허옥란에게 소리쳤다.

"피를 팔았단 말이야. 이 허삼관이 피를 팔았다구. 하소용 대신 빚을 갚으려고 피를 팔아서 또 자라 대가리 노릇을 했단 말이야."

"아이야. 나한테 한마디 상의도 없이 피를 팔다니. 왜 한마디 말도 안 했어요? 집안 꼴이 정말 말이 아니네요. 식구가 피를 팔다니. 다른 사람들이 알면 어떻게 생각하겠어요? 허삼관이 피를 팔았다고, 도저히 살 수가 없어서 피를 팔았다고 말예요."

"소리 낮춰. 당신이 소리만 안 지르면 아무도 모를 거야."

허옥란은 여전히 큰소리로 말했다.

"어렸을 때 아버지가 이런 말씀을 하셨어요. 피는 조상에게 물려받은 거라, 사람이 꽈배기나 집, 전답을 팔 수는 있지만 피를 팔아서는 안 된다고. 몸뚱이는 팔아도 피는 절대로 팔아서는 안 된다고요. 몸은 자기 거지만, 피는 조상님 거라구요. 당신은 조상을 팔아먹은 거나 다름없어요."

"소리 좀 낮추라니까, 무슨 헛소리야?"

허옥란은 어느새 눈물을 흘리고 있었다.

"피를 팔 줄은 생각도 못했어요. 다른 건 뭘 팔든 상관없는데, 왜 피를 파냔 말예요? 차라리 침대나 집을 팔지 하필이면 피를 파냐구요?"

"소리 낮추라니까. 왜 피를 팔았느냐구? 내가 피를 판 건 바로 내가 자라 대가리이기 때문이야."

"알겠어요. 날 욕하는 거잖아요. 당신, 속으로 날 원망하고 욕한다는 거 다 안다구요."

허옥란이 울면서 문가로 걸어가자 허삼관이 뒤에서 낮은 목소리로 소리쳤다.

"이리 와, 이 막돼먹은 여자야. 또 문가에 앉아서 악을 쓰려구?"

허옥란은 이번에는 문가에 앉지 않았다. 그녀의 두 다리는 문을 넘어 골목을 따라 걸어갔다. 골목을 벗어나 큰길로 접어든 그녀는 그 길을 따라 끝까지 걸어가, 다시 다른 길로 접어든 다음 역시 끝까지 가서 골목으로 들어섰다. 마침내 그녀는 하소용의 집 앞에 이르렀다.

허옥란은 하소용네 대문 앞에 서서 우선 옷매무새와 머리를 단정히 하고 큰 목소리로 주위 사람들에게 소리를 쳤다.

"여러분, 여러분은 모두 하소용의 이웃이니까 하소용이 속이 시커먼 불량배라는 걸 다들 아실 거예요. 자기 아들을 팽개친 불량배라는 걸. 그리고 제가 전생에 죄를 많이 지어서 이생에서는 하소용 좋은 일만 해준 것도 아실 거예요. 이런 얘기는 다 집어치우고, 오늘은 여러분께 드릴 말씀이 있어서 왔어요. 다름이 아니라 오늘에야 제가 전생에 좋은 일을 많이 한 덕에 이생에서 허삼관한테 시집가게 됐단 걸 알았어요. 여러분은 허삼관이 얼마나 좋은 사람인지 모르실 거예요. 며칠 밤낮을 얘기해도 모자란다구요. 다른 거 다 빼고, 그 사람이 피를 판 것만 해도 저와 일락이를 위해서, 또 가정을 위해서 한 일이라구요. 한번 생각해보세요. 피를 파는 건 목숨을 잃을 수도 있는 일이잖아요. 목숨을 잃지는 않더라도 현기증이 나고 눈도 침침해지고 힘도 빠지잖아요. 허삼관은 저와 일락이, 그리고 우리 집을 위해 목숨마저……."

삐쩍 마른 하소용의 부인이 문가에 서서 냉랭한 목소리로 말을 가로챘다.

"허삼관이 그리 좋으면 됐지, 왜 우리 집 남편까지 훔쳐가려고 그런담?"

하소용의 부인이 비아냥대자 허옥란은 이에 질세라 비꼬는 투로 맞받아쳤다.

"여자가 전생에 죄를 많이 지으면 이생에서 대가를 치른다더니, 사내아이는 못 낳고 딸만 줄줄이 낳았잖아. 딸은 키워봐야 남 좋은 일 하는 거라구. 기껏 남 좋으라고 향불 피워놓고 정성이란 정성은 다 쏟고, 자기 향불은 꺼뜨린 꼴이지."

하소용의 부인은 분을 이기지 못하고 뛰쳐나와 두 손으로 넓적다리를 탕탕 치면서 악을 썼다.

"세상에, 여자가 뻔뻔스럽기는……. 남의 아들이 될 씨앗을 훔치고도 부끄러운 줄 모르고 으스대나."

"아들 셋을 낳았으니 당연히 으스댈 만하지."

"세 아들이 같은 아버지 소생이 아니어도 그리 으스대시나?"

"내 보기엔 두 딸도 한 아버지는 아닌 것 같은데?"

"당신같이 천한 여자나 남자가 여럿이지."

"당신은 천한 여자 아닌 것 같아? 당신 바짓가랑이 사이 좀 보고 이야기하라구. 백화점이 들었다구. 누구라도 들어갈 수 있겠어."

"내 바짓가랑이에 백화점이 들어가면 당신 바짓가랑이는 공동변소야……."

두 여인의 싸움을 지켜보던 사람들이 허삼관에게 와서 이 사실을 알렸다.

"어이 삼관이, 빨리 가서 자네 부인 좀 데려와. 자네 부인하고 하소용의 부인이 싸우고 있는데 갈수록 볼썽사나운 꼴이 되고 있어. 빨리 데려오지 않으면 자네가 개망신을 당한다구."

"어이 삼관이, 자네 부인하고 하소용의 부인이 싸우기 시작했는데, 머리 끄덩이를 잡아당기고 침을 뱉고 이빨로 물고 아주 난리라니까."

마지막으로 온 사람은 바로 대장장이 방씨였다.

"삼관이, 내가 방금 하소용 집을 막 지나는데, 사람들이 빙 둘러서서 자네 부인하고 하소용의 부인이 싸우면서 욕하는 걸 보고 있더군. 아마 최소한 서른 명은 될 거야. 그 여자들 입에서 튀어나오는 얘기들…… 차마 못 들어주겠더라구. 사람들은 웃고 난리고 말이야. 또 몰래 자네 이야기도 하더군. 허삼관이 피를 팔아서 자라 대가리 노릇을 했다구 말이야……."

"내버려두쇼."

허삼관은 탁자 옆의 의자에 앉으며 문 앞에 서 있는 방씨에게 말했다.

"그 여자는 원래 제멋대로인 여자니까, 난 상관없다구. 삶은 돼지가 뜨거운 물 무서워하는 거 봤나?"

14

허삼관은 임분방이 생각났다. 머리를 허리까지 길게 땋아 내렸던 임분방은 안경 낀 남자에게 시집을 가서 일남 일녀를 둔 뒤 살이 찌기 시작했다. 해가 갈수록 살이 찌더니 그 길던 머리도 잘라서 귀 밑까지 바짝 치켜 올린 단발머리가 되었다.

허삼관의 눈에 임분방은 목도 짧아지고, 어깨살도 너무 오르고, 허리는 이미 분간할 수조차 없으며, 손가락도 퉁퉁 부은 것처럼 보였다. 하지만 그는 여전히 그녀에게 가장 좋은 누에고치를 줬다. 여태껏 하던 그대로 말이다.

임분방은 늘 바구니를 들고 거리를 나다녔다. 그녀의 바구니에는 기름, 간장, 소금, 식초 따위가 들어 있었고, 때로는 채소가, 가끔은 채소 위에 비계가 잔뜩 붙은 돼지고기가 얹혀 있었다. 어떤 날에는 이미 죽은 연어가 두어 마리 얹혀 있기도 했다. 그녀의 바구니에 빨랫감이 들어 있을 때는 어김없이 강가로 가는 길인데, 그럴 때면 다른 한쪽 손에는 작달막한 앉은뱅이 의자가 하나 들려 있었다. 몸이 비대해 강가에 그냥 쪼그려 앉을라치면 다리가 심하게 저려오기 때문이었다. 그래서 임분방은 아예 강변에 의자를 놓고, 신발과 양말을 다 벗고, 바지도 걷어붙인 다음 다리를 쫙 벌려 강물에 담근 채 퍼질러 앉는다. 이렇게 자세가 안정된 후에야 바구니에서 빨랫감을 꺼내 빨래를 하기 시작했다.

임분방이 광주리를 들고 거리를 걸을 때면, 그녀의 비대한 몸뚱이가 한 걸음 뗄 때마다 뒤뚱거렸다. 어찌나 굼뜬지 동네에서 걸음이 가장 느린 사람조차 그녀를 앞질러갔다. 또 그녀의 웃음소리는 누구라도 단박에 알아차릴 수 있을 만큼 분명했다. 성안에서 가장 뚱뚱한 여자, 밥과 반찬은 손도 안 대고 물만 마셔도 고스란히 살로 가는 여자, 거리에 나타나자마자 웃음을 터뜨리는 여자가 바로 임분방이라는 건 이미 널리 알려진 사실이었다.

허옥란은 새벽시장에서 반찬거리를 살 때 가끔 임분방을 봤다. 임분방은 광주리를 들고 채소 노점상을 한 군데씩 들러 값을 깎거나, 앉은 채로 느릿느릿 배추나 미나리 등속을 하나하나 골랐다. 허옥란은 가끔 일락, 이락, 삼락이에게 임분방에 대한 농을 했다.

"너희들, 날실 공장의 임분방 아줌마 알지? 그 아줌마 옷 한 벌이면 두 사람 옷을 지을 수 있단다."

임분방 역시 허옥란을 알고 있었고, 그녀가 허삼관의 여자라는 것도 알고 있었다. 그녀가 허삼관의 아들을 셋이나 낳은 다음에도 똥배가 조금 나온 것 말고는 전혀 살이 찌지 않았다는 것 역시 알고 있었다.

채소 상인과 이야기할 때 허옥란은 목소리가 하도 쩌렁쩌렁해서 소리로 상대방을 압도했는데, 가격을 흥정할 때는 더 말할 것도 없었다. 그녀는 채소를 살 때 다른 사람들처럼 한 포기 한 포기 고르지 않고, 우선 몽땅 자기 광주리에 담은 다음 마음에 안 드는 채소를 한 포기씩 솎아냈다. 그녀는 절대로 다른 사람과 함께 채소를 고르지 않았다. 다른 사람들은 그녀가 다 고른 뒤에야 남은 것들을 놓고 고를 수 있었다. 임분방은 허옥란이 쪼그려 앉았을 때 꽉 조여 입은 옷 사이로 드러나는 그녀의 허리를 보곤 했다. 그녀의 허리는 군살이라고는 전혀 없었다. 그녀의 손은 재빠르게 광주리를 오갔으며, 그 사이에도 눈은 다른 곳을 두리번거렸다.

하루는 임분방이 허삼관에게 말했다.

"당신 부인을 알아요. 이름이 허옥란이죠? 난탕제에서 꽈배기를 파는 꽈배기 서시요. 당신 아들을 셋이나 낳았으면서 아직도 처녀 같더군요. 나처럼 살이 찌지 않았어요. 당신 부인은 예쁘기도 하지만 수완이 보통이 아니에요. 손발도 어찌나 민첩한지, 채소를 살 때는……. 이제까지 그렇게 깐깐한 여자는 처음이에요."

"원래가 막돼먹은 여자거든. 기분이 나빴다 하면 문간에 앉아서 울고불고 난리를 치는 데다가, 나한테 9년 동안 자라 대가리 노릇을 시켰다고……."

이 말을 듣고 임분방이 키득키득 웃었지만, 허삼관은 아랑곳하지 않고 말을 계속했다.

"지금 생각하면 후회가 돼. 애초엔 당신을 얻으려고 했는데…….
그랬으면 자라 대가리 노릇을 할 필요도 없었는데……. 임분방, 당
신은 모든 면에서 내 마누라보다 나아. 당신 이름부터 허옥란보다는
듣기 좋다구. 글씨로 써도 더 보기 좋고. 당신 목소리는 사근사근한
데 그 여자는 종일 악만 쓴다구. 게다가 밤에 잘 때 코까지 곤단 말이
야. 당신은 집에 돌아가면 우선 문을 닫아걸잖아. 난 이제까지 당신
이 남편 헐뜯는 소릴 한 번도 들은 적이 없다구. 그런데 이 여자는 사
흘 걸러 한 번은 문간에 앉아 악을 써야지, 그걸 못하면 난리가 날 거
라구. 한 달 동안 똥을 안 싸는 것보다 더 난리일 거야……. 이런 건
다 그만두더라도…… 제일 죽겠는 건 나한테 9년 동안이나 자라 대
가리 노릇을 시킨 거라구. 더군다나 나는 그 사실을 전혀 몰랐다는
거지. 만약 일락이가 그 개 같은 놈의 하소용을 닮아가지 않았더라
면 아마 평생 까맣게 모르고 지냈을 거라구……."

임분방은 허삼관이 땀을 뻘뻘 흘리는 모습을 보고 손에 들고 있던
부채로 부채질을 해주며 물었다.

"당신 부인이 그래도 나보다 예쁜데……."

"당신보다 예쁘지도 않다구. 당신이 예전엔 훨씬 더 예뻤지."

"예전에야 나도 예뻤지만, 지금은 너무 뚱뚱해서……. 당신 부인
하고는 비교가 안 된다구요."

이때 허삼관이 느닷없이 임분방에게 물었다.

"옛날에 만약 내가 당신에게 청혼했다면, 나한테 시집왔겠어?"

임분방이 허삼관을 향해 낄낄대고 웃으며 말했다.

"생각 안 나요."

"어떻게 생각이 안 날 수가 있어?"

"그냥 생각이 안 나요. 10년이나 지났잖아요."

그들이 이렇게 이야기를 나누고 있을 때, 임분방은 침대에 누워 있었고 허삼관은 침대 앞 의자에 앉아 있었다. 임분방이 강가에서 미끄러져 오른쪽 다리가 부러졌을 때였다. 광주리에 빨래를 담고 일어나 발을 내딛으려 할 때, 왼발이 수박껍데기를 밟는 바람에 소리 한번 지르지 못하고 나자빠졌던 것이다.

그날 아침 누에고치를 실은 수레를 밀고 작업장에 들어선 허삼관의 눈에 임분방이 보이지 않았다. 허삼관은 그녀의 실 잣는 기계 옆에 한참을 서 있다가, 다시 작업장을 한 바퀴 둘러본 뒤 다른 여공들과 꽤나 오래 노닥거렸는데도 그녀가 보이지 않아 변소에 갔나 보다 했다.

"임분방 혹시 변소에 빠진 거 아냐? 이렇게 오랫동안 돌아오지 않으니."

"임분방이 어떻게 빠져요? 그렇게 뚱뚱한데……. 엉덩이도 안 들어가겠네. 우리 정도야 들어가겠지만."

"그럼 어딜 간 거야?"

"그 언니 기계 꺼진 것도 못 봤어요? 다리가 부러져서 석고붕대를 하고 집에 누워 있다구요. 왼쪽 발이 수박껍데기를 밟아 미끄러지는 바람에 오른쪽 다리가 부러졌다지 뭐예요. 직접 들은 거라구요. 우린 다 병문안도 다녀왔는데, 언제 문병 가실 거예요?"

허삼관은 혼잣말로 중얼거렸다.

"오늘 당장 가봐야지."

오후에 허삼관은 임분방의 침대 앞 의자에 앉아 있었고, 임분방은 알록달록한 팬티 차림으로 침대에 누워 있었다. 임분방은 손에 부채를 들고 연신 자기 쪽으로 부채질을 했다. 그녀의 오른쪽 다리는 붕대를 감은 채였고, 허연 왼쪽 다리는 돗자리 위로 드러나 있었다. 그녀는 허삼관이 들어오는 것을 보고는 모포로 두 다리를 가렸다.

허삼관은 그녀의 비대한 몸이 누워 있는 것을 보고 마치 무너진 집이 침대에 널려 있는 것 같다고 생각했다. 특히 그녀의 거대한 유방은 어깨까지 이어져 있었다. 또 모포로 가리고 있었지만 토실토실한 두 다리의 윤곽이 뚜렷이 드러났다.

"어느 다리가 부러진 거야?"

"오른쪽이요."

허삼관은 자기 손을 그녀의 오른쪽 다리에 얹으며 물었다.

"이쪽 다리?"

임분방은 고개를 끄덕였고, 허삼관은 손으로 그녀의 다리를 한번 잡아보더니 말했다.

"붕대가 잡히는데."

임분방이 살짝 웃어 보였다. 허삼관이 말을 이었다.

"모포를 덮었으니 상당히 덥겠어."

이렇게 말하면서 허삼관은 모포를 걷었다. 임분방의 두 다리가 드러났다. 한 다리는 붕대를 감은 채로, 다른 쪽 다리는 부들부들한 살이 그대로……. 허삼관은 이제껏 이렇게 살찐 다리는 처음이었다. 살이 너무 많은 탓에 양쪽으로 넘쳐흘러, 다리가 마치 거대한 통나무 같았다. 알록달록한 팬티에서 갈라져 나온 새하얀 살이 돗자리 위에 떡 하니 펼쳐진 모습에 허삼관은 가쁜 숨을 몰아쉬었다. 허삼관이 고개를 들어 임분방을 바라보았다. 임분방이 변함없는 미소를 보이자 그도 입을 벌리고 웃으며 말했다.

"당신 살이 이렇게 부드럽고 하얀 줄 몰랐어. 돼지비계보다 훨씬 하얀데."

"당신 부인 살결도 희고 곱던데 뭘."

"우리 마누라 얼굴이야 당신하고 큰 차이가 없지만, 속살은 당신하고 비교가 안 되지."

허삼관은 손으로 임분방의 무릎 밑을 주무르며 물었다.

"여기야?"

"무릎 조금 아래쪽이요."

허삼관은 무릎 조금 아래쪽을 주무르며 말했다.

"여기가 아파?"

"조금요."

"여기가 뼈 부러진 데야?"

"조금 더 아래요."

"그럼, 여기네."

"맞아요. 거기가 아주 아파요."

허삼관의 손이 다시 임분방의 무릎을 주무르기 시작했다.

"여기도 아파?"

"아니요."

허삼관의 손이 무릎에서 조금 위로 올라가서 주물렀다.

"여기는?"

"안 아파요."

허삼관의 눈이 팬티에서 갈라져 나오는 대퇴부 쪽을 향하자마자,
그의 손이 그곳을 주무르기 시작했다.

"넓적다리는 아파, 안 아파?"

"전혀 안 아파요."

임분방의 대답이 채 끝나기도 전에 허삼관이 갑자기 벌떡 일어나
임분방의 거대한 유방을 향해 …….

15

 뜨거운 목욕탕에서 나온 것처럼 온몸에 힘이 쪽 빠진 채 임분방의
집에서 나온 허삼관은 여름 햇살을 받으며 거리를 걷다가, 밀짚모자
를 쓰고 자루를 멘 시골 사람 둘이 맞은편에서 손을 흔들며 자기 이
름을 부르는 걸 보았다.

 "혹시 허삼관 아니오?"

 "맞는데요."

 곧바로 허삼관은 그들이 돌아가신 할아버지 마을에서 온 사람들
이라는 걸 알 수 있었다. 허삼관이 손가락으로 그들을 가리키며 소
리쳤다.

 "아, 알겠어요. 방씨와 근룡이. 성안에 온 걸 보니 뻔하구만. 또 피
를 팔려구요? 허리에 찬 사기 컵 새로 산 거죠? 물은 또 얼마나 마신
거요?"

 "얼마나 마셨죠?"

근룡이가 방씨에게 물었다.

근룡이와 방씨가 건너편에서 허삼관이 있는 쪽으로 걸어왔다.

"얼마나 마셨는지 우리도 잘 모르겠는데."

방씨가 대답했다.

이때 허삼관은 갑자기 십여 년 전 이 혈두가 한 말이 생각났다.

"기억나요? 이 혈두가 당신들이 말하는 그 오줌보, 그 사람은 방광이라고 했죠. 당신들 오줌보가 임산부의 자궁보다 훨씬 크다고요. 당신들 말로는 오줌보, 이 혈두 말로는 방광, 이 방광이란 오줌보의 학명으로……."

세 사람은 이렇게 길가에 서서 한참 동안이나 웃고 떠들었다. 허삼관은 처음 피를 같이 판 이후로 지금까지 그들과 딱 두 번 만났을 뿐이다. 두 번 모두 상을 치르러 마을에 갔을 때인데, 처음엔 할아버지가 돌아가셨을 때고 두 번째는 넷째 삼촌이 돌아가셨을 때다.

"어이 삼관이, 자네 지난 7, 8년간 고향에 온 적이 없지?"

"할아버지도 돌아가시고 넷째 삼촌도 돌아가시고, 저하고 제일 가까운 분들이 다 돌아가셨으니 이젠 저도 죽어야 돌아갈 마음이 생기겠죠."

7, 8년간 못 본 사이에 방씨는 많이 늙어 있었다. 머리도 많이 세었고, 웃을 때마다 얼굴의 주름이 잔잔한 호수에 파문이 일듯 쪼그라들었다가 다시 펴졌다.

"방씨도 많이 늙었네요."

방씨가 고개를 끄덕이며 말을 받았다.

"내 나이가 벌써 마흔다섯이네."

이번에는 근룡이가 말을 받았다.

"우리 시골 사람들은 나이보다 더 늙어 보이는 것 같아요. 도시 사람들은 마흔다섯이라도 서른 몇 정도로밖에 안 보이는데."

허삼관이 근룡이를 보니 예전보다 훨씬 건장해 보였다. 조끼 위로 드러나는 가슴이나 팔뚝이 전부 근육이라 매우 돋보였다.

"근룡아, 체격이 아주 좋구나. 네 근육 좀 봐라. 움직이는 모습이 다람쥐처럼 민첩한 게 아주 보기 좋구나. 계화하고 결혼은 했니? 그 엉덩이 큰 계화 말이야. 우리 넷째 삼촌 돌아가실 때까지도 아직 결혼 안 했었잖아."

"벌써 시집와서 아들을 둘이나 낳았는데요."

방씨가 허삼관에게 물었다.

"자식이 몇이오?"

허삼관은 아들이 셋이라고 말하려다가 일락이는 하소용의 아들이라는 생각에 얼른 말을 바꿨다.

"근룡이하고 같아요. 아들 둘이요."

허삼관은 속으로 생각했다.

'만약 두 달 전에 방씨가 이렇게 물었더라면 분명 아들 셋이라고 대답했겠지만, 방씨는 이 허삼관이 9년 동안 자라 대가리 노릇 한 걸 모르는데 굳이 그걸 길게 설명해서 뭐 하겠어?'

이런 생각을 하면서 허삼관이 말했다.

"두 사람이 피를 팔러 가는데, 왜 내 몸속의 피가 근질거리는지 모르겠네."

"그건 피가 너무 많다는 뜻이지. 몸에 피가 너무 많으면 불편할 뿐더러 몸도 붓는다구. 우리랑 같이 피 팔러 가지."

허삼관은 잠시 생각해본 후 함께 병원으로 갔다. 그는 그때 임분방을 떠올렸다. 임분방은 그에게 정말 친절했다. 다리를 쓰다듬으면 그렇게 하도록 허락해줬고, 사타구니를 애무하거나 벌떡 일어나 가슴을 꼭 쥐어도 가만히 내버려두었으며, 그저 하고 싶은 대로 하도록 해줬다. 허삼관이 다친 다리를 아프게 했을 때도 그저 몇 번 끙끙거렸을 뿐이다. 허삼관은 속으로 뼈다귀 열 근하고 대두 다섯 근 정도는 꼭 사 보내기로 결심했다. 병원에서 뼈가 부러진 사람한테는 뼈다귀와 푹 곤 콩을 많이 먹이라는 말을 들었기 때문이었다.

뼈다귀와 대두만으로는 아무래도 좀 부족하다는 생각이 들어 녹두도 몇 근 사 보내기로 했다. 녹두가 해열 작용을 한다고 들은 적이 있기 때문이었다. 임분방은 매일 침대에 누워 있는 데다가 날씨까지 더우니, 녹두를 먹으면 열이 좀 내릴 거라 생각했다. 녹두 이외에 국화도 한 근 보내기로 했는데, 국화도 물에 담가 마시면 역시 열을 내리게 할 수 있기 때문이었다. 허삼관은 이렇게 방씨랑 근룡이랑 피를 팔아 번 돈으로 뼈다귀와 대두, 녹두와 국화를 사 보내는 걸로 임분방에게 보답의 뜻을 전하기로 했다.

허삼관은 피를 팔고 받을 35원 중에서 임분방에게 사 보낼 물건값을 제외하면 30원 정도가 남을 테니 그 돈은 잘 보관했다가 나중에 쓰기로 했다. 예를 들어 자기가 몸보신을 하거나 이락이와 삼락이를 위해 써도 좋고 허옥란을 위해 써도 좋을 것이다. 하지만 일락이만은 제외하기로 했다.

세 사람은 병원 앞에 도착했으나 곧장 들어가지는 않았다. 허삼관이 아직 물을 마시지 않았기 때문이었다. 병원 근방의 우물로 가서 근룡이가 물 한 통을 건져 올리자, 방씨가 허리에 차고 있던 컵을 풀어 허삼관에게 건넸다. 허삼관은 컵을 받아 들고 우물가에 앉아 물을 한 컵 한 컵 마시기 시작했다. 방씨가 곁에서 셈을 하는데, 여섯째 컵에 이르러 허삼관이 더는 못 마시겠다고 하자, 근룡이는 최소한 열 컵은 마셔야 한다고 했고 방씨도 맞장구를 쳤다.

그래서 허삼관은 다시 마시기 시작했지만, 일곱째 컵에서 몇 모금 마시지도 못하고 거친 숨을 몰아쉬었다. 아홉째 컵에 가서 결국은 도저히 못 마시겠다면서, 다리도 저리고 이러다가 사람 잡겠다며 일어섰다. 그러자 방씨는 다리가 저리면 일어나서 마시라고 했고, 근룡이도 한 컵만 더 마시라고 권했다. 허삼관은 고개를 절레절레 흔들며 더는 못 마신다고, 단 한 모금도 더 못 마시겠다고 버텼다. 몸속의 피가 이미 부풀었는데 물까지 마셔서 더 팽창하면 더 이상 참기 힘들다는 게 그 이유였다. 결국 방씨가 물러섰고, 그렇게 해서 세 사람은 병원에 들어섰다.

이 혈두에게 피를 팔아 받은 돈을 들고 그들은 승리반점으로 갔다. 세 사람은 예의 그 창가 탁자에 앉았고, 허삼관이 방씨와 근룡이보다 먼저 잽싸게 탁자를 두드리며 종업원을 불렀다.

"돼지간볶음 한 접시하고 황주 두 냥, 황주는 좀 데워 오도록."

그러고는 흐뭇한 표정으로 방씨와 근룡이가 탁자 두드리는 모습을 지켜보았다. 방씨와 근룡이도 연이어 주문을 했다.

"돼지간볶음 한 접시하고 황주 두 냥."

"돼지간볶음 한 접시하고 황주 두 냥."

허삼관은 그들이 황주를 데워 오라고 주문하는 걸 잊은 것 같아서 막 가려는 점원을 불러 세우고는, 방씨와 근룡이를 가리키며 일렀다.

"이분들 황주도 데워 오도록."

"내가 13년간 살면서 삼복더위에 황주 데워 먹는 사람들은 처음 봅니다요."

허삼관이 이 말을 듣고 방씨와 근룡이를 쳐다보자 그들은 깔깔대며 웃었다. 허삼관도 실수를 깨닫고 그들을 따라 웃었다.

한참을 웃고 나서 방씨가 허삼관에게 일렀다.

"자네 꼭 기억해두게. 피를 팔고 나서 열흘 동안은 절대로 여자와 그 짓을 하면 안 되네."

"왜요?"

"밥 한 그릇 먹어야 겨우 피 몇 방울밖에 안 생기는 거거든. 게다가 피 한 대접이라야 겨우 씨앗 몇 마리밖에 안 된다 이 말씀이야. 우리 시골 사람들이 말하는 씨앗이란 이 혈두가 말하는 정자로……."

허삼관은 방금 전에 임분방과 부둥켜안고 벌인 일이 생각났다. 거기에 생각이 미치자 중풍에라도 걸릴 것 같아 방씨에게 물었다.

"여자랑 먼저 하고 피를 팔면요?"

"그야 물론 죽으려고 환장한 거지."

16

안경 낀 남자가 뼈다귀 열 근과 대두 다섯 근, 녹두 두 근과 국화 한 근을 메고 땀을 뻘뻘 흘리며 허옥란의 집에 왔다. 누군지 모를 그 사내는 가지고 온 물건들을 탁자 위에 올려놓고 와이셔츠 소매를 걷어 얼굴의 땀을 닦았다. 그러고는 식히려고 탁자에 놓아둔 물을 벌컥벌컥 다 들이켠 뒤 허옥란에게 말했다.

"당신이 허옥란이죠? 내 당신을 알지요. 모두를 꽈배기 서시라고 부르잖아요. 남편이 허삼관이라는 것도 알고 있어요. 내가 누군지 아시오? 난 임분방의 남편 되는 사람이오. 날실 공장의 임분방 말이오. 당신 남편하고 같은 공장, 같은 작업장에서 일하는 여자. 내 마누라가 강가에서 빨래를 마치고 일어서다 넘어져 다리가 부러졌는데……."

허옥란이 말을 가로채며 물었다.

"어쩌다가 넘어졌대요?"

"수박껍데기를 밟아서 그만. 그런데 당신 남편은 어디 갔소?"

"지금 없어요. 공장에 일하러 갔죠. 곧 돌아올 거예요."

그러고는 탁자에 놓인 물건들을 보며 물었다.

"그런데 이전에 저희 집에 오신 적도 없고, 제 남편이 말한 적도 없는 분인데……. 방금 들어오실 때만 해도 누구신가 했어요. 누구신데 이렇게 많은 물건을 가져오실까 하고 말예요. 보세요. 탁자가 다 주저앉을 지경이라구요."

"이것들은 내가 드리는 게 아니고, 당신 남편이 내 마누라한테 보낸 것들이오."

"제 남편이 당신 부인한테요? 당신 부인이 누군데요?"

"방금 말했지 않소. 임분방이라고."

"아아, 알겠어요. 그 날실 공장의 임 뚱땡이 말이로군요."

안경 낀 남자는 아무 말도 없이 허옥란의 집 문가에 앉아 바람 잔 나무같이 조용히 문밖을 바라보며 허삼관이 돌아오기를 기다렸다. 허옥란은 혼자 탁자에 기대앉아 뼈다귀며 대두며 녹두 등등을 바라보다가 어리벙벙해져 그 남자에게 물었다. 아니, 실은 자신에게 묻는 질문이기도 했다.

"제 남편이 왜 당신 부인한테 이 많은 물건을 보냈을까요? 그것도 탁자가 가득 찰 정도로 이렇게나 많이요. 뼈만 해도 열 근은 될 것 같고, 대두는 네댓 근 정도 되고, 녹두 두 근에, 국화 한 근……. 이렇게 많이 보낸 걸 보면……."

순간 허옥란은 모든 걸 분명하게 깨달았다.

"허삼관 이 인간이 당신 부인과 잔 모양이군요."

허옥란이 악을 쓰기 시작했다.

"허삼관, 이 집안을 갈아 마실 인간아. 평소엔 그렇게 쫀쫀한 인간이, 내가 옷 한 벌 사는 것도 그렇게 배 아파하면서 다른 여자한테는 돈을 이렇게 팍팍 쓰다니……. 내 손가락을 여러 개로 쪼개도 다 셀 수 없을 정도로……."

그때 허삼관이 돌아왔다. 허삼관은 웬 안경 낀 남자가 자기 집 앞에 앉아 있는 걸 보고는 그가 임분방의 남편이라는 걸 단박에 알아차렸다. 순간 머릿속에서 웽웽 하는 소리가 들렸고, 집으로 들어가 탁자의 물건들을 보는 순간 또다시 머릿속이 웽웽거렸다. 허옥란이 그를 보자 악을 쓰기 시작했다. 허삼관은 속으로 모든 게 끝장이라는 생각이 들었다.

그때 안경 낀 남자가 일어나 집 밖으로 나가더니 허삼관의 이웃들에게 소리치기 시작했다.

"동네 사람들, 내 드릴 말씀이 있으니 이리 좀 오십시오. 아이도 괜찮으니, 내 말 좀 들어보시라구요."

안경 낀 남자는 탁자의 물건들을 가리키며 이웃들에게 이야기를 시작했다.

"이 물건들 다 보이시죠? 뼈다귀며 대두며 녹두며……. 국화 한 근은 안 보이실 겁니다. 뼈다귀에 가려서 말이죠. 이것들은 다 허삼관이 제 마누라한테 보낸 물건이랍니다. 제 마누라는 여러분이 다 아시는 임분방입니다. 다들 고개를 끄덕이시는군요. 제 마누라하고 허삼관하고는 같은 공장, 같은 작업장에서 일하는 직장 동료 사이입니다. 제 마누라가 강변에서 빨래를 하다가 그만 다리가 부러졌는데 어느 날 허삼관이 문병을 왔습니다. 다른 사람들은 다들 앉아서 몇 마디 하고는 돌아갔는데, 이 허삼관이라는 인간은 침대에 기어 올라가서…… 제 마누라를 강간했다구요. 생각 좀 해보세요. 제 마누라는 한쪽 다리가 부러졌으니……."

이때 허삼관이 변명하려는 듯 끼어들었다.

"그건 강간이 아니라……."

"강간이야."

안경 낀 남자는 허삼관의 말을 단호하게 끊고 하던 얘기를 이어 갔다.

"말씀 한번 해보시죠. 강간입니까, 아닙니까? 여자가 한쪽 다리가 부러진 상태에서 반항할 수 있었겠습니까? 까딱 잘못 움직였다간 아파 죽을 지경인데……. 생각해보세요. 제 마누라가 반항할 수 있었겠냐구요? 이 허삼관이 다리가 부러진 여자를 인정사정없이 덮친 거라구요. 이게 짐승이지 어디 사람입니까?"

이웃들은 안경 낀 남자의 질문에 대답은 없이 다만 호기심 어린 눈길로 허삼관을 쳐다보았고, 허옥란은 냉큼 동감을 표시한 후 허삼관의 귀를 잡아당기며 욕을 퍼부었다.

"이 짐승만도 못한 인간아, 내 얼굴에 먹칠을 해도 유분수지. 나더러 어떻게 낯을 들고 다니라구."

안경 낀 남자가 말을 계속했다.

"제 마누라를 강간하고는 입을 틀어막으려고 이것들을 사 보낸 겁니다. 이 물건들을 제가 못 봤다면 전 아마 마누라가 강간당한 것조차 몰랐을 겁니다. 이것들을 보자마자 뭔가 있다는 육감이 들어 반나절을 윽박질렀더니 겨우 털어놓더군요."

안경 낀 남자는 여기까지 말하고는 탁자 옆에 앉아 뼈다귀며 대두며 녹두, 국화 등을 수습했다. 그런 다음 그걸 어깨에 둘러메고 허삼관의 이웃들에게 충고하듯 한마디 덧붙였다.

"제가 오늘 이것들을 메고 온 건 여러분께 보여드리기 위해섭니다. 또 여러분께 허삼관이란 인간이 어떤 인간인지를 알려드리기 위해서기도 하구요. 앞으로 다들 이 색마를 조심하십시오. 여자 없는 집이 어디 있습니까? 다들 조심하시라구요."

안경 낀 남자는 뼈다귀 열 근, 대두 다섯 근, 녹두 두 근, 국화 한 근을 메고 집으로 돌아갔다.

이때 허옥란은 허삼관에게 욕을 퍼붓고 그의 얼굴을 쥐어뜯는 데 정신이 팔려 있던 터라, 안경 낀 남자의 행동에 주의를 기울이지 못했다. 그녀가 고개를 돌려 탁자가 텅 빈 것을 알았을 때는 안경 낀 남자가 이미 집을 나선 뒤였다. 그녀는 곧바로 쫓아가며 소리쳤다.

"거기 안 서! 남의 물건을 왜 가져가?"

안경 낀 남자는 짐짓 못 들은 체하며 뒤도 돌아보지 않고 계속 걸었다. 허옥란은 뒤에 서 있는 이웃들에게 동조를 구하려는 듯 소리쳤다.

"세상에 저런 철면피가 다 있나. 남의 물건을 가져가면서 으스대는 것 좀 보라구요."

허옥란은 한참 동안 욕을 퍼붓다가 안경 낀 남자가 멀리 간 것을 보고 돌아서서 허삼관을 쏘아봤다. 그러더니 갑자기 철퍼덕 문간에 주저앉아 울며불며 이웃들에게 하소연을 늘어놓았다.

"이 집이 망하고야 말지. 다른 사람들이야 나라가 망해야 집이 망한다지만, 이 집은 나라보다 먼저 망할 거야. 대장장이 방씨가 집을 들어낸 지 한 달도 못 돼서 집안에 도적까지 드니……. 이 허삼관이라는 인간은 정말이지 짐승만도 못한 인간이라구요. 평소에는 둘째 가라면 서러울 쩨쩨한 인간이……. 내가 옷 한 벌만 사도 반년 동안 끙끙대는 인간이 그 음탕한 임 뚱땡이한테는 뼈다귀 열 근에, 대두도 네댓 근은 될 거고, 녹두도 적어도 두 근은 될 테고, 국화까지 보냈으니……. 도대체 이걸 다 합치면 얼마냐구."

여기까지 말한 뒤 허옥란은 뭔가 생각났는지 벌떡 일어나 허삼관에게 소리를 질렀다.

"내 돈 훔친 거지? 내가 상자 밑에 숨겨둔 돈 말이야. 내가 한 푼 두 푼 아껴 모은 돈을……. 내가 10년이나 피땀 흘려 모은 돈을 그 뚱땡이한테 갖다 바치다니……."

허옥란은 이렇게 말하며 상자 있는 곳까지 한걸음에 달려가 상자를 뒤적이더니 갑자기 잠잠해졌다. 돈이 그대로 있었던 것이다. 그래서 상자를 닫고 다시 나와 보니 허삼관이 대문을 걸어 잠그고 있었다. 허삼관은 이웃들을 모두 문밖으로 내보낸 뒤, 손에 30원을 든 채 문가에 서서 허옥란을 보고 웃었다. 허옥란이 급히 쫓아가 그

30원을 낚아채면서 낮은 목소리로 물었다.

"어디서 난 돈이에요?"

"어디서 나긴 어디서 나. 피 팔아 번 돈이지."

"또 팔았단 말예요?"

허옥란은 외마디 소리를 지르고 다시 울기 시작했다.

"내가 뭐 하러 당신한테 시집을 왔는지……. 고생고생해서 10년을 살았는데…… 당신을 위해서 아들을 셋이나 낳고……. 언제 날 위해 피 팔아본 적 있어요? 이렇게 흉악한 인간인 줄도 모르고……. 그 음탕한 임 뚱뗑이를 위해 피를 팔다니……."

허삼관이 그녀의 어깨를 두드리며 말했다.

"당신이 언제 내 아들을 셋이나 낳았단 말이야? 일락이가 누구 아들인데? 내가 피 팔아서 대장장이 방씨네 빚을 갚은 건 누굴 위한 거냐구?"

허옥란은 아무 말 없이 잠시 허삼관을 바라보더니 다시 다그쳐 물었다.

"말해봐요. 당신하고 그 임 뚱뗑이하고 무슨 일이 있었는지. 그렇게 뚱뚱한 여자랑도 그러고 싶어요?"

허삼관은 자기 얼굴을 문지르며 변명을 늘어놓았다.

"그 사람이 다리가 부러져서 그냥 들러본 거라구. 다 인지상정 아닌가……."

"뭐가 인지상정이야. 남의 침대 위까지 기어 올라간 게 인지상정이야? 계속 말해봐요."

"손으로 다리를 주물러준 것뿐이야. 어디가 아픈지 물어본 것뿐이라구……"

"넓적다리? 아니면 종아리?"

"처음에는 종아리를 주물러주다가 나중에는 넓적다리를……"

"이 창피한 줄도 모르는 인간아."

허옥란은 손가락으로 허삼관의 얼굴을 찔렀다.

"계속해봐요."

"계속하라구?"

허삼관이 머뭇거리다가 말했다.

"그러다가 그녀의 젖을 꽉 쥐었지."

"아이야!"

허옥란이 소리쳤다.

"도대체가 배울 게 없어서 그 몹쓸 놈의 하소용이 하는 짓을 따라 배우냔 말이야. 이 가망 없는 인간아!"

17

허옥란은 허삼관에게 압수한 30원 가운데 21원 50전으로 옷을 해 입었다. 자기 옷으로 회색 목면 바지 한 벌과 옅은 남색 바탕에 짙은 무늬가 있는 솜저고리 한 벌을 지었고, 허삼관은 빼놓고 일락이와 이락이, 삼락이에게 새 저고리를 한 벌씩 지어줬다. 임분방과의 사건이 그녀의 신경을 몹시 건드렸기 때문이다.

눈 깜짝할 사이에 겨울이 왔다. 허삼관은 자신을 제외한 식구들이 새 솜저고리를 해 입은 걸 보고는 허옥란에게 말했다.

"내가 피 팔아서 번 돈이잖아. 당신을 위해 써도 좋고, 이락이를 위해 써도 좋고, 삼락이를 위해 써도 좋지만, 일락이를 위해 쓰는 건 기분이 안 좋다구."

허옥란이 갑자기 소리를 질렀다.

"그럼 그 돈을 임 뚱땡이를 위해 써야 후련하시겠수?"

허삼관은 고개를 숙인 채 볼멘소리로 대꾸했다.

"일락이는 내 아들이 아니잖아. 내가 그 아이를 9년이나 키웠고, 앞으로도 계속 키워야 한다는 거 나도 알아. 내가 공장에서 누에고치 나르면서 땀 흘려 번 돈을 일락이한테 쓰는 건 나도 바라는 바지만, 피 팔아 번 돈을 그 애한테 쓰는 건 왠지 좀 그렇다구."

허옥란은 이 말을 듣고, 남은 8원 50전에 2원 50전을 보태서 허삼관에게 짙은 남색의 목면 중산복을 한 벌 해 입혔다.

"자, 이 옷은 당신이 피를 판 돈에다 내 돈 2원 50전을 보태서 지은 거니까 이제 괜찮죠?"

허삼관은 허옥란에게 꼬투리를 잡힌 후로는 전처럼 성질을 부릴 수가 없었다. 예전에야 집안일은 모두 허옥란 몫이었고 바깥일만 허삼관이 책임지는 형국이었으나, 임분방과의 사건 이후에는 허옥란의 심기에 따라 그 역할이 변하기 일쑤였다. 허옥란은 정방 면실 옷을 입고 손에 호박씨를 든 채 외출하는 일이 잦아졌는데, 호박씨를 까먹으며 사람들과 수다를 떨기 시작하면 두세 시간은 기본이었다. 그래서 허삼관이 땀을 뻘뻘 흘리며 밥과 반찬을 하는 일이 다반사였다. 이웃들은 허삼관이 밥을 하느라 분주한 모습을 보면 웃으며 핀잔을 주곤 했다.

"삼관이, 밥하나?"

"삼관이, 채소를 썰 때 너무 힘을 주는 것 같으이. 꼭 장작 패는 것 같다구."

"삼관이, 자네 언제부터 이렇게 부지런해졌나?"

그러면 허삼관은 이렇게 대답했다.

"하는 수 없지. 마누라한테 꼬투리를 잡혔으니. 이런 걸 일러 노는 건 한때고 고생은 평생이라고 하는 거라구."

한편, 허옥란은 사람들에게 이렇게 말하고 다녔다.

"이제야 다 알겠다구요. 예전에야 남편이랑 아들들을 먼저 생각했어요. 무조건 내가 좀 덜 먹더라도 남편하고 아들들 많이 먹이는 게 최선이고, 내가 좀 힘들더라도 그들을 편하게 해주는 게 다인 줄 알았는데 그게 아니더라구요. 앞으로는 나를 좀 챙겨야겠더라구요. 내가 나를 챙기지 않으면 누가 챙겨주겠어요? 남자들이란 원래 믿을 게 못 돼요. 집안에 서시 같은 미인이 있는데 바깥에 한눈을 팔다니 ……. 아들들도 믿을 게 못 되고……."

허삼관은 자기가 확실히 바보 같은 짓을 저질렀다는 걸 깨달았다. 바보같이 임분방에게 뼈다귀며 대두며 그렇게 많은 물건을 보낸 데다가 그것도 눈에 제일 잘 띄는 탁자 위에 놨으니, 임분방의 남편이 아무리 바보 같아도 의심하는 게 당연했던 것이다.

그러나 한편으로, 자기와 임분방 사이의 일은 별것도 아닌 일이란 생각이 들었다. 둘 사이에서 아이가 태어난 것도 아니니 말이다. 하소용과 허옥란은 일락이까지 낳은 데다, 그 녀석을 자기가 지금까지 줄곧 키우고 있으니……. 여기까지 생각이 미치자 허삼관은 은근히 울화가 치밀어 허옥란에게 소리쳤다.

"오늘부터 나 집안일 안 해! 당신하고 하소용도 한 번이고 나하고 임분방도 한 번인데, 당신하고 하소용 사이에서는 일락이가 태어났지만 나하고 임분방 사이에서는 사락이가 안 나왔잖아. 당신이나 나

나 모두 잘못을 저질렀지만, 당신 잘못이 더 크다구."

허옥란은 이 말을 듣고 엉엉 울기 시작했다. 그러더니 두 손으로 허삼관의 양 볼을 쥐어뜯으며 소리 질렀다.

"이 짐승만도 못한 인간아, 당신하고 임 뚱땡이 사이의 일은 벌써 다 잊었는데, 또 생각나게 하다니……. 내가 전생에 무슨 죄를 지었기에 이렇게 심한 대가를 치르나……."

허옥란이 이렇게 악을 쓰며 또 문간에 주저앉을 낌새를 보이자, 허삼관은 잽싸게 쫓아가 그녀를 붙들어 안으로 들이면서 통사정을 했다.

"됐어, 됐다구. 앞으로 다시는 그 얘기 안 할게."

18

허삼관이 허옥란에게 장황하게 연설을 늘어놓았다.

"올해는 1958년. 인민공사, 대약진운동, 제강생산운동…… 또 뭐가 있지? 아, 우리 아버지 땅이랑 넷째 삼촌의 논밭이 다 회수됐지. 앞으로는 누구도 자기 논밭을 가질 수 없다구. 전부 국가에 귀속되는 거지. 즉 국가가 빌려준 논밭에 농사를 짓는 거라 이거야. 수확할 때도 당연히 국가에 공납을 해야 하고. 에, 결국은 국가가 이전의 지주가 되는 거지. 물론 국가가 지주는 아니고, 인민공사라고 불러야겠지……. 우리 날실 공장도 요즘 강철을 제련한다구. 공장 안에 작은 고로(高爐)를 여덟 개나 만들었지. 나하고 네 사람이 고로 하나를 관리한단 말이야. 그러니 난 날실 공장에서 누에고치를 나르는 허삼관이 아니라 날실 공장의 제강공 허삼관이다 이거야. 다들 나를 허연강(煉鋼, 제강공)이라고 불러. 그럼 왜 그렇게 많은 강철을 생산하는지 아나? 사람은 곧 철이고 밥은 곧 강이니, 이 강철은 바로 국가의 양식인 거야. 그러니까 국가의 쌀이자 보리이고, 생선이자 고기다 이 말씀이야. 그러니 제련은 논밭에 씨앗을 뿌리는 것과 같다……."

"오늘 거리를 걷다가 붉은 완장을 찬 사람들이 집집마다 들락날락 하며 솥과 밥그릇, 쌀, 간장, 식초, 소금까지 가져가는 걸 봤다구. 이틀이나 갈까 싶었는데, 우리 집에도 와서 싹 가져가버렸어. 그러면서 하는 말이 앞으로는 어느 집이든 밥을 할 수 없다는 거야. 전부 식당에 가서 밥을 먹어야 한다더군. 당신, 성안에 큰 식당이 몇이나 있는지 알아? 이 길가에만도 셋이나 있지. 우선 우리 날실 공장에 하나, 천령사에 하나. 그 절간이 식당으로 바뀌었다구. 중들이 전부 머리에 흰 모자를 쓰고 앞치마를 두른 주방장이 됐어. 또 하나 우리 집 앞에 있는 극장도 식당으로 바뀌었지. 극장 식당에서는 어디서 밥을 하는지 알아? 바로 무대에서 한다구. 월극(越劇, 절강성의 민속극과 그 음악)에서 처녀 총각 역할을 했던 사람들이 전부 채소를 씻고 쌀을 일고 한다더군. 참, 듣자 하니 그 서생 역할을 하던 사람이 사무장을 하고, 광대 역할을 하던 사람이 부사무장을 한다는데……."

"그저께는 날실 공장 식당에서 밥을 먹었고, 어제는 천령사 식당에서 먹었으니, 오늘은 극장 식당에서 먹자구. 천령사 식당 밥은 고기가 너무 적더라구. 예전에 중들이 고기를 안 먹었으니까 그렇겠지. 어제 고기고추볶음 먹을 때 '이건 고기고추볶음이 아니라 그냥 고추볶음이네' 하는 소리 못 들었어? 세 군데 식당을 다 가보니 당신하고 아이들은 극장 식당을 제일 좋아하더군. 내 보기에 극장 식당은 맛은 좋지만 양이 너무 적어. 난 우리 공장 식당이 양도 많고 고기도 많이 주고 해서 제일 좋더라구. 천령사 식당에서 밥을 먹었을 때는 트림도 못했잖아. 극장 식당도 마찬가지였고. 오로지 공장 식당에서 밥을 먹었을 때만 트림을 밤새도록, 날이 샐 때까지 하잖아. 내일은 시정부 대식당에 데려가줄게. 그곳 음식이 시내에서 제일 맛있다고 하더라구. 대장장이 방씨한테 들었는데, 그곳 주방장이 옛날 승리반점 주방장이래. 승리반점 주방장이 만드는 음식이면 당연히 제일 맛있지. 당신, 그 사람들이 최고로 치는 음식이 뭔지 알아? 살짝 볶은 돼지간이라구……."

"우리 내일은 시정부 대식당에 밥 먹으러 가지 말자. 밥 한 끼 먹는 데 사람 진을 쏙 빼잖아. 시내에 사는 사람 중에서 4분의 1은 거기서 밥을 먹는 것 같아. 그러니 밥 한 끼 먹는 게 싸우는 것처럼 힘이 들지. 우리 아들들도 밀려서 다칠 뻔했잖아. 내 몸도 땀으로 흠뻑 젖었다구. 게다가 어떤 자식이 방귀를 뀌어서 밥맛이 딱 떨어졌어. 우리 내일은 공장 식당에 갈까? 내 다들 극장 식당에 가고 싶어 하는 걸 알지만, 극장 식당은 벌써 문을 닫았다구. 천령사 식당도 이틀 안에 문을 닫는다더군. 우리 공장 식당만 아직 문을 안 닫은 셈이지. 그러니 일찍 가지 않으면 밥도 못 먹는다구……."

"성안의 식당이 전부 문을 닫았대. 좋은 날도 다 지나고, 오늘부터는 아무도 우리가 뭘 먹을지 상관하지 않겠다는 거야. 우리 밥걱정은 또다시 우리가 해야 한다는 뜻인가? 하지만 뭘 먹냐구?"

허옥란이 말했다.

"침대 밑에 아직 쌀독 두 개가 남아 있어요. 사람들이 와서 솥이며 밥그릇, 쌀, 간장, 소금, 식초까지 싹 가져갈 때 이 쌀독만은 아까워서 못 주겠더라구요. 이건 당신하구 애들 입에서 한 입씩 줄여서 모은 거니까 끝까지 안 내줬죠……."

19

허옥란이 허삼관에게 시집온 지도 벌써 10년이 지났다. 이 10년 동안 허옥란은 침대 밑에 작은 쌀독을 숨겨두고 매일 날짜를 세며 쌀을 조금씩 모았다. 주방에도 좀더 큰 항아리가 있는데 밥을 할 때마다 먼저 거기서 식구 수만큼 쌀을 퍼 솥에 부은 다음, 다시 한 줌 정도의 쌀을 덜어내 침대 밑에 있는 독에 따로 부었다.

"모두가 다 많이 먹으면 많이 먹는지도 모르고, 모두 적게 먹으면 아무도 적은 줄 모르거든요."

그녀는 허삼관에게 매일 밥을 두 숟가락씩 덜 먹도록 했고, 아이들이 태어난 후로는 그들에게도 두 숟가락씩 적게 먹였다. 물론 자기도 매일 두 숟가락 이상을 덜 먹었다. 이렇게 절약해서 남은 쌀을 침대 밑의 작은 쌀독에 모아둔 것이다. 원래는 작은 독 하나였으나, 그것이 가득 차서 다른 하나를 더 사와 다시 모으기 시작했다. 반년이 채 되지 않아 새로 산 독도 가득 차 또 하나를 사려 했으나, 허삼관이 그냥 내버려두지 않았다.

"우리가 무슨 쌀집을 열 것도 아닌데, 그렇게 쌀을 많이 모아서 뭐 하려고 그래? 여름까지 다 못 먹으면 쌀벌레 생긴단 말이야."

허옥란이 듣기에도 그 말에 일리가 있어 쌀독 두 개로 만족하고 더는 욕심을 안 부리기로 했다. 쌀을 오랫동안 모아두자 정말 벌레가 생기더니 쌀독에서 먹고 마시고 싸고 자고 난리였다. 쌀은 삭아서 밀가루처럼 변했고, 벌레들이 싼 똥도 빛깔이 약간 누르스름할 뿐 밀가루처럼 생겨서 분간하기가 어려울 정도였다.

침대 밑의 쌀독이 가득 찬 후로 허옥란은 그 쌀을 주방에 있는 독에 붓고, 침대에 앉아 작은 독에 모았던 쌀이 몇 근이나 될지, 값은 또 얼마나 나갈지를 따져 그만큼의 돈을 잘 접어 상자 안에 넣어두었다. 그리고 이 돈은 절대로 쓰지 않겠다고 다짐했다.

"다들 잘 못 느꼈겠지만, 이 돈은 우리 입에서 조금씩 덜어서 모은 거예요. 그러니까 평상시엔 절대로 쓰면 안 된다구요. 아주 긴박한 상황이 아니라면 말예요."

하지만 허삼관은 그렇게 생각하지 않았다.

"당신은 바지 벗고 방귀 뀌나? 유난스럽기는……."

"그런 말이 어디 있어요? 사람이 한평생 살다 보면 뜻하지 않은 병이나 재난을 만나게 되는 법이라구요. 재수 없는 일을 만났을 때를 대비해서…… 유비무환이란 말도 있잖아요. 똑똑한 사람은 일을 할 때 항상 퇴로를 남겨둔다구요. 다시 말하면, 나도 절약해서 우리 집에 돈을 보태는 거다 이 말이에요……."

허옥란은 틈나는 대로 이런 말을 했다.

"경기가 안 좋을 때가 있는 거라구요. 인생을 살다 보면 몇 번은 꼭 그런 상황을 만나는데, 그런 건 피하고 싶어도 피할 수 없는 법이라구요."

삼락이가 여덟 살, 이락이가 열 살, 일락이가 열한 살일 때 온 성이 물에 잠긴 적이 있었다. 깊은 곳은 수심이 1미터가 넘었고, 제일 얕은 곳도 무릎까지 물이 찰 정도였다. 허삼관의 집도 일주일 동안 연못이 되어버렸는데, 물이 집 안으로 들어왔다 나갔다 해서 잘 때도 찰랑대는 소리가 들렸을 정도였다.

수재가 지나가니 이번엔 가뭄이 덮쳤다. 가뭄이 막 시작됐을 무렵, 허삼관 부부는 그 사실을 전혀 알지 못했다. 그저 논의 벼가 거의 말라간다는 이야기만 전해 들었을 뿐이었다. 허삼관은 속으로 할아버지와 넷째 삼촌이 돌아가셔서 다행이라 여기며, 만약 살아 계셨다면 어찌 됐을까 하는 생각을 했다. 다른 삼촌 세 분은 아직 다 살아 계셨지만, 평소 허삼관에게 잘해주지 않았기 때문에 별 신경을 쓰지 않았다.

가뭄이 심해지자 성안으로 들어와 걸식하는 사람이 갈수록 늘어났다. 허삼관과 허옥란은 그때서야 가뭄이 왔다는 걸 실감했다. 매일 새벽 문을 열면 골목에서 자고 일어나 밥을 구걸하는 사람들을 볼 수 있었는데, 그나마 매일 보는 얼굴조차 그대로가 아니라 나날이 야위어갔다.

성안의 쌀집도 가끔씩만 문을 열 뿐 거의 문을 닫았다. 매번 문을 열고 닫을 때마다 쌀값이 천정부지로 솟아올라, 이전에 쌀 열 근을 살 수 있었던 돈으로 겨우 고구마 두 근을 살 수 있을 뿐이었다. 날실 공장도 문을 닫았다. 누에가 없었기 때문이다. 허옥란도 꽈배기를 튀길 필요가 없었다. 밀가루도 기름도 없었기 때문이다. 학교도 수업을 하지 않았고, 시내의 많은 상점들이 문을 닫아걸었다. 스무 곳이 넘던 음식점도 모두 문을 닫고, 오직 승리반점 한 곳만 영업을 계속했다.

"하필이면 가뭄이 지금 와서 이 난리야. 좀 일찍 왔더라면 그래도 좀 나았을 텐데. 좀 늦게 왔더라도 지금보다는 나았을 거고. 하필이면 우리 집이 바닥났을 때 오냔 말이야."

"생각 좀 해보라구. 솥하고 밥그릇, 쌀, 소금, 간장, 기름, 식초까지 가져간 데다가 부뚜막까지 부숴버렸으니, 당연히 대식당이 평생 먹여줄 줄 알았지. 1년도 못 갈 거라고 누가 짐작이나 했겠느냐구. 1년 만에 다시 알아서 밥을 해 먹으라니…… 부뚜막 고치는 데도 돈이 들고 솥이랑 밥그릇, 심지어 접시랑 국자도 다시 사야 하는 데다 쌀, 소금, 간장, 기름, 식초까지 사려면 당신이 한 푼 두 푼 모아두었던 돈을 순식간에 다 쓰게 될 거야. 돈 쓰는 건 걱정할 일이 아니지. 그렇게 해서 몇 년 편안하게 살 수 있으면 자연히 재산이 좀 모일 테니까. 그런데 요 근래 2년 동안 편안했던가? 일락이 일만 해도 그래. 아닌 밤중의 홍두깨라더니 내 아들이 아니었잖아. 그건 그렇다 치고, 그 아이가 사고까지 쳐서 대장장이 방씨한테 35원이나 물어주고 말이야. 최근 2년 동안은 내 맘대로 되는 일이 하나도 없었다구. 게

다가 가뭄까지 겹치고. 다행히 침대 밑에 쌀이 남았으니……."

"부엌에도 아직 쌀이 좀 남았으니, 침대 밑의 쌀은 건드리면 안 돼요. 오늘부터 찰진 밥을 먹어서는 안 된다구요. 가만 계산해보니 가뭄이 지나려면 아직 반년이나 남았다구요. 내년 봄에 작물이 자라야 가뭄이 지나간 거죠. 지금 집에 남은 양식이라고는 한 달 치가 전부에요. 매일 멀건 죽만 마셔도 넉 달 조금 넘게 버틸 수 있을 뿐이니, 남은 한 달 반은 어떻게 살겠어요? 한 달 반을 꼬박 안 먹고 안 마실 수는 없잖아요. 그러니 이 한 달 반을 넉 달 속에 끼워 넣어서 살아야 한다 이 말이죠. 겨울이 아직 오지 않았으니 성 밖으로 나가 나물이나 풀들을 뜯어 와야 해요. 부엌의 쌀이야 며칠 못 가서 바닥이 날 거예요. 그 빈 항아리에 산나물을 넣고 소금을 뿌려두면 나물이 시들지 않아요. 아마 사오 개월은 시들지 않을 거예요. 그리고 돈도 좀 있구요. 반찬 살 때 깎아서 모아둔 걸 당신 몰래 요 밑에 숨겨뒀는데 19원 67전쯤 돼요. 여기서 우선 13원을 가져가면 옥수수를 백 근 정도는 살 수 있을 거예요. 그런 다음 우리가 직접 옥수수 껍질을 벗겨서 가루로 만들면 서른 근 정도는 될 테구요. 옥수수 가루를 멀건 죽에 넣고 같이 끓이면 걸쭉해지는데, 그걸 먹으면 그래도 허기는 면할 거 같아요."

허삼관이 아들들에게 말했다.

"한 달 동안 멀건 죽만 마셨더니 얼굴에서 핏기가 쫙 빠졌구나. 살도 쪽 빠지고 갈수록 맥도 없어지는구나. 말도 없고……. 배고프다는 말만 빼고 말이다. 그래도 목숨이 붙어 있으니 다행이지. 지금 성 안 사람 모두가 어렵게 살고 있으니 어쩔 수 없는 일 아니냐. 옆집에 가봐라. 너희 친구 집에도 가보고. 멀건 죽만 먹을 수 있어도 잘 사는 집인 셈이다. 이 고통을 잘 참고 견뎌야 한다. 너희들, 나물이 질렸다고 하지만 먹어야 한다구. 찰진 밥 한 그릇, 옥수수 가루 넣지 않은 밥 한 끼 먹고 싶겠지만, 너희 엄마하고 상의해봤는데 지금은 안 된다. 나중에 해주마. 지금은 쌀독 속에 있는 나물을 먹고 옥수수죽을 마셔야 해. 너희는 그나마 죽도 갈수록 묽어진다고 하는데…… 사실 이다. 가뭄이 끝나지 않았고 끝나려면 아직 멀었으니, 우리도 별다른 방법이 없구나. 우선 목숨부터 부지하고 봐야지. 다른 건 생각할 틈이 없단다.

'푸르고 무성한 산이 있는 한 땔나무 걱정은 없다'는 말이 있다. 목숨만 부지하고 이 고통을 잘 견디면 다시 좋은 날이 올 거다. 갈수록 묽어지기는 하지만 옥수수죽을 마셔야 해. 너희들, 오줌 한 번 갈기면 뱃속의 죽이 싹 빠진다고 했다며? 누가 그랬냐? 일락이가 그랬냐? 네가 그랬을 줄 알았다. 너 이놈의 자식……. 너희들, 온종일 "배고파, 배고파" 소리만 하지. 너희 같은 꼬마들이 나보다 죽도 많이 먹으면서 계속 "배고파, 배고파" 소리를 하는 이유가 뭔지 알아? 그렇게 매일 나가 노니까 그렇지. 죽 먹기가 무섭게 슬그머니 빠져나가서는 아무리 불러도 소용이 없더구나. 삼락이 이 자식은 아직도 밖에서 악을 쓰고 놀지 않느냐. 요새 밖에서 악을 쓰고 노는 애들이 너희 말고 또 누가 있느냐? 요즘은 다들 말할 때도 조용조용 속삭이듯

하는 거 못 봤냐? 뱃속에서 꼬르륵 소리가 그치질 않으니까. 그런데 배도 안 부르면서 고래고래 소리를 지르고 악악거리면 뱃속의 그 빌어먹을 죽 한 그릇이 남아나겠냐? 빌어먹을, 눈 깜짝할 새 소화가 될 거 아니냐.

오늘부터 삼락이, 이락이, 일락이 모두 죽 먹은 다음에는 침대에 누워 있어, 꼼짝하지 말고. 움직이면 배가 고파지니까. 너희들 모두 조용히 누워 있으라구. 나하고 엄마도 침대에 누워 있을 테니까. 했던 말 또 하게 하지 마라. 배고파서 힘이 하나도 없으니까. 방금 마신 죽이 벌써 다 내려갔네."

허삼관네 가족은 이날부터 새벽에 한 번, 저녁에 한 번 옥수수죽을 마시고 나머지 시간은 전부 말도 않고 움직이지도 않으면서 침대에 누워서 보냈다. 움직이면 바로 배에서 꼬르륵 소리가 나고 배가 고파졌기 때문이다. 그렇게 말없이 꼼짝 않고 침대에 누워 잠만 자며 세월을 보냈다. 허삼관네 가족은 한낮부터 밤까지, 또 밤부터 한낮까지 잠만 자며 그해의 12월 7일을 맞았다.

그날 밤 허옥란은 옥수수죽을 평소보다 한 그릇을 더, 그것도 훨씬 걸쭉하게 끓였다. 그녀는 침대에 누워 있는 남편과 아이들을 불러 웃으며 말했다.

"오늘은 맛있을 거예요."

허삼관과 일락, 이락, 삼락이 형제가 모두 식탁에 앉아 목을 길게 빼고 허옥란이 들고 오는 걸 바라봤다. 하지만 손에 받쳐 든 것이 역시나 옥수수죽인 걸 보고는 일락이가 실망감에 볼멘소리를 냈다.

"뭐, 옥수수죽이네."

이락이와 삼락이도 똑같이 실망스러운 목소리로 따라 외쳤다.

그러자 허삼관이 아이들에게 말했다.

"잘 봐라. 이 옥수수죽은 어제보다 그저께보다 그 이전의 죽보다 훨씬 걸쭉하잖니."

허옥란이 말했다.

"한 모금 마셔보면 알 거야."

세 아들 모두 한 모금씩 마셨지만 눈만 깜빡거릴 뿐 도무지 무슨 맛인지 가늠하지 못했다. 뒤따라 허삼관까지 한 모금 마시자 허옥란이 물었다.

"죽에다 뭘 넣었는지 알겠니?"

세 아들은 고개를 가로젓더니 사발을 받쳐 들고 후후 불며 마시기 시작했다. 그러자 허삼관이 아이들에게 말했다.

"너희들, 정말 점점 바보가 돼가는구나. 단맛도 모르니 말이다."

이때 일락이가 죽에 뭘 넣었는지 알아채고는 갑자기 소리쳤다.

"설탕이다. 죽에 설탕을 넣었구나."

이락이와 삼락이는 일락이가 소리치는 걸 듣고는 힘차게 고개를 끄덕이면서도 입은 사발에 딱 붙인 채 키득대며 죽을 마셨다. 허삼관도 따라 웃으며 아들들처럼 후루룩 소리를 내며 죽을 마셨다.

허옥란이 남편에게 말했다.

"오늘은 특별히 춘절(우리의 설날)에 남겨둔 설탕을 꺼냈어요. 그리고 당신한테 걸쭉한 죽을 드리려고 한 그릇 더 끓였다구요. 왠지 아세요? 오늘은 당신 생일이잖아요."

이 말을 들은 허삼관이 다 마신 죽사발을 내려놓고는 머리를 탁치며 외쳤다.

"아, 오늘이 바로 우리 어머니가 날 낳으신 날이었구나. 그래서 죽에 설탕을 넣은 거로군. 전보다 훨씬 걸쭉하게 말이야. 당신이 나를 위해 한 그릇을 더 끓였다니 생일상으로 알고 한 그릇 더 마셔야지."

허삼관은 사발을 받아 들고 마시려다가 이미 때를 놓쳤다는 걸 깨달았다. 아이들이 그의 눈앞에서 누가 먼저랄 것도 없이 빈 죽 그릇을 허옥란의 가슴 앞으로 내밀었다. 그 모습에 그는 손을 내저으며 말했다.

"애들 줘."

"그럴 순 없어요. 이건 당신을 위해서 끓인 거라구요."

"누가 마시면 어때. 똥으로 변하기는 마찬가진데. 애들 똥이나 더 싸게 하라구. 애들 마시게 해."

허삼관은 세 아들이 그릇을 받쳐 들고 설탕이 든 옥수수죽을 꿀떡꿀떡 마시는 모습을 지켜보았다.

"너희들 다 마시고 나서 모두 나한테 절을 해라. 내 생일 선물로 치게 말이다."

이렇게 말하고 나니 좀 낯 뜨거운 생각이 들어 둘러대듯 한마디 덧붙였다.

"이 고생이 언제쯤 끝이 나려나. 자식들이 불쌍하게 단맛도 잃어버리고, 단것을 먹고도 설탕인지 뭔지도 모르니 말이야."

세 아들은 옥수수죽을 다 마시고도 혀를 내밀어 죽사발을 핥았다. 혀가 무슨 손바닥이나 되는 양 쩍쩍 소리를 내며 죽사발에 달라붙었다. 일락이가 깨끗이 핥아먹은 죽사발을 내려놓으며 먼저 말했다.

"아버지, 지금 절을 할까요?"

"다 마셨느냐?"

허삼관은 아이들을 다시 한번 훑어보았다.

"죽을 다 마셨으면, 나한테 절을 올려라."

일락이가 물었다.

"한 명씩 돌아가며 할까요, 아니면 같이 할까요?"

"한 명씩 해라. 큰놈부터 작은놈 순으로. 일락이 너부터 해라."

"몇 번 해요?"

"세 번."

일락이가 절을 세 번 올리자 이락이와 삼락이도 따라서 절을 세 번씩 올렸으나, 머리가 땅에 닿지 않은 걸 보고 허삼관이 한탄하듯 혼잣말을 했다.

"다른 집 아이들은 아버지한테 절을 올릴 때 쿵 소리가 나도록 바닥에 머리를 처박는다는데, 이놈의 자식들은 머리가 바닥에 닿지도 않네……."

허삼관의 말이 끝나자 일락이가 말했다.

"방금 한 건 치지 마세요. 다시 할 테니까요."

일락이가 무릎을 꿇고 바닥에 머리를 세 번 박자, 이락이와 삼락이도 일락이랑 똑같이 머리를 박았다. 허삼관은 바닥에서 울리는 쿵

쿵 소리를 또렷이 듣고는 비로소 껄껄대며 웃었다.

"들었다. 눈으로 절하는 모습도 보았고 귀로도 들었으니 됐다. 생일 선물을 받았으니…….'"

이락이가 말했다.

"아버지, 우리가 다 같이 절을 올릴게요."

허삼관이 손을 가로저었다.

"됐다. 그럴 필요 없어."

그러나 세 아이는 일렬로 서서 무릎을 꿇고 머리로 바닥을 두드리기 시작했다. 아이들이 킥킥대며 쿵 소리가 나도록 바닥에 이마를 박자, 허삼관이 다급하게 다가가 세 아들을 하나씩 일으켜 세우고는 이마를 살펴보며 타일렀다.

"그만 하라니깐. 이건 엉덩이가 아니라 머리야. 아무 데나 박아도 되는 게 아니라구. 아무 데나 박아서 바보가 되면 피곤해지는 건 또 나라구."

허삼관은 다시 의자에 앉아 세 아이를 자기 앞에 일렬로 세우고 말 실타래를 풀었다.

"다른 사람들은 생일에 선물이 산처럼 쌓인다는데……. 다른 건 관두더라도 복숭아가 100개 정도는 쌓이고 먹을 거, 입을 거, 쓸 거 전부 다 있다는데……. 봐라, 아무것도 없잖니. 그저 바닥에 머리 박는 소리 몇 번 빼고는 말이다."

세 아이가 서로 번갈아 쳐다보는 걸 보고 허삼관이 말을 이었다.

"뭘 보냐? 너희 세 놈 전부 피골이 상접해서는. 너희가 지금 뭘 선

물할 수 있겠냐? 소리가 나도록 머리나 박을 수밖에……. 그거면
됐다."

이날 밤, 온 식구가 침대에 누웠을 때 허삼관이 아들들에게 말
했다.

"너희가 지금 제일 원하는 게 먹는 거라는 거 나도 안다. 밥에다 기
름에 볶은 반찬, 고기며 생선이며 하는 것들이 먹고 싶겠지. 오늘이
내 생일이니까 너희도 같이 즐거워해야겠지? 설탕을 먹었어도 뭔가
또 먹고 싶다는 거 내 안다. 뭐가 또 먹고 싶으냐? 까짓 거 내 생일인
데 내가 조금 봉사하지. 내가 말로 각자에게 요리를 한 접시씩 만들
어줄 테니 모두 잘 들어라. 절대 말을 하거나 입을 열면 안 돼. 입을
열면 방귀도 못 먹는다구. 자 다들 귀를 쫑긋이 세우도록. 그럼 요리
를 시작하지. 뭘 먹고 싶은지 주문부터 해야지. 하나씩 하나씩, 삼락
이부터 시작해라. 삼락아, 뭘 먹고 싶으냐?"

"옥수수죽은 두 번 다시 먹고 싶지 않아요. 밥을 먹고 싶어요."

"밥은 있는 걸로 하고, 요리 말이다."

"고기요."

"삼락이는 고기가 먹고 싶단 말이지. 자, 그러면 삼락이한테는 홍
사오러우(기름에 튀긴 돼지고기에 간장, 설탕, 오향 등을 넣고 푹 고아 만든 요
리) 한 접시다. 고기에는 비계와 살코기가 있는데, 홍사오러우는 반
반 섞인 게 제 맛이지. 껍데기째로 말이야. 먼저 고기를 손가락만큼
굵게, 손바닥 반만큼 크게 썰어서……. 삼락이한테는 세 점을……."

"아버지, 네 점 주세요."

169

"그럼 삼락이한테는 고기를 네 점 썰어서……."

"아버지, 하나만 더 썰어주세요."

"넌 네 점만 먹어도 배가 꽉 찰 거야. 너 같은 꼬마가 다섯 점을 먹으면 배 터져 죽는다구. 자, 우선 고기를 끓는 물에 넣고 익히는데 너무 많이 익히면 안 돼. 고기가 다 익으면 꺼내서 식힌 다음 기름에 한번 튀겨서 간장을 넣고, 오향을 뿌리고, 황주도 살짝 넣고, 다시 물을 넣은 다음 약한 불로 천천히 곤다 이거야. 두 시간 정도 고아서 물이 거의 졸았을 때쯤……. 자, 홍사오러우가 다 됐습니다……."

허삼관은 아이들의 침이 꼴깍 넘어가는 소리를 들었다.

"뚜껑을 여니 고기 냄새가 코를 찌르는구나. 자, 젓가락을 들고 고기 한 점을 집어서 입에 넣고……."

허삼관은 침 삼키는 소리가 갈수록 커지는 걸 느꼈다.

"삼락이 혼자 삼키는 소린가? 내 귀에는 아주 크게 들리는 게 일락이, 이락이도 침을 삼키는 것 같은데? 당신도 침을 삼키는구먼. 잘 들으라구. 이 요리는 삼락이한테만 주는 거야. 삼락이만 침 삼키는 걸 허락하겠어. 만약 다른 사람이 침을 삼키면 그건 삼락이의 홍사오러우를 훔쳐 먹는 거라구. 다른 사람들 요리는 나중에 만들어줄 테니까 그러지들 말라구. 먼저 삼락이 먹게 하고, 나머지 사람들 요리는 따로 만들어줄게. 삼락이 잘 들어라. 한 점 입에 넣고 씹으니까 맛이 어떠니? 비계는 기름지지만 느끼하지 않고, 살코기는 보들보들한 게……. 내가 왜 약한 불로 고았는지 아니? 맛이 완전히 스며들게 하기 위해서야. 삼락이의 홍사오러우는……. 삼락아, 천천히 먹어라. 자, 다음은 이락이. 넌 뭘 먹고 싶니?"

"저도 홍사오러우요. 전 다섯 점 썰어주세요."

"좋았어. 이락이한테는 다섯 점을 썰어서 살코기와 비계를 반반씩
해서 물에 넣고 삶은 다음, 식혀서 다시……."

"아버지, 형하고 삼락이가 침 삼켜요."

"일락아."

허삼관이 꾸짖었다.

"아직 네가 침 삼킬 차례가 아니잖아."

그러고는 요리를 계속했다.

"이락이 고기 다섯 점을 기름에 볶아서 간장을 뿌리고, 오향을
……."

"아버지, 삼락이가 아직도 침 삼켜요."

"삼락이가 침 삼키는 건 자기 고기를 먹는 거야. 네 고기가 아니잖
아. 네 고기는 아직 다 안 됐잖니……."

허삼관은 이락이의 홍사오러우를 만들어준 다음 일락이한테도 같
은 질문을 했다.

"일락이는 뭘 먹을래?"

"홍사오러우요."

허삼관은 기분이 약간 상했다.

"세 놈이 죄다 홍사오러우를 먹겠다니……. 좀 일찍 말하지 않고.
일찍 말했으면 한꺼번에 만들잖아. 자, 그럼 일락이 줄 고기 다섯 점
을 썰어서……."

"전 여섯 점 주세요."

"일락이한테 여섯 점을 썰어서, 고기와 비계를 반반으로……."

"고기는 빼주세요. 전부 비계로 해주세요."

"반반씩 해야 맛있는 거야."

"전 비계만 먹고 싶어요. 살이 하나도 없는 걸로 먹고 싶어요."

이락이와 삼락이도 함께 소리쳤다.

"우리도 비계 먹고 싶어요."

허삼관은 일락이에게 비계로 된 홍사오러우를 만들어준 뒤 허옥
란에게는 붕어찜을 해줬다. 붕어에 훈제 고기, 생강, 버섯을 함께 넣
어 소금을 살짝 바르고 황주를 뿌린 뒤 잘게 썬 파를 얹어서 한 시간
정도 익힌 다음, 뚜껑을 여니 맑은 향기가 방 안 가득히…….

허삼관이 눈에 선하도록 붕어찜을 만들고 나니, 방 안 가득 침 넘
어가는 소리가 울렸다. 그러자 허삼관이 아들들을 꾸짖었다.

"이건 너희 엄마를 위해 만든 건데, 너희는 침을 왜 삼켜? 고기를
그렇게 많이 먹었으면 이젠 자야지."

마지막으로 허삼관은 자기가 먹을 돼지간볶음을 만들었다.

"돼지간을 먼저 작게, 아주 작게 썰어서 사발에 담은 다음, 소금을
뿌리고 얼레짓가루를 입히는 거야. 얼레짓가루가 돼지간을 신선하
게 유지해주거든. 그 다음에 황주 반 잔을 뿌리는데, 황주는 돼지간
의 냄새를 없애주지. 그 다음에는 파를 잘게 썰어 얹고서 솥의 기름
이 충분히 데워져 김이 날 때까지 기다렸다가 돼지간을 기름에 넣고
한 번, 두 번, 세 번 뒤집어서……."

"네 번, 다섯 번, 여섯 번……."

일락, 이락, 삼락이가 허삼관을 따라 계속 볶아대자 허삼관이 아들들을 말렸다.

"안 돼. 세 번만 뒤집으면 된다구. 네 번부터는 굳는단 말이야. 다섯 번부터는 질겨지고, 여섯 번까지 볶으면 썹을 수조차 없게 된다구. 그래서 세 번만 볶은 다음 간을 꺼내서 천천히 먹는 거야. 황주 두 냥을 잔에 따라서 한 모금 마시면, 술이 목구멍을 타고 내려갈 때 뜨거운 기운이 확 느껴지는 게 뜨거운 수건으로 얼굴을 씻을 때처럼 후끈하단 말씀이야. 에, 이 황주는 또 장을 깨끗이 씻어주는 역할을 하지. 이제 젓가락으로 돼지간 한 점을 집어서 입에 넣고……. 카, 이게 바로 신선놀음이로구나……."

방 안은 군침 도는 소리로 가득했다.

"이 돼지간볶음은 내 요리다. 일락이, 이락이, 삼락이, 그리고 당신까지 다들 내 요리를 훔쳐 먹고 있는 거라구."

허삼관이 기분 좋게 큰 소리로 웃으며 말했다.

"그래, 오늘은 내 생일이니까……. 자, 다들 내 돼지간볶음 맛 좀 보라구."

20

다음날, 허삼관이 손을 꼽아 세어봤더니 가족들이 옥수수죽만 먹은 날이 무려 57일이나 되었다. 그는 혼잣말로 중얼거렸다.

"피를 팔아야지. 식구들 맛있는 밥 한 끼 먹게 해줘야지."

그래서 허삼관은 병원에 갔다. 그는 이 혈두를 보고 생각했다.

'성 사람들 전부 얼굴이 누렇게 떴는데, 이 혈두 얼굴에만 아직도 핏기가 도네. 성 사람들 모두 얼굴 살이 쭉 빠졌는데 이 혈두만 그대로군. 성 사람들 모두가 고된 얼굴인데 이 혈두만 여전히 웃는 낯이야.'

이 혈두는 실실 웃는 낯으로 허삼관을 맞았다.

"내 자네를 알지. 예전에도 피를 팔아봤지? 옛날에는 손에 뭔가 들고 오더니, 오늘은 어째 빈손인가?"

"우리 다섯 식구는 지난 57일간 옥수수죽만 마셨습니다. 전 지금 몸속의 피 말고는 아무것도 가진 게 없다구요. 제발 제 몸속의 피 두 사발만 가져가주십사 부탁드리려고 왔습니다. 그래서 돈이 생기면 그 돈으로 식구들한테 오랜만에 맛있는 밥 한 끼 사주려구요. 도와 주십시오. 나중에 반드시 보답하겠습니다."

"어떻게 보답할 텐가?"

"지금은 아무것도 가진 게 없다구요. 전에 계란도 드린 적이 있고, 고기도 드렸어요, 백설탕도 드린 적이 있지만 받지 않으셨잖아요. 받지 않으셨을 뿐 아니라 야단까지 치셨잖아요. 이젠 공산당원이라 인민의 것은 털끝만큼도 건드리지 않는다 해놓고 지금은 또 뭘 달라 고 하시는 건지. 전 아무것도 준비해온 게 없어요. 어떻게 보답을 해 야 할지……"

"지금은 나로서도 별 방법이 없네. 이런 가뭄에도 먹을 거나 마실 걸 안 받으면 이 천하의 이 혈두도 굶어 죽을 판이라고. 상황이 다시 좋아지면 난 전이나 다름없이 인민의 땀 한 방울도 받지 않는 그런 사람이 될 거네. 하지만 지금은 날 공산당원으로 생각하지 말고, 과 거의 은인이라 생각하게. 이런 말도 있지 않은가. 낙숫물 떨어지듯 입은 은혜를 샘물이 용솟듯 갚으라고. 하지만 난 샘솟듯 갚으라는 말은 안 하겠네. 자네가 알아서 낙숫물 떨어지듯 갚게. 피 판 돈 중에 서 몇 원, 큰돈은 말고 떨어지는 자투리 돈을 날 주게. 큰돈은 자네가 갖고."

허삼관은 피를 판 뒤 이 혈두에게 5원을 주고, 남은 30원을 들고 집으로 왔다. 그는 돈을 우선 허옥란에게 쥐어주며 그것이 피를 판 돈이라고 알려주었고, 이 혈두에게 5원을 준 사실도 이야기했다. 그야말로 샘솟듯 은혜를 갚았다고 말이다. 그리고 온 식구가 57일간이나 죽을 먹었으니 앞으로는 가끔씩이나마 좀 다른 것을 먹자고, 도저히 매일 죽만 먹을 수는 없다고 말했다. 또 피를 팔아 돈이 생겼으니 돈이 떨어지면 다시 피를 팔러 가겠다고, 몸속의 피는 우물물과 같아서 매일 써도 새로 생기니 그리 많이 남겨둘 필요가 없다며 마지막으로 이런 말을 덧붙였다.

"저녁엔 옥수수죽 먹지 말고 우리 승리반점에 가서 맛있는 것 좀 먹자구. 난 지금 힘이 하나도 없어. 목소리 기어 들어가는 거 들리지? 내 말 들어봐. 오늘은 피를 팔고 황주도 안 마시고, 돼지간볶음도 안 먹었다구. 그래서 힘이 없는 거라구……. 내가 못 먹은 게 아쉬워서 그러는 게 아니라, 승리반점에 갔는데 거기에도 아무것도 없는 거야. 딱 하나 양춘면만 있더라고. 승리반점에도 가뭄이 닥친 게지. 전에는 육수를 썼는데 지금은 그냥 멀건 물에 간장만 조금 타 가지고는, 하다못해 파도 안 썰어 넣었더라구. 이런 국수를 한 그릇에 일 원 70전을 받더라구. 전에는 단돈 9전 받던 걸 말이야. 아, 난 지금 힘이 하나도 없어. 피 팔고 돼지간볶음도 못 먹었으니 배가 텅 비었지. 속담에 배가 안 부르면 잠으로 보충하라 했으니 나 가서 잘래."

이렇게 말하고 허삼관은 침대로 가서 팔다리를 쭉 뻗고 눈을 감으며 허옥란에게 말했다.

"눈이 침침하고 가슴이 뛰는 게 영 힘이 없어. 속이 메슥거리는 게 꼭 토할 것 같기도 하고. 좀 누워야겠어. 서너 시간 지나도 안 일어나면 그냥 놔둬. 하지만 일고여덟 시간이나 잤는데도 안 일어나면 사

176

람을 불러서 병원에 데려가야 해. 알았지?"

허삼관이 잠든 후 허옥란은 손에 30원을 꼭 쥐고 문간에 앉아 텅 빈 골목을 바라보았다. 바람이 불어 먼지가 날렸다. 허옥란은 희뿌연 담벼락을 응시한 채 혼잣말을 되뇌었다.

"일락이가 대장장이 방씨네 아들 머리를 박살 냈을 때 피를 팔러 갔었지. 그 임 뚱땡이 다리가 부러졌을 때도 피를 팔았고. 그런 뚱뚱한 여자를 위해서도 흔쾌히 피를 팔다니. 피가 땀처럼 덥다고 솟아나는 것도 아닌데……. 식구들이 57일간 죽만 마셨다고 또 피를 팔았고, 앞으로 또 팔겠다는데……. 하지만 그렇게 하지 않으면 이 고생을 어떻게 견디나……. 이 고생은 언제야 끝이 나려나."

허옥란은 이렇게 혼잣말을 하며 눈물을 흘리다가, 잠시 후 돈을 잘 접어서 주머니에 넣고는 눈물을 닦았다. 그녀는 먼저 손바닥으로 양 볼의 눈물을 훔친 다음 손가락으로 눈가의 눈물을 닦았다.

21

그날 저녁 허삼관네 가족은 승리반점으로 맛있는 밥을 먹으러 가기로 했다.

"오늘은 우리 춘절처럼 지내보는 거다."

그는 허옥란이 정방으로 짠 면실 옷에 카키색 목면 바지를 입었으면 했고, 옅은 남색 바탕에 자잘하고 짙푸른 무늬가 박혀 있는 저고리까지 걸쳤으면 했다. 허옥란은 허삼관 말대로 옷을 입었다. 허삼관이 다시 목에 명주 손수건까지 맸으면 좋겠다고 하자, 허옥란은 상자 안에서 명주 손수건을 찾아 목에 둘렀다. 또 허삼관은 허옥란에게 얼굴을 다시 씻고 설화크림을 바르라 했고, 허옥란은 이번에도 그대로 따랐다. 하지만 허삼관이 길모퉁이의 왕 털보네 구멍가게에 가서 일락이에게 군고구마를 사주라고 했을 땐, 꼼짝도 않고 그 자리에 서서 말대꾸를 했다.

"당신, 지금 속으로 무슨 생각하고 있는지 다 알아요. 일락이를 음식점에 데려가고 싶지 않은 거죠? 당신은 피 판 돈을 일락이한테 쓰고 싶지 않은 거예요. 일락이는 당신 자식이 아니니까요. 일락이가 당신 아들이 아니라 데려가지 않는다면 저도 할 말 없어요. 누구라도 남한테 자기 돈을 쓰고 싶지는 않을 테니까요. 그럼 임 뚱땡이한테는 왜 돈을 쓴 거예요? 그 인간이 당신 여자도 아니고 당신한테 아들을 낳아준 적도 없고 옷도 빨아준 적 없고 밥도 지어준 적이 없는데, 도대체 왜 그 여자한테는 그렇게 많은 물건을 사줬냐구요?"

허옥란은 정말이지 일락이가 고구마로 저녁을 때우게 하고 싶지는 않았다. 허삼관은 하는 수 없이 일락이를 불러서 왼쪽 팔뚝의 주삿바늘 자국을 보여주며 물었다.

"이게 무슨 자국인지 알겠니?"

"피 뽑은 자리잖아요."

허삼관은 고개를 끄덕이며 말을 이었다.

"맞다. 주삿바늘 꽂았던 자리다. 오늘 피를 팔러 갔었지. 왜 피를 팔았느냐? 너희들한테 맛있는 밥 한 끼 사주려고 그랬다 이거야. 나하고 너희 엄마, 그리고 이락이와 삼락이는 식당에 가서 국수를 먹을 테니까, 넌 이 50전을 가지고 왕 털보네 가게에 가서 군고구마를 사 먹어라."

일락이가 허삼관에게 50전을 받아 들고 말했다.

"아버지, 저 방금 아버지하고 엄마하고 하는 얘기 다 들었어요. 저한테는 50전짜리 군고구마를 사 먹게 하고, 다른 사람들은 1원 70전짜리 국수를 먹으러 간다는 거요. 아버지, 저도 제가 아버지 친아들

179

이 아니라는 거 다 알아요. 이락이하고 삼락이만 친아들이구요. 그렇지만 아버지, 저 오늘 딱 하루만 아버지 친아들 하면 안 돼요? 저도 국수 먹게 해주세요, 네?"

허삼관은 고개를 저으며 일락이를 타일렀다.

"일락아, 내가 언제 너를 홀대한 적 있니? 이락이, 삼락이가 먹는 거면 너도 같이 먹었잖니. 하지만 오늘 이 돈은 내가 피를 팔아 번 거라구. 쉽게 번 돈이 아니에요. 내 목숨하고 바꾼 돈이라구. 내가 만약 피를 팔아서 너한테 국수를 사 먹인다면, 그 천하의 죽일 놈 하소용을 너무 봐주는 거잖니."

일락이는 알아듣겠다는 듯 고개를 끄덕이며 문 쪽으로 걸어갔다. 그러나 문간을 넘자마자 돌아서서 허삼관에게 물었다.

"아버지, 만약에 제가 아버지 친아들이었으면, 국수 먹으러 데려가는 거였죠? 그렇죠?"

"만약에 네가 내 아들이었으면 널 제일 좋아했을 거다."

이 말에 일락이는 입을 쫙 벌리며 활짝 웃고는 왕 털보네 가게로 갔다. 왕 털보는 목탄 화로에 고구마를 굽고 있었고, 군고구마 몇 개가 대나무 바구니에 담겨 있었다. 왕 털보의 부인과 네 아이는 화로에 둘러앉아 죽을 먹고 있었다. 일락이가 들어갔을 때는 다섯 개의 입이 "후루룩 쩝쩝, 후루룩 쩝쩝" 소리를 내며 죽을 먹느라 정신이 없었다. 일락이는 50전을 왕 털보에게 건네고, 소쿠리 속의 제일 큰 고구마를 가리켰다.

"저걸로 주세요."

왕 털보가 돈을 받고 작은 것 하나를 건네자 일락이는 고개를 가로저으며 받지 않으려 했다.

"이건 먹어도 배가 안 부르다구요."

왕 털보는 작은 고구마를 일락이의 손에 쥐어주며 설득하기 시작했다.

"제일 큰 건 어른이 먹어야지. 너같이 어린애는 제일 작은 걸 먹어야 하는 거야."

일락이는 빨간 고구마를 손에 들고 잠시 쳐다본 뒤, 왕 털보에게 말했다.

"이 고구마는 내 손보다도 작은데, 어떻게 배가 부르겠어요?"

"넌 먹어보지도 않고 배가 부를지 안 부를지 어떻게 아니?"

일락이는 왕 털보의 말에도 일리가 있는 것 같아 고개를 끄덕이며 고구마를 들고 집으로 돌아왔다.

집에 도착해보니 허삼관 일행은 이미 집을 나선 뒤라, 일락이는 혼자 의자에 앉아 아직 온기가 남아 있는 고구마를 탁자에 올려놓고 조심스럽게 껍질을 벗겼다. 껍질을 다 벗기자 햇빛과도 같은 등황색 속살이 드러났다. 잘 익은 고구마의 달콤한 향이 코끝을 찔렀다. 향기에서부터 이미 단맛이 넘쳐흘렀고, 한 입 베어 물자 향과 단맛이 입 안 가득히 퍼졌다.

고구마는 일락이가 네 입을 먹고 나니 끝이었다. 하지만 일락이는 계속 그 자리에 앉아 고구마의 향과 단맛이 사라질 때까지, 입술이 침으로 범벅이 될 때까지 입 주위를 핥았다. 일락이는 이미 고구마를 다 먹었다는 사실을 알았지만, 더 먹고 싶은 생각에 눈이 자연스레 껍질로 향했다. 눌어붙은 껍질 한 조각을 입에 넣자 여전히 향과 단맛이 느껴졌다. 그래서 일락이는 껍질까지 다 먹어 치웠다.

껍질까지 먹어 치운 뒤에도 식욕이 가라앉지 않고 배도 전혀 부르지 않자, 일락이는 벌떡 일어나 왕 털보네 구멍가게로 갔다. 이번에는 왕 털보네 식구가 이미 죽을 다 먹고, 눈을 동그랗게 뜬 채 혀로 죽 그릇을 핥고 있었다.

"배가 하나도 안 불러요. 고구마 하나 더 주세요."

왕 털보가 대답했다.

"넌 네가 배가 안 부른지 어떻게 아니?"

"다 먹었는데도 더 먹고 싶으니까요."

"고구마가 맛있더냐?"

"네."

"아주 맛있든, 아니면 조금 맛있든?"

"아주 맛있었어요."

"그렇지?"

왕 털보가 말했다.

"맛있는 건 원래 다 먹고 나서도 더 먹고 싶은 거야."

일락이는 왕 털보의 말이 맞다는 생각이 들어 고개를 끄덕였다. 왕 털보가 일락이에게 말했다.

"돌아가거라. 넌 벌써 배가 부른 거다."

그래서 일락이는 집으로 돌아와 다시 의자에 앉아 텅 빈 탁자를 바라보았다. 마음속에서는 여전히 더 먹고 싶은 생각이 꿈틀댔다. 그러고 있으니 아버지를 따라 식당에 간 식구들 생각이 났다. 그들이 식당에 앉아 커다란 그릇에 담긴 국수를 후후 불어가며 먹는 장면이 떠오르고, 이어서 자기는 고작 손바닥보다도 작은 고구마 한 개를 먹었을 뿐이란 생각이 들자 울음이 터져 나왔다. 처음에는 소리 없이 눈물만 흘렸지만 급기야는 탁자에 엎드려 대성통곡을 했다.

한참을 울어도 식구들이 식당에 앉아 뜨끈뜨끈한 국수를 먹고 있다는 생각이 떠나지 않자 즉시 울음을 그쳤다. 그리고 식당으로 그들을 찾으러 가야겠다고, 자기도 뜨거운 국수를 먹어야겠다고 마음먹고는 대문을 나섰다.

하늘은 이미 어둑해졌고, 가로등은 전력이 부족해 촛불마냥 가냘프게 깜박였다. 일락이는 가쁜 숨을 몰아쉬며 자신을 재촉했다.

'빨리 가자. 빨리 가자. 빨리 가야 한다구.'

그러나 감히 달릴 생각은 하지 못했다. 밥 먹은 후에 뛰면 배가 금방 고파진다는 아버지의 말이 귓가를 맴돌았기 때문이다. 일락이는 재차 다짐했다.

'뛰면 안 돼. 뛰면 안 돼. 뛰면 안 된다구.'

고개를 숙이고 시선을 발끝에 고정시킨 채 서쪽을 향해 걷다 보니, 사거리 부근에 해방반점이라는 식당이 보였다.

일락이는 고개를 숙인 채 걸음을 재촉하느라 사거리를 지난 것도 깨닫지 못했다. 한참을 걸어 길이 끝나는 곳까지 가서야 더 가면 골목으로 접어든다는 걸 깨닫고는 그 자리에 멈춰 섰다. 거기서 잠시 두리번거린 뒤에야 일락이는 이미 해방반점을 지나쳤다는 걸 알았다. 그래서 다시 발걸음을 돌렸다. 이젠 더 이상 발끝을 바라볼 여유도 없었다. 그렇게 발걸음을 옮겨 다시 사거리에 이르렀지만 해방반점의 창문과 문은 잠겨 있었고, 아무런 불빛도 보이지 않았다. 이미 문을 닫은 것 같았다. 식구들이 벌써 국수를 다 먹고 돌아간 것이다. 일락이는 전봇대에 서서 엉엉 울기 시작했다. 그 모습을 보고 지나가던 사람 둘이 저들끼리 이야기를 나눴다.

"뉘 집 애가 저리 구슬피 우나?"

"허삼관네 아인데."

"허삼관이 누군데?"

"그 날실 공장에서 일하는 허삼관 말이야."

그 중 한 사람이 일락이에게 다가왔다.

"꼬마야, 이렇게 늦은 시간에 집에 안 가고 뭐 하는 거냐. 빨리 집에 가거라."

"우리 아버지, 어머니를 찾고 있어요. 식당에 국수를 먹으러 갔다구요."

"너희 아버지, 어머니가 식당에 갔다구? 그럼 승리반점엘 가야지. 여기 해방반점은 문 닫은 지 벌써 두 달이 넘었어요."

일락이는 그들의 말을 듣고 곧장 북쪽을 향해 걷기 시작했다. 그는 승리반점이 승리교 근방에 있다는 걸 알고 있었다. 그래서 다시 고개를 숙인 채 앞을 향해 걸었다. 그렇게 해야 빨리 걸을 수 있었기 때문이다. 길 끝에서 골목으로 접어들었고, 그 골목을 벗어나자 또 다른 큰길이 나타났다. 성을 가로지르는 강도 보였다. 일락이는 강을 따라 걸어 승리교에 이르렀다.

승리반점의 불빛은 밤에도 밝게 빛났다. 그 빛은 일락이에게 기쁨과 행복감을 주었고, 벌써 국수를 먹기 시작한 듯한 기분을 맛보게 했다. 이때부터 일락이는 뛰기 시작했다. 승리교를 냅다 건너 승리반점에 이르렀지만 허삼관과 허옥란, 이락이와 삼락이는 보이지 않았다. 식당 안에서는 점원 둘이 빗자루로 바닥을 쓸고 있었다.

문 앞에 서 있던 일락이는 점원이 쓰레기를 자기 발 앞까지 쓸어오자 그에게 물었다.

"허삼관네 식구들이 와서 국수를 먹었나요?"

"저리 비켜라."

일락이는 재빨리 한쪽으로 물러서서 그들이 쓰레기를 쓸어내는 걸 보며 재차 물었다.

"허삼관네 식구들이 와서 국수를 먹었냐구요? 날실 공장에서 일하는 허삼관 말예요."

"벌써 갔다. 국수 먹으러 온 사람들은 다 갔단 말이다."

일락이는 이 말을 듣고 고개를 푹 숙인 채 큰 나무의 밑동으로 걸어갔다. 고개도 못 들고 한참을 서 있다가, 바닥에 주저앉아 두 손으로 무릎을 감싸 안고는 고개를 파묻고 울기 시작했다. 일락이의 울음소리가 점차 커졌다. 바람소리, 나뭇잎 흔들리는 소리, 식당에서 의자를 치우는 소리도 잠잠해진 가운데 일락이의 울음소리만 온 밤을 떠돌고 있었다.

일락이는 한참을 울고 나서 피곤함을 느꼈다. 눈물을 닦고 있는데, 점원이 식당 문을 닫는 소리가 들렸다. 그들은 문을 닫으면서 일락이가 여태 앉아 있는 걸 보고 물었다.

"집에 안 가니?"

"갈 거예요."

"집에 간다는 애가 아직도 안 가고 여기 앉아서 뭐 하는 거냐?"

"지금 쉬고 있어요. 방금 전까지 계속 걸어서 피곤하거든요. 그래서 좀 쉬는 거예요."

그들은 곧 떠났다. 일락이는 그들이 앞으로 쭉 가다가 갈림길에서 한 명은 방향을 틀고, 다른 한 명은 계속 앞으로 걸어가는 걸 바라보았다. 일락이는 그렇게 그들이 보이지 않을 때까지 멍하니 바라보고 있었다.

잠시 후 일락이도 자리에서 일어나 집을 향해 걸었다. 거리에는 일락이 한 사람뿐이었고, 일락이의 발소리만 가만히 울려 퍼졌다. 일락이는 군고구마조차 먹지 않은 것처럼 점점 허기가 졌다. 온몸에서 조금씩 힘이 빠져 나갔다.

일락이가 집에 돌아왔을 때, 식구들은 모두 침대에 누워 자고 있었다. 허삼관은 코를 골았고, 이락이는 몸을 뒤척이며 잠꼬대를 했다. 오로지 허옥란만이 일락이가 문을 열고 들어오는 소리를 들었다.

"일락아."

"배고파요."

일락이가 문가에 서서 잠시 기다리자 허옥란이 물었다.

"어디 갔었니?"

"배고파요."

시간이 조금 흐른 뒤 허옥란이 말했다.

"빨리 자라. 잠들면 배도 안 고플 거야."

일락이는 여전히 그 자리에 서 있었고, 허옥란은 아무 말이 없었다. 그는 엄마가 잠들었다는 것도, 자기한테 별로 해줄 말이 없다는 것도 알고 있었다. 그래서 더듬더듬 침대로 가서 옷을 벗고 자리에 누웠다. 일락이가 곧바로 잠들지 못하고 방 안의 어둠을 응시하고 있는데, 허삼관의 코 고는 소리가 들렸다. 일락이는 생각했다.

'바로 이 사람이야. 지금 코를 골고 있는 이 사람. 국수 먹으러 갈 때 나를 데려가지 않은 것도 이 사람이고, 배를 주린 채 잠자게 한 것도 바로 이 사람이야. 늘 내가 자기 친아들이 아니라고 말하는 사람.'

일락이는 허삼관의 코 고는 소리에 대고 나직이 말했다.

"그래, 난 당신 친아들이 아니야. 당신 역시 내 친아버지가 아니라구."

22

이튿날 아침, 일락이는 옥수수죽을 다 마시고는 집을 나섰다. 이때 허삼관과 허옥란은 아직 방 안에 있었고, 이락이와 삼락이는 문간에 앉아 있었다. 그들은 일락이의 다리가 문간을 훌쩍 뛰어넘는 걸 보았다. 뒤도 돌아보지 않고 앞만 보고 걷는 일락이를 향해 이락이가 소리쳤다.

"일락이 형, 어디 가?"

"아버지 찾으러 간다."

이락이는 형의 대답을 듣고 고개를 돌려 방 안을 쳐다봤다. 허삼관이 방에서 혓바닥을 내밀고 죽 그릇을 핥는 모습을 보고는 이상하다는 생각이 들어 히죽히죽 웃으며 삼락이에게 말했다.

"아버지는 방에 있는데, 형은 밖에 가서 아버지를 찾는대."

삼락이도 이락이 형의 말을 듣고 히죽히죽 따라 웃으며 말했다.

"일락이 형은 아버지를 못 봤나 봐."

이날 아침 일락이는 하소용의 집으로 갔다. 자신의 친아버지를 찾으러 간 것이다. 친아버지 하소용에게 자기는 두 번 다시 허삼관의 집으로 가지 않을 것이며, 설령 매일 승리반점에 데려가 국수를 사준다고 해도 돌아가지 않겠다고 말할 생각이었다. 앞으로는 하소용의 집에서 살 것이고, 이제 자기한테는 남동생은 없고 오직 하소영과 하소홍이라는 여동생 둘만 있는 것이며, 자기 이름도 허일락이 아니라 하일락이라 바꿔 부를 것이고, 하소용을 보면 바로 아버지라 부를 거라고 말이다.

일락이가 하소용의 집에 도착해보니, 허삼관의 집을 나올 때 이락이와 삼락이가 그랬던 것처럼 소영과 소홍 자매가 문간에 나란히 앉아 있었다. 둘은 일락이가 걸어오는 걸 보고는 고개를 돌려 집 안쪽을 쳐다봤다. 일락이가 그들에게 일렀다.

"너희들 오빠가 왔다."

그러자 자매는 다시 고개를 돌려 일락이를 바라보았다. 일락이는 방에 있는 하소용을 향해 소리쳤다.

"아버지, 저 돌아왔어요."

하소용이 방에서 냉큼 튀어나와 손가락으로 일락이를 가리키며 물었다.

"누가 네 아버지란 말이냐?"

그러고는 손을 휘저으며 소리쳤다.

"저리 가라."

일락이는 꼼짝 않고 서서 말했다.

"아버지, 오늘 제가 온 건 지난번하고는 다르단 말예요. 지난번엔 내키지도 않는 걸 어머니가 가라고 해서 온 거였지만, 오늘은 제 발로 온 거라구요. 어머니도 모르고 허삼관도 모른다구요. 아버지, 전 안 돌아갈 거예요. 아버지, 저 여기서 살래요."

"누가 네 아버지야?"

"아버지가 제 아버지잖아요."

"자식, 웃기고 있네. 네 아버지는 허삼관이잖아."

"허삼관은 제 친아버지가 아니에요. 제 친아버지 집은 바로 여기라구요."

"너 다시 한번 날 아버지라고 부르면 엉덩이를 걷어찰 테다. 흠씬 두들겨 패줄 거라구."

일락이는 고개를 가로저으며 대꾸했다.

"그렇게 못 하실 거예요."

어느새 하소용의 이웃들이 문가에 서서 이 광경을 지켜보고 있었는데, 그중 몇몇이 다가와 하소용을 타일렀다.

"소용이, 저 아이가 자네 아이건 아니건 아이한테 이렇게 하면 못쓰네."

일락이가 이웃들에게 말했다.

"전 아들이 맞아요."

이때 하소용의 부인이 나와서 일락이를 가리키며 이웃들에게 소리쳤다.

"또 허옥란이구만. 그 음탕한 것이 저 아이를 보낸 거라구요. 그

190

음탕한 것이 여기저기서 씨를 얻어다 잡종을 낳아놓고는, 아무 상관도 없는 집에 밀어 넣어 남의 돈으로 키우려는 속셈이라구요. 다들 살기 어려운 이때…… 우리 식구는 며칠 동안 아무것도 못 먹고, 한 달 넘게 굶다시피 해서 뱃가죽이 엉덩이 살하고 딱 붙어버렸다구요……."

일락이는 줄곧 하소용의 부인을 쳐다보며 그녀의 말이 끝나기를 기다렸다가 고개를 돌려 하소용에게 말했다.

"아버지, 제 친아버지니까 절 데리고 승리반점에 가서 국수 좀 사주세요."

"다들 들었죠?"

하소용의 부인이 이웃들에게 소리쳤다.

"저 아이가 글쎄 국수가 먹고 싶다네요. 우리 식구는 두 달이나 끼니를 거르다시피 했는데, 오자마자 국수가 먹고 싶다니. 뭐, 승리반점?"

"아버지, 지금 돈 없는 거 알아요. 병원에 가서 피를 파세요. 피를 팔아 번 돈으로 승리반점에 데려가서 국수 좀 사주세요."

"아이고!"

하소용의 부인이 악을 쓰기 시작했다.

"저 아이가 이젠 내 남편 피까지 팔라고 하네. 내 남편 목숨까지 내놓으라고 한다구요. 남편을 죽이려고 작정한 아이라구요. 당신 뭐해요? 빨리 안 내쫓고."

하소용이 일락이에게 호통을 쳤다.

"빨리 꺼져."

일락이는 꼼짝도 하지 않았다.

"아버지, 안 갈래요."

하소용은 일락이의 멱살을 잡고 몇 발짝 움직이다가 더 이상 들지 못하겠는지 다시 내려놓고 질질 끌기 시작했다.

일락이는 죽을힘을 다해 자기 옷깃을 움켜잡은 채 이를 악물고 씩씩거렸다. 하소용은 일락이를 골목 어귀까지 끌고 가 벽에 밀어붙이고, 일락이의 코끝에 손가락을 들이대며 말했다.

"여기 또 오면 죽을 줄 알아. 알았냐?"

하소용은 이렇게 으름장을 놓고 돌아갔다. 일락이는 벽에 붙어 선 채 하소용이 집으로 들어가는 모습을 바라보았다. 하소용이 집 안으로 사라지고 나서야 일락이는 큰길로 걸어 나와 양쪽을 잠시 살피고 고개를 숙인 채 서쪽을 향해 걸었다.

열한두 살 먹은 아이 혼자 고개를 숙인 채 눈물을 쏟으며 서쪽으로 걸어가는 모습을 본 사람들은 '뉘 집 아이일까? 무슨 일로 저리 슬피 우는 걸까?' 궁금해하다가 가까이 가서 본 뒤에야 허삼관네 아들 일락이임을 알아봤다.

제일 먼저 알아본 사람은 대장장이 방씨였다.

"일락아, 일락아, 왜 우니?"

"허삼관도 제 친아버지가 아니고, 하소용도 제 친아버지가 아니래요. 전 친아버지가 없는 거잖아요."

"왜 서쪽으로 가는 거냐? 너희 집은 동쪽인데."

192

"집에는 안 가요."

"일락아, 빨리 집으로 돌아가거라."

"방씨 아저씨, 저한테 국수 한 그릇만 사주세요! 국수 사주시면 그때부터 아저씨가 제 친아버지가 되는 거예요."

"너 지금 무슨 소릴 하는 거냐? 내가 너한테 국수 열 그릇을 사줘도 네 아버지는 될 수 없단다."

다른 사람들도 일락이에게 말했다.

"일락아, 왜 우는 거냐? 왜 혼자서 서쪽으로 가는 거냐구? 너희 집은 동쪽인데……. 빨리 집으로 돌아가거라."

"집에 안 가요. 가서 허삼관한테 말해주세요. 일락이는 집에 안 들어간다구요."

"집으로 안 가면 어딜 간다는 거냐?"

"저도 몰라요. 어쨌든 집에는 안 갈 거예요……. 누가 국수 한 그릇만 사주세요. 그럼 제가 친아들 노릇 할게요. 누가 국수 좀 사주세요, 네?"

"삼관이, 일락이가 엉엉 울면서 서쪽으로 가더군. 자네가 자기 아버지가 아니라고 하면서, 보는 사람마다 국수를 사달라고 조르더라구. 국수를 사주면 자기 아버지라는 거야. 구걸하듯이 아버지를 구하니, 이렇게 누워 있지만 말고 어서 가서 일락이를 데려오라구."

허삼관은 등나무 평상에서 벌떡 일어나며 소리쳤다.

"이놈의 자식이 갈수록 등신이 돼가는구먼. 친아비를 찾으려면 하소용을 찾아가야지, 왜 다른 데 가서 찾아? 서쪽으로 가면 자기 친아비 집은 점점 멀어지는데."

허삼관이 이렇게 말하고는 다시 누워버리자 사람들이 그를 설득하기 시작했다.

"자네 왜 또 눕나? 빨리 가서 애를 찾아오지 않고."

"아니, 자기 친아버지 찾겠다는 애를 내가 무슨 수로 잡나?"

사람들은 허삼관의 말에도 일리가 있다고 여겨 더는 말을 못 붙이고 차례로 돌아갔다.

몇 시간 후 또 다른 몇 사람이 허삼관을 찾아왔다.

"삼관이, 자네 아나? 오늘 아침에 일락이가 하소용을 찾아가서는 친아버지 찾으러 왔다고 했는데, 글쎄 그 불쌍한 것이 하소용이 여편네한테 손가락질을 당하고 욕까지 먹었다네. 그 여편네가 자네 부인 욕까지 했는데, 정말이지 못 들어주겠더군. 그 불쌍한 일락이 녀석이 하소용한테 질질 끌려 골목 밖으로 쫓겨났다구."

"하소용이 마누라가 내 욕도 했나?"

"자네 욕은 안 했지, 아마."

"그럼 됐지, 뭐. 어떻게 세상 일 다 신경 쓰고 사나?"

그날 한낮이 지나도록 일락이가 돌아오지 않자 허옥란은 차츰 불안해져 허삼관을 닦달했다.

"일락이를 봤다는 사람들은 하나같이 개가 서쪽으로 갔다고 하잖아요. 빨리 가봐요. 벌써 성 밖으로 나갔을 거라구요. 그렇게 계속 서쪽으로 가면 집으로 돌아오는 길도 잃어버릴 텐데. 열한 살밖에 안 된 아이잖아요. 여보, 빨리 좀 가봐요."

"난 안 가. 일락이 이놈의 자식, 먹여주고 입혀주고 가르쳤더니 나한테 이렇게 해? 날 배신하고 무슨 놈의 친아비를 찾아간다고. 그 개놈의 자식 하소용이 욕하고 때리고 골목 밖까지 질질 끌어냈다잖아. 그런데도 친아비라고? 이제야 알겠어. 친자식이 아니면 아무리 애지중지 키워봐야 친자식만 못한 게야."

허옥란은 할 수 없이 혼자 일락이를 찾으러 나섰다.

"당신은 일락이 친아버지가 아니지만 난 그 아이 친어머니까 나라도 찾으러 가야겠어요."

그렇게 집을 나선 그녀는 반나절이 지나 황혼이 내릴 무렵에야 집에 돌아왔다.

"일락이 돌아왔어요?"

"아니. 줄곧 여기 누워서 누가 오나 봤는데, 이락이랑 삼락이만 들락날락거렸고 일락이 돌아온 건 못 봤는데."

허옥란은 이 말을 듣고 눈물을 흘리며 허삼관에게 말했다.

"나가서 계속 서쪽으로 걸어갔다구요. 만나는 사람들한테 일락이를 보았느냐고 물었더니 다들 지나갔다는 거예요. 성을 벗어나서 또 물어봤는데, 일락이를 봤다는 사람이 하나도 없었어요. 성 밖으로 또 한참을 걸어갔는데 아예 사람이라곤 보이질 않더라구요. 누구한테 물어볼 수조차 없었다니까요. 이 아이가 도대체 어딜 갔는지."

허옥란은 이렇게 말하고는 다시 일락이를 찾으러 나갔다. 허옥란이 그렇게 나가버리자 허삼관도 가만히 앉아 있을 수가 없었다. 문

195

밖에 나가 하늘을 보니 날이 벌써 어두워지고 있었다. 허삼관은 차츰 일락이에게 무슨 일이 생긴 게 아닐까 걱정이 되기 시작했다. 어둠이 내려앉자 초조해진 허삼관이 이락이와 삼락이에게 일렀다.

"너희들 꼼짝 말고 집에 있어라. 절대 나가지 말고. 일락이가 돌아오면 엄마하고 내가 찾으러 나갔다고 얘기하고."

허삼관은 아이들에게 다짐을 받고는 집을 나가 서쪽으로 걷기 시작했는데, 몇 발자국도 옮기기 전에 근처에서 울음소리가 들려 내려다보니 일락이가 울고 있었다. 일락이는 이웃집 대문 모서리에 앉아 어깨를 들썩이면서 허삼관을 바라보았다. 허삼관은 황망히 무릎을 굽히고 다그쳐 물었다.

"일락아, 일락이 아니냐?"

허삼관은 일락이인 것을 확인하고는 욕을 퍼부었다.

"이런 제길, 네 엄마는 초주검을 만들어놓고……. 나도 얼마나 놀랐는지 알아? 그래, 잘 한다. 남의 집 대문 앞에 앉아서."

"아버지, 배고파요. 배고파서 힘이 하나도 없어요."

"그래, 굶어 죽어도 싸지. 이 자식아, 누가 나가랬어? 안 들어오기는 뭘 안 들어온다고……."

일락이는 손으로 얼굴의 눈물을 훔치며 말했다.

"원래는 안 들어오려고 했는데……. 아버지가 친자식으로 쳐주질 않으니까 하소용을 찾아간 건데, 하소용도 싫다기에 안 돌아오려고……."

허삼관은 일락이의 말을 싹둑 잘라버렸다.

"그런데 왜 돌아왔어? 지금이라도 다시 나가. 지금 다시 나가도 된다구. 나가서 아주 안 돌아오면 딱 좋겠다."

일락이는 이 말을 듣고 더욱 격렬하게 울었다.

"배고프고 졸려요. 뭘 좀 먹고 자고 싶어요. 절 친자식으로 여기지는 않아도 하소용보다는 아껴주실 것 같아서 돌아온 거예요."

이렇게 말하며 일락이는 벽을 짚고 일어나 다시 서쪽을 향해 걷기 시작했다.

"너 거기 안 서! 이 쪼그만 자식이 정말 가려구 그러나……."

걸음을 멈춘 일락이는 어깨를 축 늘어뜨리고 고개를 푹 숙인 채 온몸이 들썩거릴 정도로 울었다. 그 모습을 본 허삼관이 일락이 앞에 쪼그려 앉아 무뚝뚝한 목소리로 말했다.

"자, 업혀라."

허삼관은 일락이를 업고 동쪽을 향해 걸어갔다. 골목을 지나 큰길로 접어들었는데, 그 길은 바로 성을 가로질러 흐르는 강 옆으로 난 길이었다. 걸어가는 중에도 허삼관의 입은 일락이에게 쉴 새 없이 욕을 퍼부었다.

"이 쪼그만 자식, 개 같은 자식, 밥통 같은 자식……. 오늘 완전히 날 미쳐 죽게 만들어놓고……. 가고 싶으면 가, 이 자식아. 사람들이 보면 내가 널 업신여기고, 만날 욕하고, 두들겨 패고 그런 줄 알 거 아니냐. 널 11년이나 키워줬는데, 난 고작 계부밖에 안 되는 거 아니냐. 그 개 같은 놈의 하소용은 단돈 1원도 안 들이고 네 친아비인데 말이다. 나만큼 재수 옴 붙은 놈도 없을 거다. 내세에는 죽어도 네 아비 노릇은 안 할란다. 나중에는 네가 내 계부 노릇 좀 해라. 너 꼭 기다려라. 내세에는 내가 널 죽을 때까지 고생시킬 테니······."

승리반점의 환한 불빛이 보이자 일락이가 허삼관에게 아주 조심스럽게 물었다.

"아버지, 우리 지금 국수 먹으러 가는 거예요?"

허삼관은 순간 욕을 멈추고 온화한 목소리로 대답해주었다.

"그래."

23

2년 후 어느 날, 하소용이 길을 가다가 상하이에서 올라온 트럭에 치여 어느 집 대문을 박살내고 그 집 뜰에 나가떨어지는 일이 일어 났다. 그 소식이 허삼관에게까지 전해져 허삼관은 그날 꽤히 흐뭇한 기분이 들었다.

한여름의 어느 날 해질 무렵, 허삼관은 어깨를 다 드러내고 반바지만 입은 채 이웃집을 드나들면서 사람들에게 이렇게 말했다.

"인과응보요. 악을 쌓으면 악을 받고, 선을 쌓으면 선을 받는 거라구요. 몹쓸 짓을 하고서 얼렁뚱땅 넘기면 다른 사람들은 모를 거라 생각하지만, 하느님은 다 아시지. 하느님께서 그놈을 벌주신 거라구. 그냥 차에 치인 게 아니야. 가만히 처마 밑을 걷다가 기와가 떨어져 머리가 박살 나거나, 잘 건너고 있던 다리가 무너져 강물에 빠지거나 하는 일이 그냥 일어나는 게 아니라구……. 나를 좀 봐. 신체 건강하지, 얼굴에 혈색이 짜르르 돌잖우. 고생하며 살긴 하지만, 난 몸이 건강하잖아. 몸뚱이가 바로 재산이라구. 이게 다 하느님이 나한테 상을 주신 거다 이 말씀……."

이렇게 말하면서 허삼관은 몸에 힘을 줘 팔과 다리의 근육을 드러내려고 애썼다.

"내가 13년간 자라 대가리 노릇을 하긴 했지만, 일락이를 좀 보라구. 나한테 얼마나 잘해? 이락이, 삼락이보다 훨씬 잘한다구. 평상시에 맛있는 게 있으면 꼭 나한테 먼저 아버지 드실지 물어보거든. 이락이, 삼락이 이 자식들은 묻지도 않고 자기들 입으로 꿀꺽이지. 일락이는 참 좋은 녀석이야. 왜냐? 하느님께서 나한테 상을 주신 거다 이 말씀……. 그래서, 사람은 선행을 쌓아야 한다 이거야. 나쁜 짓을 하면 못써요. 몹쓸 짓을 하고도 곧바로 반성하지 않으면 하소용처럼 하느님의 벌을 받게 된다구. 하느님의 벌은 인정사정없는 게 특징이라면 특징이지. 그냥 바로 골로 보내거든. 하소용 좀 보라구. 병원에 누워서 죽었는지 살았는지도 모르잖아. 그러니 평소에 선행을 많이 해야 돼요. 나처럼 말이야. 그러면 하느님이 늘 염려해주시고, 뭔가 복을 주신다구. 다른 건 다 관두더라도 내가 피 파는 거 말이야. 당신들은 내가 피 파는 거 다 알고 있잖우? 이곳 사람들은 피 파는 걸 부끄럽게 생각하지만, 우리 할아버지 마을에서는 누가 피를 팔면 그건 그 사람이 건강하단 뜻이라고 했다구. 날 봐. 피를 팔아서 몸이 조금이라도 약해졌냐 이거야. 왜냐? 하느님께서 복을 주신 거니까. 난 그렇게 자주 피를 팔았어도 안 죽었잖아. 내 몸속의 피는 돈나무라구. 꽃 대신 돈이 열리는 나무. 이 역시 하느님이 나한테 주신 선물이다

이 말씀이야."

허옥란은 하소용이 트럭에 치였다는 소식을 듣고도 허삼관처럼 기쁜 내색을 하지 않고, 아무 일도 일어나지 않은 것처럼 그 모습 그대로였다. 꽈배기를 튀기러 가야 할 때가 되면 튀기러 갔고, 밥 때가 되면 돌아와 밥을 지었고, 빨래가 쌓이면 빨래판을 들고 강으로 나갔다. 하소용의 사고 소식을 막 들었을 때, 눈이 휘둥그레지고 입을 쫙 벌리며 깜짝 놀랐을 뿐 고소해하는 미소라고는 전혀 짓지 않았다. 이 점을 허삼관은 대단히 못마땅해 했다. 그런 허삼관에게 허옥란이 쏘아붙였다.

"하소용이 차에 치인 게 우리하고 무슨 상관이에요? 그 사람이 차에 치여서 우리 집에 금덩이가 떨어졌다면 기뻐할 법도 하지만, 생기는 것도 없는데 기분 좋을 게 뭐가 있느냐구요?"

허옥란의 눈에는 허삼관이 희희낙락한 얼굴로 이웃집을 들락거리며 인과응보 어쩌고 하는 소리를 주워섬기는 게 영 꼴불견이었다.

"하고 싶은 말이 있으면 해야겠지만, 제발 했던 얘기는 그만 좀 하라구요. 어제 한 얘길 오늘 또 하고, 오늘 한 얘긴 내일 또 하고. 하소용이 양심도 없는 인간인 건 사실이지만, 병원에 누워 죽었는지 살았는지도 모르는 상황인데 당신이 매일 그렇게 말하고 다니면 하느님이 당신을 벌주실지도 모른다구요."

허옥란의 마지막 한마디는 확실히 허삼관을 움찔하게 만드는 효과가 있었다. 스스로 생각하기에도 종일 남의 재앙을 고소해하며 떠들어댄다면 하느님께서 진짜로 벌을 주실지도 모를 일이었다. 그래서 허삼관은 행동거지에 신중을 기하기로 하고 그날부터 이웃집 출입을 삼갔다.

하소용이 병원에 입원한 지 일주일이 지났다. 사흘이나 혼수상태에 빠졌다가 나흘째 되던 날 눈을 뜨고 잠시 뭔가를 보는 듯하더니, 이내 다시 눈을 감고 이제껏 혼수상태로 누워 있는 것이다.

하소용은 트럭에 치여서 오른쪽 다리와 왼쪽 팔이 부러졌다. 하지만 의사는 골절상이 중요한 게 아니라, 손쓸 도리가 없는 내출혈이 문제라고 말했다. 하소용의 혈압은 혈압계의 수은주를 따라 오르락내리락했다. 오전에 수혈을 받아 올라갔던 혈압이 밤이 되면 그새 또 떨어졌다.

하소용의 친구들이 쑥덕거리기 시작했다.

"하소용의 혈압이 사다리 타는 것처럼 오르락내리락하고 있어. 사나흘 그러는 건 괜찮지만, 이렇게 매일같이 올라갔다 내려갔다 하니 어느 날 갑자기 숨이 끊어지지나 않을까 걱정이야."

그들은 하소용의 부인에게 이렇게 권했다.

"의사도 별수 없는 것 같아요. 매일 소용이가 누운 침대 앞에 한두 시간 서서 이것저것 얘기만 하지 않습니까? 얘기가 끝나도 소용이는 코에 산소관 꽂고 약병이나 맞는 거죠. 약도 일주일 전에 쓰던 약과 별 차이가 없고……. 의사가 새 약 쓰는 걸 못 봤다구요."

친구들은 끝에 한마디를 덧붙였다.

"성 서쪽에 사는 진 선생을 한번 찾아가보는 게……."

성 서쪽의 진 선생은 중의(中醫)이면서 점을 치는 노인인데, 하소용의 부인이 찾아가자 처방을 내려줬다.

"내가 내린 처방은 전부 독한 약들이오. 이 약으로 당신 남편의 몸은 고칠 수 있지만 혼은 고칠 수가 없다오. 사람의 영혼을 어떻게 약으로 고칠 수가 있겠소? 영혼이 달아날 때는 굴뚝을 통해서 나가는 법인데, 당신 아들한테 지붕에 올라가 굴뚝을 깔고 앉은 다음 서쪽 하늘을 향해 '아버지, 가지 마세요. 아버지, 돌아오세요'라고 외치게 하시오. 다른 말은 하지 말고. 딱 이 두 마디만 한 시간 동안 하게 하면, 당신 남편 혼이 아들이 하는 소리를 듣고는 떠나려다 말고 돌아온다 이 말씀이야. 아직 떠나지 않았다면, 가지 않고 주저앉게 된다구."

"하지만 우린 아들이 없는데요. 딸만 둘이라구요."

"딸은 남의 식구 아닌가. 시집갈 딸은 내다 뿌린 물과 같아서 아버지를 부르는 소리가 아무리 낭랑하고 멀리 퍼져도 영혼이 듣지를 못해요."

"제 남편은 아들이 없다구요. 전 아들을 낳은 적이 없는데……. 그저 딸만 둘 낳아준 것밖에는. 전생에 제가 무슨 죄를 지었는지, 아니면 남편이 무슨 죄를 지었는지 저희 집에는 아들이 없어요. 아들이 없으면 남편 목숨은 가망이 없는 건가요?"

이때 하소용의 친구들이 끼어들었다.

"소용이가 왜 아들이 없다는 겁니까? 허삼관네 일락이는 누구 아들인데요?"

그리하여 하소용의 부인이 허삼관을 찾아왔다. 이 바싹 마른 여인은 허옥란을 보자마자 눈물을 흘렸다. 처음에는 문가에 선 채 빨갛게 충혈된 눈을 손수건으로 훔치더니, 이윽고 그 자리에 주저앉아 곡소리를 냈다. 허옥란은 하소용의 부인이 무슨 일로 찾아온 것인지 궁금했지만 내색하지 않다가 그녀가 문간에 앉아 울음을 터뜨리자 그제야 말문을 열었다.

"뉘 집 여자야? 낯짝도 두껍지. 자기 집도 아니고, 남의 집 문간에 앉아서 발정 난 암고양이마냥 울어대니 말이야."

하소용의 부인은 이 말을 듣고는 울음을 멈추고 하소연을 시작했다.

"내 팔자가 사나워서, 멀쩡히 걸어가던 남편이 느닷없이 차에 치여 병원에 드러눕더니 일주일씩이나 정신이 안 돌아오니……. 의사도 별다른 방법이 없다 하고, 성 서쪽에 사는 진 선생만 고칠 수 있다기에 찾아갔더니, 그이는 또 남편을 살릴 수 있는 건 일락이뿐이라고 해서 이렇게 찾아온 거랍니다……."

허옥란이 그녀의 말을 받았다.

"내 팔자는 정말 상팔자야. 우리 남편 허삼관은 사십 평생 병원 한번 드나들지를 않으니, 병원 침대에 누워 있는 게 어떤 맛인지 알 수가 있나. 힘은 또 얼마나 센지, 백 근이 넘는 쌀을 지고 쌀집에서 우리 집까지 1킬로미터나 되는 길을 쉬지도 않고 온다구……."

하소용의 부인이 멈췄던 울음을 다시 터뜨리면서 말을 이었다.

"아이고, 내 팔자야. 남편이 병원에 드러누워 죽게 생겼으니…….

의사도 못 살리고, 진 선생도 못 살리고, 일락이만 남편을 구할 수 있다는데……. 일락이가 우리 집 지붕에 올라가 혼을 부르면, 남편의 혼을 불러들일 수가 있다는데. 그렇게 하지 않으면 우리 남편은 죽는다구요. 그러면 난 과부가 된단 말예요……."

"내 팔자는 얼마나 잘 풀리는지, 다들 우리 남편은 장수할 상이라는 거예요. 양 미간이 널찍한 데다 손금의 생명선은 또 얼마나 굵고 길게 뻗었는지 팔, 구십까지는 너끈히 살 거래요. 내 명도 길지만 남편만은 못하다네요. 나는 별수를 다 써도 그이보다 먼저 죽게 돼 있다고 해서 그이가 장례를 치러주기로 했다구요. 여자가 제일 겁나는 게 뭔지 아세요? 과부가 되는 거라구요. 과부로 어떻게 살아요? 집안에 수입이 줄어드는 거야 둘째 치고, 애들이 아비 없는 자식이라 놀림을 받을 텐데……. 게다가 비 오고 천둥칠 때 의지할 든든한 어른 한 사람 집에 없으면……."

하소용의 부인은 갈수록 상심이 더 커졌다.

"제 운명을 불쌍히 여겨 한 번만 은혜를 베풀어주세요. 일락이더러 제 남편 영혼을 불러오게 해주세요. 일락이 얼굴을 보면, 누가 뭐래도 하소용 아들인 게 분명하니 한 번만 부탁드립니다."

허옥란의 눈가에 엷은 웃음이 피어올랐다.

"방금 그 말을 좀 일찍 했더라면, 내 벌써 일락이더러 당신을 따라가게 했을 거요. 이제 와서야 하소용이 일락이의 친아버지라니, 이미 늦었어요. 우리 남편도 허락하지 않을 거라구요. 처음 그 일로 내가 당신을 찾아갔을 때 당신은 욕을 퍼붓고, 당신 남편은 나를 때리기까지 했잖아요. 그때 당신들은 아주 기세등등했지요. 오늘날 이런 일이 생길 거라고는 생각도 못 했겠지요. 우리 남편 말이 맞네요. 당신 집안은 죗값을 치르는 거고, 우리 집안은 착한 일을 해서 복을 받는 거라구요. 우리 집안을 좀 보세요. 날마다 호시절이지. 내 속옷 좀 잘 봐요. 비록 보무라지로 짠 거지만, 한 달 전에 뜬 거라구요……."

"맞아요. 죗값을 치르는 거예요. 돈 몇 푼 때문에 일락이를 받아들이지 않은 거, 다 우리 잘못이에요. 우리 남편이 업을 쌓아서 저까지 죗값을 치르는 겁니다. 이런 거 구구절절 말씀드리지 않더라도 불쌍한 절 봐서 일락이가 남편 좀 구하게 해주세요. 저도 그 사람한테 감정이 많지만 이러니저러니 해도 남편인걸요. 하도 울어서 눈이 통통 부어오르다 못해 이젠 아프기까지 하답니다. 남편이 죽기라도 하면 저는 어떡해요?"

"어떡하긴 뭘 어떡해요? 과부로 살면 되지."

허옥란은 허삼관에게 하소용의 부인이 다녀간 사실을 알렸다.

"하소용 마누라가 다녀갔는데요, 하도 울어서 두 눈이 전구마냥 통통 부어서는……."

"와서 뭐래?"

"그 여자가 원래 마르긴 했지만, 하소용이 그 일을 당하고 나선 더 말랐더라구요. 꼭 대꼬챙이마냥 거기에다 옷을 말리면 딱 좋겠더구만……."

"와서 뭐랬냐니깐?"

"머리는 며칠이나 빗지도 않은 것 같고, 단추도 두 개나 떨어졌더라구요. 신발도 한 짝은 깨끗한데 나머지 한 짝은 완전히 흙투성이고. 대체 어느 진창을 밟았는지……."

"몇 번이나 물어야겠어? 와서 뭐랬냐니깐?"

"이랬어요."

허옥란은 그제야 대답을 시작했다.

"하소용이 병원에 입원을 했는데 거의 죽을 모양인가 봐요. 의사도 못 고친다고 해서 성 서쪽의 진 선생을 찾아갔는데 진 선생도 방법이 없다고 하더래요. 그런데 그 양반 말이 일락이만이 하소용을 구할 수 있다고, 일락이가 하소용네 집 지붕에 올라가 하소용의 혼을 불러들이면 살 수 있다고 해서 일락이를 찾아왔대요."

"자기가 올라가서 소리치면 되지. 자기네 딸들은 뭣에 쓰고?"

"그게 말예요, 자기가 소리치면 하소용의 영혼이 못 듣는대요. 딸들도 마찬가지구요. 반드시 아들이 불러야 들을 수가 있다나 봐요. 진 선생이 그랬대요. 그래서 일락이를 찾아온 거래요."

"웃기고 있네. 정말 웃기고들 있어. 이 허삼관이 워낙에 호인인지라 자기 아들을 9년이나 키워서 공짜로 갖다 줬는데, 그때는 받지도 않았잖아. 그래서 다시 4년을 키웠더니 이제 와서 달라구? 안 될 말씀! 하소용 그런 자식은 죽어도 싸. 그런 인간은 살아봐야 세상에 백해무익이라구. 죽는 게 나아요. 니미럴, 일락이더러 그런 개자식의 혼을 불러들이라구?"

"하소용의 마누라를 보니까 가엾긴 하더라요. 여자가 제일 불쌍할 때가 그런 일을 당했을 때잖아요. 집안에 남자가 죽으면 어떻게 살아요? 당신이 만약 그런 일을 당한다면, 나도 그렇지 않겠어요?"

"닥치지 못해!"

허삼관이 호되게 말을 가로막았다.

"내가 얼마나 건강한데. 힘도 넘치고 몸 전체가 다 근육인데 뭔 소리야? 걸을 때 보라구. 근육 꿈틀거리는 거⋯⋯."

"그런 뜻이 아니라, 내 말은 남의 입장에서 생각해보면 좀 딱하기도 하다 그거지요. 하소용 마누라가 울면서 애걸을 하는데⋯⋯ 한번도 남을 돕지 않던 사람들이⋯⋯. 그 사람들이 예전에 우리한테 어떻게 했는지는 나도 생각조차 하기 싫어요. 하지만 어쨌든 사람 목숨이 우리 손에 달렸다는데 그냥 죽게 내버려둘 수는 없잖아요?"

"하소용이 그놈은 죽어도 싼 놈이라구. 이런 걸 두고 인민을 위해 독초를 제거했다고 하는 거야. 그 트럭 기사는 정말이지 큰일을 한 거라구."

"당신은 늘 착한 사람이 복을 받는다고, 당신은 착한 일을 했다고 했잖아요. 다른 사람들이 다 본다구요. 이번에 당신이 일락이한테 하소용의 영혼을 불러오게 하면, 다들 허삼관은 정말 선한 사람이고 하소용, 그 허삼관 앞에서 고개도 못 들 인간을 다른 사람도 아닌 바로 허삼관이 살려줬노라고⋯⋯."

"사람들은 나보고 바보, 천치, 멍텅구리, 한심한 자라 대가리라고 놀릴 거라구. 자라 대가리 노릇도 자꾸 하더니 갈수록 잘한다고, 이젠 재미까지 붙였다고 할 거라구⋯⋯."

"그래도 하소용은 일락이 친아버진데……."

이 말을 듣고 허삼관은 손가락으로 허옥란의 얼굴을 가리키며 눈을 부라렸다.

"다시 한번 내 앞에서 하소용이가 일락이 친아비라는 소릴 하면 주둥이를 쳐 뭉개버릴 거야."

그러고는 허옥란에게 물었다.

"그럼, 난 일락이의 뭐야? 내가 일락이를 13년이나 키웠는데, 그럼 난 일락이의 뭐가 되냐구? 내 분명히 말해두는데, 일락이더러 거기 가서 그 개자식의 영혼을 불러오게 할 거면 먼저 날 죽여서 밟고 가라구. 내가 살아 있는 한 하소용의 영혼은 돌아올 생각을 말아야 할 거라구."

허삼관이 일락이를 불러놓고 조용히 말했다.

"일락아, 네가 벌써 열세 살이 되었구나. 내가 너만 했을 때, 내 아버지는 이미 돌아가셨단다. 내 어머니는 다른 남자와 도망을 쳤고 말이다. 나 혼자서는 성안에 살 수가 없어서 하룻길을 걸어 할아버지를 찾아가기로 했단다. 사실 길이 그렇게 멀지는 않았지. 반나절이면 갈 수 있는 길이었는데, 중간에 그만 길을 잃었던 거야. 그때 넷째 삼촌을 만나지 못했더라면……. 그때를 생각하면 지금도 눈앞이 캄캄해진단다. 넷째 삼촌은 그때까지 나를 모르셨지. 난 그때 조그마한 아이였거든. 날이 이미 어두워졌으니, 넷째 삼촌은 나한테 '너 어디 가니?'라고 물으셨지. 난 아버지는 돌아가셨고 어머니는 다른 남자와 도망을 가서 지금 할아버지를 찾으러 간다고 말씀드리는 수밖에 없었단다. 그제야 넷째 삼촌은 내가 자기 형님 아들인 줄 알고, 내 머리를 쓰다듬으며 눈물을 흘리셨지. 그때 난 이미 꼼짝할 수조차 없는 상태여서…… 그래서 넷째 삼촌은 나를 업어서 집으로 데려가셨지…….

일락아, 내가 왜 넷째 삼촌과 각별했는지 아니? 그분이 나를 업어서 할아버지 댁으로 데려갔기 때문이야. 사람은 양심이 있어야 한다. 넷째 삼촌이 돌아가신 지 벌써 여러 해가 됐지만, 아직도 그분을 생각하면 눈물이 날 것 같단다. 사람은 양심이 있어야 해. 내가 널 13년 동안 키우면서 때리기도 했고, 욕도 했지만 마음에 담지는 말아라. 다 널 위해서였으니까. 13년 동안 내가 너 때문에 얼마나 마음을 졸였는지. 그 얘긴 그만두자. 너도 내가 너의 친아버지가 아니란 건 알겠지. 너의 친아버지는 지금 병원에 누워 있단다. 곧 돌아가실지도 모른다는구나. 의사도 구할 수 없다 하고, 성 서쪽에 사는 진 선생, 그 점도 치고 하는 중의 말이다. 그 양반이 하소용을 구할 수 있는 사람은 너뿐이라고 했다는구나. 하소용의 혼은 벌써 심장에서 빠져나갔는데, 네가 하소용의 집 지붕에 올라가면 그 혼을 불러올 수 있다고 말이야…….

일락아, 하소용이 이전에 우리한테 몹쓸 짓을 한 건 다 지난 일이다. 그걸 마음에 담아두면 안 된다. 지금은 하소용이 위독하다 하니, 일단 목숨부터 구하고 보는 거다. 어쨌든 하소용도 사람이고, 사람 목숨은 다 소중한 거 아니겠느냐. 게다가 네 친아버지인 것도 사실이니 네가 친아들 된 입장에서 지붕에 올라가 소리 몇 번 질러 줘라…….

일락아, 하소용이 널 친아들로 받아들이려 한다는구나. 그 사람이 널 친아들로 생각하지 않으면 나도 네 친아비 노릇을 할 수가 없단다…….

일락아, 오늘 내가 한 말 꼭 기억해둬라. 사람은 양심이 있어야 한다. 난 나중에 네가 나한테 뭘 해줄 거란 기대 안 한다. 그냥 네가 나한테, 내가 넷째 삼촌한테 느꼈던 감정만큼만 가져준다면 나는 그걸로 충분하다. 내가 늙어서 죽을 때, 그저 널 키운 걸 생각해서 가슴이 좀 북받치고, 눈물 몇 방울 흘려주면 난 그걸로 만족한다…….

일락아, 엄마 따라 가거라. 내 말 듣고 어서 가. 가서 하소용의 영혼을 불러라. 일락아, 어서 가라니까."

24

그날, 허삼관네 일락이가 하소용네 집 지붕 굴뚝에 앉아 육신을 떠난 하소용의 영혼을 불러온다는 소식을 듣고, 많은 사람이 하소용의 집 앞에 진을 치고 있었다. 허옥란이 일락이를 데려오자 삐쩍 마른 하소용의 부인이 그들을 맞이하며 몇 마디 말을 늘어놓고는, 냉큼 일락이의 손을 낚아채 이미 세워놓은 사다리 쪽으로 끌고 갔다.

지붕에는 벌써 하소용의 친구 한 사람이 기다리고 있었고, 다른 한 사람이 아래서 사다리를 받치고 있었다. 일락이가 사다리를 타고 올라가자 지붕에서 기다리던 사람이 일락이의 손을 잡고 굴뚝까지 아슬아슬하게 걸어가 일락이를 앉혔다. 굴뚝에 앉은 일락이는 두 손을 무릎에 올린 채, 그 사람이 사다리 쪽으로 걸어가 손으로는 기왓장을 잡고 발로는 사다리를 엉거주춤 디디며 내려가는 모습을 지켜봤다. 마치 강물 속으로 가라앉듯 그 사람은 그렇게 일락이의 시야에서 사라졌다.

일락이는 지붕의 굴뚝에 앉아 다른 집 지붕들이 햇볕을 받아 물에 젖은 듯 반짝이는 모습을 바라보았다. 제비 한 마리가 날카로운 소리를 내며 날아와 일락이의 주위를 몇 바퀴 돌다가 날아갔고, 곧이어 새끼 제비들의 가느다란 지저귐이 들려왔다. 고개를 돌려 살펴보니 옆집 처마 밑에서 나는 소리였다. 일락이는 다시 고개를 들어 저 멀리서 굽이치는 산들을 바라보았다. 너무 멀리 있어 구름처럼 희미한 모습이 마치 어슴푸레한 그림자 같았다.

지붕 아래에 있는 사람들은 고개를 들고 일락이가 하소용의 영혼을 소리쳐 부르기를 기다렸다. 고개를 잔뜩 젖힌 탓에 그들의 입은 하나같이 헤벌어져 있었다. 한참을 기다려도 아무런 소리가 들리지 않자, 한 사람 한 사람 고개를 내리고는 자기들끼리 수군대기 시작했다. 지붕 위에 있던 일락이도 그들이 참새마냥 재잘대는 소리를 들었다.

이때 하소용의 부인이 일락이에게 소리를 질렀다.

"일락아, 빨리 곡을 해라. 진 선생님이 그렇게 해야 한다고 하셨어. 네가 곡을 해야 네 아버지의 혼이 그 소리를 들을 수 있다고 말이야."

일락이는 고개를 숙여 사람들을 쳐다봤다. 어떤 사람은 자기를 바라보고 있었고, 어떤 사람은 옆 사람과 수군거리고 있었다. 다시 고개를 들어 다른 집 지붕을 둘러보니, 사람이라고는 하나 없이 파릇파릇한 풀만 무성하게 자라 바람에 흔들리고 있었다.

하소용의 부인이 재차 소리쳤다.

"일락아, 왜 곡을 하지 않는 거니? 빨리 울어."

일락이는 여전히 울지 않았고, 오히려 하소용의 부인이 통곡을 시작했다.

"이 아이가 어째서 곡을 안 하는 거지? 방금 내가 잘 말해줬는데, 왜 안 우는 거냐구."

그러고는 다시 소리쳤다.

"일락아, 빨리 울어. 제발 좀 빨리 울어다오."

그때 일락이가 갑자기 소리쳤다.

"왜 나보고 곡을 하라는 거예요?"

"네 아버지가 병원에 누워 계시잖니. 곧 돌아가시게 생겼다구. 네 아버지 혼이 벌써 가슴에서 빠져나갔다잖니. 네가 울지 않으면 아버지의 혼이 아주 멀리 달아나 네가 부르는 소리를 들을 수 없게 된단 말이야. 그러니 빨리 좀 울어라……."

"우리 아버지는 병원에 누워 있지 않아요. 공장에서 일하고 계신다구요. 지금 공장에서 누에고치를 나르고 있단 말예요. 우리 아버지는 안 죽는다구요. 우리 아버지 혼은 가슴에 잘 있는데, 왜 자꾸 아버지 혼이 날아간다는 거예요?"

"날실 공장 허삼관은 네 아버지가 아니란다. 병원에 누워 있는 하소용이 네 아버지라고……."

"웃기지 마세요."

"진짜야. 네 친아버지는 허삼관이 아니라 하소용이라구……."

"웃기지 말라니깐요."

하소용의 부인은 하는 수 없이 허옥란에게 가서 사정을 했다.

"아주머니께 부탁드릴 수밖에 없네요. 아주머니는 저 아이 엄마니까 애를 좀 타일러보세요. 애한테 우리 남편의 혼을 좀 불러오라고 해주세요."

허옥란은 그 자리에 꼼짝 않고 서서 하소용의 부인에게 말했다.

"이렇게 많은 사람이 보고 있는데 나더러 무슨 말을 하라는 거예요? 내가 그간 얼마나 망신을 당했는데. 사람들이 속으로 날 비웃고 있을 텐데, 내가 무슨 말을 할 수 있겠냐구요. 싫어요."

하소용 부인의 몸이 아래로 푹 꺼지는가 싶더니 땅바닥에 털썩 주저앉았다. 그러더니 갑자기 허옥란 앞에 무릎을 꿇고는 애원하기 시작했다.

"제가 이렇게 무릎 꿇고 빌게요. 망신이야 제가 더 크게 당했지요. 사람들이 비웃더라도 절 먼저 비웃을 거예요. 제가 이렇게 무릎 꿇고 빌게요. 가서 일락이한테 말 좀……."

하소용의 부인이 눈물을 글썽이며 사정하자 허옥란이 말했다.

"어서 일어나요. 당신이 내 앞에 무릎을 꿇어도 망신을 당하는 건 역시 나라구요. 당신이 아니에요. 어서 일어나라구요. 말하면 되잖아요."

허옥란은 앞으로 몇 발짝 내딛고는 고개를 들어 지붕 위의 일락이를 불렀다.

"일락아, 고개 좀 돌려보렴. 엄마가 부르잖니. 그냥 몇 번 울고 소리 몇 번 지르면 돼. 하소용의 혼을 불러오면 집에 데려가줄 테니까

어서 소리쳐라……."

"엄마, 싫어요. 안 울 거예요. 소리도 안 칠 거구요."

"일락아, 어서 울어라. 사람이 점점 많아지잖니. 엄마가 창피해 죽 겠다. 사람이 더 많아지면 엄마가 서 있을 곳조차 없어진단다. 얘야, 어서 소리쳐라. 어쨌든 하소용이 네 친아버지니까……."

"엄마, 어떻게 하소용이 내 친아버지라고 말할 수 있어요? 어떻게 창피한 줄도 모르고 그렇게 말하냐구요……."

"이게 다 내 죄야!"

허옥란은 한숨을 쉬고는 몸을 돌려 하소용의 부인에게 말했다.

"이젠 아들까지 나보고 창피한 줄 모른다고 하잖아요. 이게 다 당 신 남편이 저지른 업이라구요. 죽으려면 죽으라고 해요. 나는 이제 그만두겠어요. 나 하나 돌볼 힘도 없네요……."

허옥란이 물러서자 하소용의 친구 중 하나가 하소용의 부인에게 다가가 넌지시 말을 건넸다.

"그럼 가서 허삼관을 불러오세요. 허삼관이 오면 일락이가 할지도 모르니까……."

그때 허삼관은 공장에서 누에고치 수레를 밀고 있었는데, 하소용 의 친구 둘이 달려와 그에게 이 사실을 알렸다.

"일락이가 울지도 않고, 소리도 안 친다구. 지붕 위에 앉아 하소용 은 자기 친아버지가 아니고, 자네가 자기 친아버지라고 말하고 있 어. 자네 부인이 타일렀지만 창피한 줄도 모른다고 하더라고. 자네 가 빨리 가봐야겠어. 사람 목숨은 구해야지……."

허삼관이 이 말을 듣고는 누에고치 수레를 내려놓으며 말했다.

"역시 내 아들이야."

허삼관이 하소용의 집에 도착해서 일락이를 불렀다.

"착한 내 아들 일락아, 넌 정말 내 아들이다. 내가 널 13년 동안 헛키우지 않았구나. 오늘 네가 말한 걸 들으니 다시 13년을 키우더라도 기분이 아주 좋을 것 같다……."

일락이는 허삼관이 온 것을 보고 소리를 질렀다.

"아버지, 저 지붕에 앉아 있는 거 지겨워요. 빨리 저 좀 내려주세요. 혼자 내려가기 무서우니까, 빨리 올라와서 저 좀 내려주세요."

"일락아, 지금은 널 내려줄 수가 없단다. 너 아직 안 울었잖니. 소리도 안 쳤고. 하소용의 혼이 아직 돌아오지……."

"아버지, 싫어요. 저 내려갈래요."

"일락아, 내 말 들어라. 몇 번 울고 소리치면 끝이야. 이건 내가 사람들한테 약속한 거란다. 하기로 했으니 반드시 해야 하는 거란 말이다. 군자일언(君子一言)이면 사마난추(駟馬難追)라는 말도 있잖니. 무슨 뜻인고 하니, 군자가 한번 내뱉은 말은 네 마리 말이 끄는 마차로도 따라잡지 못한다 이 말씀이야. 어쨌든 그 개 같은 놈의 하소용이 네 친아비인 것은 사실……."

지붕 위의 일락이가 울면서 허삼관에게 말했다.

"사람들이 다 아버지가 내 친아버지가 아니라 하고 엄마도 그렇게 말했는데, 지금 아버지까지 그렇게 말씀하시네요. 난 친아버지도 없고, 친엄마도 없고, 친척도 하나 없고, 그냥 나 혼자뿐이네요. 안 올라오시면 그냥 저 혼자 내려갈래요."

일락이는 자리에서 일어나 두 발짝쯤 옮기다가 경사진 곳에 이르자 다시 무서운 생각이 들어 그대로 주저앉아 엉엉 울었다.

일락이가 우는 모습을 보고 하소용의 부인이 소리 질렀다.

"일락아, 네가 드디어 우는구나. 일락아, 빨리 소리쳐라⋯⋯."

"입 닥치지 못해!"

허삼관은 하소용의 부인에게 엄포를 놓았다.

"일락이는 지금 그 개 같은 놈의 하소용 때문에 우는 게 아니고, 나 때문에 우는 거란 말이오."

허삼관은 다시 고개를 들어 일락이를 타일렀다.

"일락아, 착한 내 아들아. 그냥 소리 몇 번 지르렴. 소리 지르면 내 바로 올라가서 널 데리고 내려오마. 그리고 우리 같이 승리반점에 가서 돼지간볶음 시켜 먹자⋯⋯."

일락이가 울면서 말했다.

"아버지, 어서 저 좀 내려주세요."

"일락아, 그냥 소리 몇 번 질러. 그럼 오늘부터는 내가 네 친아버지가 되는 거다. 일락아, 소리 몇 번 지르렴. 지금 소리 지르면 이제부터 그 개 같은 놈의 하소용은 두 번 다시 네 친아비가 될 수 없고, 내가 바로 네 친아비가 되는 거라니까⋯⋯."

일락이는 허삼관의 말을 듣고는 하늘을 향해 외쳤다.

"아버지, 가지 마세요. 아버지, 돌아오세요."

고함을 친 뒤 허삼관에게 말했다.

"아버지, 빨리 올라와서 저 좀 내려주세요."

이때 하소용의 부인이 끼어들었다.

"일락아, 몇 번만 더 고함쳐라."

일락이가 허삼관을 쳐다보자 허삼관이 말했다.

"그래, 두 번만 더 외쳐라."

"아버지, 가지 마세요. 아버지, 돌아오세요. 아버지, 가지 마세요. 돌아오세요……. 아버지, 빨리 올라와서 저 좀 내려주세요."

하소용의 부인이 또 끼어들었다.

"일락아, 더 해야 돼. 진 선생님이 한 시간은 소리를 질러야 한다고 하셨거든. 어서 소리쳐라."

"됐어."

허삼관은 하소용 부인의 말을 매몰차게 끊어버렸다.

"무슨 얼어 죽을 놈의 진 선생. 그 자식도 썩을 놈이긴 마찬가지야. 일락이가 소리를 쳤으니, 하소용은 죽을 거면 죽는 거고 살 거면 살 겠지……. 일락아, 기다려라. 내 올라가서 내려줄 테니."

허삼관은 사다리를 타고 지붕에 올라가 일락이를 등에 업고 내려 왔다. 지붕에서 내려온 허삼관이 일락이에게 일렀다.

"일락아, 여기 꼼짝 말고 있어라."

이렇게 말한 뒤 허삼관은 하소용의 집으로 들어가 식칼을 들고 나왔다. 그러고는 하소용의 집 대문 앞에 서서 식칼로 자기 얼굴과 팔을 그어 상처를 낸 후, 선혈이 낭자한 모습으로 사람들에게 소리 쳤다.

"똑바로들 보시오. 이 피는 내가 칼로 그어서 나온 거요. 당신들⋯⋯."

허삼관은 하소용의 부인을 쏘아보며 말을 이었다.

"만약 당신들 중에 또 일락이가 내 친아들이 아니라고 말하는 자가 있으면, 이렇게 칼로 베어버릴 테요."

말을 마친 뒤 허삼관은 칼을 내던지고 일락이의 손을 잡으며 말했다.

"일락아, 우리 집에 가자."

25

그해 여름, 허삼관이 밖에서 돌아와 허옥란에게 말했다.

"오면서 보니까 집에 붙어 있는 사람이 거의 없던걸. 전부 거리로 나갔어. 내 평생 길거리에 사람이 그렇게 많이 모인 건 처음 봐. 다들 팔에 붉은 완장을 두른 채 행진하고, 표어를 쓰고, 대자보를 붙이고 …… 길가의 벽은 죄다 대자보판이라구. 한 장씩 위로 계속 덧붙이니까 점점 두꺼워져서 꼭 벽에 솜저고리를 입혀놓은 것 같더라니까. 그리고 길에서 현장(縣長)을 봤는데, 그 뚱뚱한 산둥 사람 말이야. 예전에는 마을에서 제일 잘 나가던 사람이었잖아. 그때는 손에 찻잔을 들고 다녔는데, 지금은 깨진 세숫대야를 계속 두드리면서 자기를 욕하고 다니더라구. 자기 머리는 개 대가리, 자기 다리는 개다리라면서 말이야…….

알아? 공장이 왜 문을 닫았는지, 가게가 왜 문을 닫았는지, 학교에서 애들을 왜 안 가르치는지, 당신이 왜 꽈배기를 못 튀기는지…….

왜 사람들이 나무에 묶이고 외양간에 갇히는지, 왜 맞아 죽는지 아냐구? 모 주석께서 한 말씀 하시면 그걸 노래로 만들고, 벽에 걸고, 차나 배에 써놓고, 침대보와 베갯잇, 컵, 냄비, 심지어는 화장실 벽이나 타구에까지 새겨넣는 이유를 아냐구? 모 주석의 이름을 부를 때 왜 그리 길게 부르는지……. 자, 들어봐. 위대한 영도자이시며, 위대한 원수이시며, 위대한 스승이자 위대한 조타수인 모 주석, 만세 만세 만만세. 다 합쳐서 마흔 자도 넘는 걸 한 번에 읽어야 한다구. 중간에 쉬면 안 돼. 왜 그런지 알아? 이게 바로 문화대혁명이다 이 말씀이야…….

문화대혁명이 오늘날까지 왜 이렇게 떠들썩한지 이제야 좀 알겠어. 문화대혁명이 무엇이냐? 개인적인 원수를 갚을 때 말이지, 예전에 누가 당신을 못 살게 굴었다 치자구. 그러면 대자보를 한 장 써서 길거리에 붙이면 끝이야. 법망을 몰래 피한 지주라고 써도 되고, 반혁명분자라고 써도 좋아. 아무렇게나 써도 된다고. 요즘은 법원도 없고, 경찰도 없다구. 요즘에 가장 많은 건 바로 죄명이야. 아무거나 하나 끌어와 대자보에 써서 척 붙이면 당신은 손쓸 필요도 없이 다른 사람들이 그를 잡아다 작살을 낸다 이 말씀이야……. 요즘엔 나도 가만히 누워서 이리저리 생각을 해봐. 내가 원한을 품은 놈이 없나 하고 말이야. 그냥 대자보나 한 장 써서 원수를 갚으면 되는데……. 그런데 하나도 없단 말이야. 딱 하나 하소용이 있긴 한데 그 개 같은 놈은 4년 전에 트럭에 치여 뒈져버렸잖아. 이 허삼관은 수십 년을 하루같이 착하게만 살아왔으니 원수도 없고, 원한 산 사람도 없다 이 말씀이야. 그래서 누구 하나 내 이름을 대자보에 써 붙이지 않는 거라구⋯⋯."

허삼관의 말투가 이렇듯 날아다닐 즈음 삼락이가 문을 열고 들어와 소리쳤다.

"대자보가 붙었는데 엄마보고 화냥년이래요⋯⋯."

깜짝 놀란 허삼관과 허옥란이 곧바로 달려가 벽에 붙은 대자보를 읽어보니 삼락이 말 그대로였다. 수많은 대자보 가운데 허옥란에 대한 내용이 한 장 붙어 있었다. 거기에는 허옥란이 화냥년이고, 몰래 매춘을 해왔으며, 열다섯 살 때는 아예 하룻밤에 2원씩 받고 영업을 하는 기녀였는데 그녀와 잔 남자가 트럭 열 대로도 모자랄 정도로 많다는 것이었다.

허옥란은 손가락으로 문제의 대자보를 가리키며 욕을 퍼부었다.

"네 엄마가 화냥년이고 쓰레기지. 네 엄마가 기생이고. 네 엄마하고 잔 남자는 트럭 열 대가 아니라 지구를 통째로 가져와도 모자랄 판이다."

그러고 나서 허옥란은 몸을 돌려 허삼관을 보며 울기 시작했다.

"중상모략도 유분수지⋯⋯. 대가 끊길 놈 같으니. 머리에 부스럼이나 날 놈들, 발바닥에 고름이나 터질 놈들⋯⋯."

허삼관은 주위 사람들에게 소리쳤다.

"이건 죄다 중상모략이라구. 내 아내가 열다섯 살에 기생 노릇을 했다는 건 완전히 개소리라구! 다른 사람은 몰라도 내가 모를 수 있겠냔 말이야. 우리가 결혼하던 날 저녁에 내 아내가 피를 얼마나 많이 흘렸는데……."

허삼관은 허공에 삿대질을 하며 말을 계속 했다.

"만일 내 아내가 열다섯 살에 기생 노릇을 했다면 첫날밤에 피를 볼 수 있었겠소? 아니, 절대로."

허삼관은 사람들이 아무 말도 하지 않자 스스로 대답을 했다.

그날 점심때 허삼관은 일락, 이락, 삼락 삼형제를 불러 일장훈시를 했다.

"일락아, 너도 벌써 열여섯이고, 이락이 너는 열다섯이다. 너희들, 큰길에 나가서 아무 대자보나 한 장 베껴서 말이다, 그걸 너희 엄마 욕한 대자보 위에 붙여라. 삼락아, 넌 그 가슴팍에 콧물 흘린 얼룩이 갈수록 커지는데 그냥 내버려둘 거냐? 그리고 너 이 녀석, 제발 쓸데없는 짓거리 좀 하지 마라. 너 아직도 풀통 지는 일 도와주고 다니지? 기억해라. 요즘 붙는 대자보는 절대 뜯어서는 안 된다. 대자보를 뜯어내는 것 자체가 반혁명이란 말이다. 절대 뜯어내지는 말고, 그냥 한 장 베껴서 붙이기만 하면 된다. 이 일은 내가 나서면 좋지 않아서 그런다. 다른 사람들이 빤히 알지 않겠니? 너희한텐 별로 신경 쓰지 않으니까 삼형제가 모두 나가 해지기 전에 일을 마치도록 해라."

밤이 되자 허삼관은 허옥란에게 말했다.

"당신 세 아들이 그놈의 대자보를 덮어버렸으니 이제 안심해도 된다구. 본 사람은 별로 많지 않을 거야. 거리에 대자보가 그렇게 많이 붙었는데 어떻게 다 보겠어? 지금도 계속 새것이 붙고 있는데 말이야. 한 장을 다 읽기도 전에 다른 대자보가 붙는다구."

이틀이 안 돼서 붉은 완장을 찬 사람들이 허삼관의 집에 들이닥쳐 허옥란을 데려갔다. 그들은 성안의 제일 큰 광장에서 만인비판투쟁대회가 열리는데 지주, 부농, 우파분자, 반혁명분자, 자본주의 노선의 당권파 등의 죄인은 죄다 솎아냈으나 기생 하나를 찾는 데 사흘을 허비했다고, 비판투쟁대회 30분 전에야 찾아냈다고 자기들끼리 쑥덕거렸다.

"허옥란, 빨리 갑시다. 시간이 없단 말이오."

사람들에게 끌려간 허옥란은 오후가 되어서야 돌아왔다. 머리 왼쪽은 빡빡 밀려 있었고, 오른쪽 머리는 심하게 헝클어져 있었다. 음양이 선명하게 대비되도록 머리의 절반 정도를 수확이 끝난 논처럼 말끔하게 깎아버린 것이다.

허삼관은 허옥란의 모습을 보고는 말문이 꽉 막혔다. 허옥란도 창가로 가서 거울에 자기 모습을 비춰보더니 급기야 울음을 터뜨렸다.

"이런 꼴이 되다니……. 앞으로 사람들을 무슨 낯으로 보나? 어떻게 사느냐구? 돌아오는 길에 사람들이 나를 보고는 손가락질하며 깔깔대더라구요. 여보, 난 내가 이렇게 추한 몰골로 변했는지 몰랐어요. 머리카락 절반을 밀어버린 것도 몰랐다구요. 여보, 앞으로 어떡하죠? 비판투쟁대회장에서 내 머리카락이 잘릴 때 사람들이 웃는 소리를 들었어요. 내 머리카락이 발 아래로 떨어지는 걸 보고는 나도 모르게 머리를 쓰다듬었죠. 그랬더니 바로 뺨을 후려치는 거예요. 얼마나 아프던지 이가 다 빠지는 줄 알았다구요. 그래서 그때부터는 꼼짝도 못하고 가만히 앉아만 있었죠. 여보, 앞으로 어떻게 살

아요. 네? 차라리 죽는 게 낫겠어요. 나하고 그 사람들은 원수진 일
도 없는데……. 나는 그 사람들을 알지도 못한다구요. 그런데 왜 내
머리카락을 자르냐구요? 차라리 죽여버리지. 여보, 무슨 말 좀 해
봐요."

"내가 무슨 말을 하겠나?"

허삼관은 깊은 탄식을 토했다.

"일이 이렇게 된 이상 무슨 수가 있겠어. 당신 머리 절반이 중머리
가 됐잖아. 요즘 머리를 그렇게 깎인 여자들은 화냥질을 해서가 아
니라 기생 노릇을 해서 그렇게 된 거라구. 이 꼴이 되어서는 무슨 말
을 해도 소용없어. 아무도 믿을 사람이 없을 거란 말이야. 황허강에
뛰어들어도 깨끗이 씻어낼 수가 없다구. 앞으론 밖에 나가지 말고
집에만 틀어박혀 있어."

허삼관은 허옥란의 나머지 머리카락까지 밀어버리고는 허옥란을
집에만 있게 했다. 허옥란도 집에 틀어박혀 있길 바랐으나, 팔뚝에
붉은 완장을 찬 사람들이 그렇게 내버려두지 않았다. 그들은 며칠
간격으로 와서 허옥란을 데려갔다. 허옥란은 크고 작은 비판투쟁대
회에 끌려 다녔지만 매번 주요 비판 대상에서는 제외되었고 그저 들
러리를 설 뿐이었다.

"저를 비판하려는 게 아니고 다른 사람들을 비판하려는 거예요.
전 그저 다른 사람들 들러리를 서주는 것뿐이라구요."

그 소리를 들은 허삼관이 아들들을 불러놓고 이렇게 말했다.

"사실 너희 엄마는 그 사람들의 비판 대상이 아니란다. 자본주의

파나 우파, 반혁명분자, 지주들의 들러리를 서는 것뿐이지. 그러니까 배석투쟁(陪鬪, 문화대혁명 때 주요 비판 대상과 함께 비판을 받는 것)을 하고 있는 거란다. 배석투쟁이란 뭐냐? 마치 조미료 같은 거지. 어떤 음식에도 필요한 재료란 뜻이야. 어떤 음식이든 조미료를 쳐야 제 맛이 나는 법이거든."

나중에 그들은 허옥란에게 의자를 하나 가져오게 하더니 가장 번잡한 거리에서 그 위에 올라가라고 했다. 허옥란은 가슴에 '기생허옥란'이라고 적힌 나무판자를 걸고 의자 위에 섰다. 그들은 허옥란을 그렇게 두고 그냥 가버리더니 얼마 후 까맣게 잊었다. 허옥란은 그곳에 하루 온종일 서서 그들이 다시 돌아오길 기다렸다. 날이 어두워지고 거리에 사람이 사라질 무렵까지 그들이 돌아오지 않자, 허옥란은 혹시 자기를 잊어버린 게 아닌가 하는 생각이 들었다. 그래서 의자를 들고 나무판자를 목에 건 채 집으로 돌아왔다.

허옥란은 그렇게 거리에서 하루 종일 서 있어야 했다. 서 있기 힘들면 잠시 의자에 앉아 두 다리를 두드리고 발바닥을 주무르며 쉬다가 다시 위로 올라갔다. 거기서 변소까지는 거리가 매우 멀어서, 변소에 가고 싶을 땐 가슴에 목판을 건 채 두 구역이나 걸어가야 했다. 그럴 때 그녀는 두 손으로 목판을 받쳐 들고 고개를 숙인 채 벽에 붙어서 걸었다. 변소에 도착하면 목판을 벗어 밖에 세워뒀다가 일을 본 뒤 다시 가슴에 걸고 원래 서 있던 곳으로 돌아왔다.

허옥란은 비판투쟁대회 단상에 서 있는 사람들처럼 죗값을 치르는 양 고개를 푹 숙인 채 의자 위에 서 있었다. 시선은 주로 발끝에

두었다. 그렇게 오랜 시간 한곳에 시선을 집중하다 보니 눈이 아팠다. 그래서 가끔은 눈을 살짝 돌려 거리를 지나는 사람들을 훔쳐봤다. 뜻밖에도 그녀에게 주의를 기울이는 사람이 하나도 없었다. 지나가다가 한 번씩 훑어보기는 하지만 두 눈이 정면으로 마주치는 일은 없었기 때문에 허옥란은 내심 마음이 놓였다.

"그냥 전봇대처럼 서 있기만 하는 거예요……. 여보, 별로 두려워할 것도 없다구요. 죗값은 벌써 다 치른 거예요. 이렇게까지 하는데 더 심하게야 하려구요. 더 심해봤자 죽는 건데 죽으라면 죽죠, 뭐. 겁날 거 하나도 없다구요. 가끔 당신하고 세 아들을 생각하면 죽는 게 무섭다는 생각이 들긴 해요. 만약 당신하고 애들이 없다면 정말 무서울 게 하나도 없다구요."

이야기가 세 아들에까지 미치자 허옥란은 결국 눈물을 흘렸다.

"일락이와 이락이는 날 이해하지 못하겠는지 나랑은 말도 않고, 내가 무슨 말을 해도 들은 척도 안 해요. 그래도 삼락이만은 말도 하고 날 엄마라고 불러요. 밖에서 그렇게 고초를 당하다가 집에 돌아오면 정말이지 당신밖에는 기댈 곳이 없어요. 발이 부으면 뜨거운 물로 찜질을 해주고, 너무 늦게 돌아와 밥과 반찬이 다 식으면 이불 속에 넣어 덥혀주고, 길가에 서 있을 때 밥과 마실 물을 가져다주는 사람도 당신이고……. 여보, 당신만 날 이해해준다면 난 정말 아무것도 두렵지 않다구요……."

허옥란이 거리에 하루 종일 서 있게 되자 허삼관은 일락이에게 엄마한테 물과 밥을 가져다주라고 했다. 그러나 일락이는 가려고 하지 않았다.

"아버지, 이락이한테 가라고 하세요."

그래서 이락이를 불러놓고 일렀다.

"이락아, 우리는 다 밥을 먹었지만 엄마는 아직 못 드셨잖니. 그러니 네가 엄마한테 밥을 좀 전해드려라."

이락이가 고개를 절레절레 흔들었다.

"아버지, 삼락이더러 가라고 하세요."

그러자 허삼관이 버럭 소리를 질렀다.

"일락이더러 가랬더니 이락이한테 미루고, 이락이는 또 삼락이한테 미루고, 삼락이 이 콩알만 한 녀석은 밥그릇을 내려놓자마자 그림자도 안 보이니……. 밥 먹이고 옷 사 입히고 돈 쓸 때는 아들이 셋이나 되는데, 엄마한테 밥을 들고 갈 아들 녀석은 한 놈도 없네그려."

아버지가 이렇게 노기충천하여 한탄을 하자 이락이가 변명하듯 입을 열었다.

"아버지, 요즘은 집 밖을 못 나가겠어요. 나가기만 하면 아는 사람들이 죄다 하룻밤에 2원짜리라고 놀려대니 고개를 못 들겠다구요."

일락이는 조금 다른 이유를 댔다.

"전 그런 말 때문이 아니에요. 그렇게 말하는 사람들한테는 나도 똑같이 윽박지르면 돼요. 제 목소리가 훨씬 크니까요. 그 사람들과 싸우는 것도 하나도 겁나지 않는다구요. 상대편 수가 많으면 일단 집으로 도망 왔다가 식칼을 들고 나가서 한마디 하면 돼요. '난 사람을 죽이고도 눈 하나 깜짝 안 하는 사람이다. 내 말 못 믿겠으면 대장장이 방씨네 아들한테 가서 물어봐라' 하고 말이죠. 사람들은 제 손의 식칼을 보면 그냥 도망치거든요. 그런데 저는 그런 제가 정말 내키질 않아요. 큰길에 가고 싶지 않은 거지, 못 나가는 게 아니라구요……."

"못 나가는 건 응당 너희보다는 내가 더 심하다. 내가 길에 나가면 나한테 돌을 던지는 놈도 있고, 침을 뱉기도 하고, 심지어 나를 길가에 세워놓고 너희 엄마 죄를 까발리게 하는 놈도 있다. 너희한테 이런 일이 생기면 모른다고 하면 되지만, 난 그렇게 대답할 수가 없잖니. 난 너희하고는 다르단 말이다. 너희가 무서울 게 뭐가 있니? 새로운 사회에 태어나 붉은 깃발 아래서 자랐는데. 너희야 모두 결백하잖아. 삼락이를 봐라. 삼락이 이 조그만 녀석은 아직도 매일 나가서 잘 놀다 오잖니. 하지만 오늘은 좀 지나친 것 같구나. 오후가 되도록 돌아오질 않으니……."

삼락이가 돌아오자 허삼관은 삼락이를 불러놓고 꾸짖었다.

"너 어디 갔다 오는 길이냐? 아침 먹고 나가서 이제야 돌아오니. 도대체 어딜 갔다 오는 길이야? 누구랑 놀다 왔느냔 말이다."

"하도 많이 돌아다녀서 기억 안 나요. 다른 애들이랑 논 게 아니라 그냥 혼자, 나 혼자 놀다 왔어요."

삼락이가 엄마한테 도시락을 가져다주겠다고 했지만, 허삼관은 아무래도 마음이 놓이지 않아 결국 자기가 직접 가져가기로 했다. 허삼관은 양은 냄비에 밥을 담아서 거리로 나섰다. 한참을 걷다 보니 허옥란이 목에 팻말을 걸고 고개를 숙인 채 의자에 서 있는 모습

이 보였다. 머리카락이 삐죽삐죽 자란 게 마치 어린 사내아이 같았
다. 옷은 너덜너덜했고, 등은 마치 대자보에서 흔히 볼 수 있는 물음
표마냥 굽어 있었다. 등과 머리가 나란히 굽어 있으니 두 손이 무릎
까지 늘어졌다. 허삼관은 그런 허옥란을 보자 가슴이 메어왔다.

"나 왔어."

허옥란이 숙였던 고개를 삐딱하게 들자 허삼관이 손에 든 냄비를
들어 보였다.

"밥 갖다 주러 왔다구."

허옥란이 의자에 앉아 가슴의 목판을 벗고, 허삼관의 손에서 냄비
를 받아 뚜껑을 열었다. 반찬은 하나도 없고 온통 밥뿐이었다. 그녀
는 아무 말 없이 한 숟가락을 떠서 입에 넣고는 고개를 숙인 채 발등
을 바라보며 밥을 씹었다. 허삼관은 그 곁에 서서 말없이 그녀를 바
라보았다. 그러다 눈을 돌려 지나가는 사람들을 쳐다보았다. 몇몇은
허옥란이 의자에 앉아 밥을 먹는 모습을 보고, 다가와 손에 받쳐 든
냄비를 기웃거리며 허삼관에게 물었다.

"저 여자한테 뭘 가져다준 거요?"

허삼관은 잽싸게 허옥란이 들고 있던 냄비를 낚아채 보여주면서
설명을 늘어놓았다.

"보세요. 냄비 안에는 밥밖에 없다구요. 반찬은 하나도 없어요. 똑
똑히 보셨지요? 저는 반찬은 하나도 가져다주지 않았다구요."

그들은 그제야 고개를 끄덕였다.

"그렇군. 반찬은 하나도 없군."

"당신, 왜 반찬은 하나도 안 가져다준 거요? 밥만 먹으려면 맛이 없을 텐데."

허삼관이 대답했다.

"난 저 여자한테 맛난 것을 줄 수가 없어요. 내가 맛난 음식을 가져다준다면 그건 내가 저 여자를 옹호한다는 뜻이 된단 말입니다. 밥만 먹게 하는 것은 나 역시 그녀를 비판한다는 뜻이……."

허삼관이 그들과 이야기를 나누는 동안 허옥란은 줄곧 고개를 숙이고 있었다. 입 안의 밥조차 감히 씹을 수 없었다. 그들이 아주 멀리 사라진 뒤에야 허옥란은 다시 밥을 씹기 시작했다. 사방을 둘러보고 사람이 없는 걸 확인한 허삼관이 낮은 목소리로 허옥란에게 속삭였다.

"반찬은 전부 밥 아래 숨겨났다구. 지금은 아무도 없으니 어서 한 입 먹어."

허옥란이 숟가락으로 밥을 뒤집어보니 과연 아래쪽에 고기가 많이 들어 있었다. 허삼관이 그녀를 위해 홍사오러우를 만든 것이다. 그녀는 고기 한 점을 들어 입에 넣고는 고개를 숙인 채로 열심히 씹었다.

"이건 내가 몰래 만든 거야. 아이들 몰래 말이야."

허옥란은 고개를 끄덕이며 밥을 몇 숟가락 떠서 입에 넣고는 냄비 뚜껑을 닫고 허삼관에게 말했다.

"안 먹을래요."

"고기는 한 점밖에 안 먹었잖아. 다 먹으라구."

허옥란이 고개를 저었다.

"애들 먹으라고 하세요. 가져가서 애들 먹이세요. 네?"

그러고는 손으로 두 다리를 두드리며 중얼댔다.

"아이구, 다리 저려 죽겠네."

허옥란의 그런 모습을 보자 허삼관은 눈물이 쏟아질 것 같았다.

"옛말이 맞구만. 많이 보고 배워야 한다더니, 요 1년간 열 살은 더 먹은 것 같으이. 사람 마음이 뱃가죽으로 덮여 있으니 얼굴만 알아서는 속마음을 모른다구. 그러니 아직까지 그 대자보를 누가 썼는지조차 모르지. 평소에 당신 그렇게 아무 말이나 척척 해대더니, 이렇게 고생을 하면서도 누가 해코지한지도 모르잖아. 앞으로 말 좀 줄이라구. 선현께서 이르길 말이 많으면 반드시 실수가 있는 법이라고 했어……."

이 말을 듣자 허옥란은 갑자기 심사가 뒤틀렸다.

"아니, 하소용하고 있었던 그런 사소한 일 가지고도 날 이 지경으로 만들었는데, 당신하고 임분방 사이에 있었던 일을 비판하는 사람은 어째서 하나도 없는지 모르겠네."

허삼관은 이 말을 듣고 가슴이 철렁하여 잽싸게 사방을 둘러본 뒤 아무도 보이지 않자 그제야 안심한 듯 나지막하게 속삭였다.

"앞으로 그런 말 하지 말라구. 누구한테도 절대로 해선 안 돼."

"안 할 거예요."

"당신은 지금 물에 빠진 거라구. 이 세상에 오직 나 한 사람만이 당신을 구하려 애쓰고 있단 말이야. 만약에 나까지 물에 빠지면 당신을 구해줄 사람은 하나도 없는 거라구."

허삼관은 매일 낮에 냄비를 들고 집을 나섰다. 허삼관을 아는 사람들은 그가 허옥란에게 점심을 가져다준다는 걸 알고 있었다. 그들은 그에게 이렇게 말을 걸었다.

"어이 삼관이, 점심 가져다주나?"

그러던 어느 날, 어떤 사람이 허삼관을 제지하며 물었다.

"당신이 허삼관이오? 허옥란에게 밥을 가져다주는 길이로군. 내 한 가지 묻겠는데, 집에서 비판투쟁대회를 열었소? 허옥란을 비판하는 모임 말이오."

허삼관은 냄비를 가슴에 보듬고, 고개를 끄덕이며 웃음까지 띤 얼굴로 대답했다.

"성안에선 이미 거의 다 허옥란을 비판했잖습니까?"

그러고는 손가락을 꼽아가며 그 사람에게 말했다.

"공장에서도 했고, 학교에서도 했고, 길에서도 했고, 광장에서는 다섯 번이나 했고……."

그 사람이 말을 끊었다.

"집에서도 해야 한단 말이오."

그는 허삼관이 모르는 사람이었다. 팔에는 붉은 완장도 두르지 않았고 도대체 뭘 하는 사람인지 알 수가 없었으나, 그자가 내뱉는 말을 감히 듣지 않을 수 없었다.

"모두가 우릴 주시한다구. 다들 입만 열면 나한테 따져 묻는단 말이야. 집 안에서도 당신에 대한 비판투쟁대회를 열어야 한다구. 안

하면 안 된대."

허옥란이 집으로 돌아와 '기생 허옥란'이라고 쓰인 팻말을 벗어 문가에 세워두고, 의자를 탁자 옆에 갖다 놓았을 무렵 허삼관이 이런 말을 했다. 그녀는 고개도 들지 않고 걸레로 의자를 훔치며 말했다.

"그럼 하세요."

그날 저녁 허삼관은 일락, 이락, 삼락이를 불렀다.

"오늘 우리 집에서도 비판투쟁대회를 열려고 한다. 누굴 비판하느냐? 바로 허옥란을 비판하는 거다. 지금부터는 저 사람을 허옥란이라고 불러야 한다. 엄마라고 불러서는 안 된다 이 말이다. 왜냐하면 이건 비판투쟁대회니까. 비판투쟁대회가 끝나야 다시 엄마라고 부를 수 있는 거다."

허삼관은 세 아들을 일렬로 앉히고 자기는 그들 앞에 앉았다. 허옥란이 서 있을 의자도 하나 준비해두었다. 허옥란을 제외한 네 사람은 모두 앉아 있었고, 허옥란만이 고개를 숙인 채 거리에서처럼 그렇게 서 있었다.

"오늘은 허옥란을 비판하는 날이므로 마땅히 서 있게 해야 하지만, 이미 하루 종일 서 있었으니 발이 붓고 다리가 저릴 거다. 이 점을 고려해서 허옥란을 앉게 하면 어떨까 한다. 동의하는 사람은 손을 들도록."

허삼관은 이렇게 말하며 얼른 손을 들었고, 삼락이도 재빨리 따라서 손을 들었다. 이락이와 일락이도 서로 쳐다보다가 역시 손을 들었다. 그러자 허삼관이 허옥란에게 말했다.

"이제 앉아도 좋아요."

허옥란이 의자에 앉자 허삼관은 세 아들을 가리키며 말했다.

"너희 세 사람 모두 발언을 해야 한다. 할 말이 있으면 길게, 없으면 짧게. 누구나 최소한 두 마디는 해야 한다. 그래야 다른 사람들이 물었을 때 할 얘기가 있지. 자, 그럼 일락이 먼저 해라."

일락이는 고개를 돌려 이락이를 바라보며 말했다.

"이락아, 네가 먼저 말해."

이락이는 허옥란과 허삼관을 차례로 본 뒤, 마지막으로 삼락이를 보고서야 입을 열었다.

"삼락이 먼저 하라고 하세요."

삼락이는 웃는 듯 마는 듯한 표정으로 허삼관에게 말했다.

"무슨 말을 해야 할지 모르겠어요."

허삼관은 삼락이를 바라보며 말했다.

"내가 생각해도 너는 할 말이 없을 것 같구나."

그러고는 기침을 두 번 정도 했다.

"내가 먼저 두 마디 하지. 사람들이 허옥란을 보고 기생이라고 했다. 매일 밤 손님을 받고, 하룻밤에 2원이라고 말이야. 그런데 너희들 생각해봐라. 누가 매일 밤 허옥란과 같은 침대에서 자냐?"

허삼관은 이렇게 물으며 일락, 이락, 삼락이를 차례로 쳐다보았고, 세 아들 역시 그를 바라보았다. 이때 삼락이가 대답했다.

"아빠요. 아빠가 매일 엄마랑 같이 자잖아요."

“그렇지.”

허삼관이 말을 이었다.

“바로 나야. 허옥란이 매일 받는 손님은 바로 나라구. 그런데 나를 손님이라고 할 수 있냐?”

허삼관이 보니 삼락이와 이락이는 고개를 끄덕였고 일락이는 가만히 있었다. 허삼관은 이락이와 삼락이를 가리키며 말했다.

“너희한테 고개를 끄덕이라고 한 게 아니야. 고개를 저으라고 한 거지. 이 밥통 같은 자식들아, 내가 어떻게 손님이냐? 난 그해에 허옥란한테 장가가면서 적지 않은 돈을 썼단 말이다. 북 치는 고수 여섯에 가마꾼을 넷이나 쓰고 친척이란 친척, 친구란 친구는 죄다 불러서 결혼을 했다구. 나하고 허옥란은 매파를 통해 정식으로 식을 올렸다 이 말씀이야. 그런데 내가 무슨 손님이야. 허옥란이 무슨 기생이고. 단지 허옥란은 살다가 한 번 실수를 저지른 것뿐인데, 그게 바로 하소용하고……”

허삼관은 이 말을 하면서 일락이를 슬쩍 쳐다보았다.

“허옥란과 하소용 사이의 일은 너희도 다 알고 있을 거다. 오늘 비판투쟁의 주제는 바로 그 일인데……”

허삼관은 허옥란을 바라보며 약간 엄한 투로 명령했다.

“허옥란, 이 일에 대해 세 아들에게 정확히 밝히도록.”

허옥란은 고개를 숙인 채 낮은 목소리로 대답했다.

“그 일을 내가 아들들 앞에서 무슨 수로 말하겠어요? 어떻게 입 밖에 낼 수 있겠느냐구요?”

"당신, 애들을 아들로 생각지 말고 비판투쟁대회의 군중으로 생각해야 한단 말이야."

허옥란은 고개를 들고 세 아들을 바라보았다. 일락이는 고개를 숙인 채 앉아 있었고, 이락이와 삼락이는 그녀를 쳐다보고 있었다. 그녀가 다시 허삼관을 쳐다보자 허삼관이 말했다.

"그럼 말해봐."

"이게 다 전생의 죗값이지."

허옥란은 눈물을 훔치며 말을 이었다.

"그래서 내가 이생에서 대가를 치르는 거라구요. 전생에 분명히 하소용한테 죄를 지어서 그치가 이생에서 나한테 보복을 한 거라구요. 그 사람이 죽었으니 다 끝난 일인데, 아직도 죗값을 치르다니……."

"쓸데없는 소리 집어치우고."

허옥란은 고개를 끄덕이며 두 손으로 눈물을 닦았다.

"사실 하소용과는 딱 한 번이었는데 그때 일락이를 가졌으리라고는……."

이때 일락이가 갑자기 소리쳤다.

"내 이름 들먹이지 말고, 당신 자신에 관한 일만 이야기하시오."

허옥란이 고개를 들어 일락이를 쳐다보자 일락이는 얼굴이 붉으락푸르락해져 허옥란을 쳐다보지도 않았다. 허옥란은 격한 감정을 추스르지 못한 채 하염없이 눈물을 쏟았다.

"여러분에게 면목이 없어요. 다 날 원망하고 있다는 거 잘 알아요.

나 때문에 얼굴도 못 들고 다닌다는 것도요. 하지만 이 일은 하소용을 탓해야지, 날 탓해서는 안 되는 일이라구요. 우리 아버지가 변소에 가신 틈을 타서 하소용이 날 강제로 벽에 밀어붙이고……. 나는 반항했지만, 그리고 이미 허삼관의 여자라고 말했지만 그는 계속해서……. 밀어내려 했는데 역부족이었고, 그래서 소리를 지르려고 했더니 그가 갑자기 내 가슴을 쥐는 바람에 그러지도 못하고……. 내가 워낙에 약해놔서…….”

이야기를 듣는 이락이와 삼락이의 눈이 휘둥그레졌고, 일락이는 고개를 숙인 채 애꿎은 두 다리만 앞뒤로 힘껏 내저었다. 허옥란은 계속해서 당시 정황을 묘사했다.

“그 사람이 나를 침대에 눕히고는 바지를 벗겼어요. 그때 난 힘이 하나도 없어서……. 그 사람이 내 한쪽 다리를 바지에서 끄집어내고는…… 나머지 다리는 그대로 내버려둔 채 자기도 바지를 엉덩이 아래까지 벗더니…….”

이때 허삼관이 버럭 소리를 질렀다.

“그만 해. 이락이와 삼락이 눈 튀어나오는 것도 안 보여? 이 해충 같으니. 자식들한테 해만 끼치는…….”

“당신이 시켜서 한 건데…….”

“내가 언제 그런 것까지 말하라고 했어?”

허삼관은 허옥란을 가리키며 이락이와 삼락이를 향해 버럭 소리를 질렀다.

“이 사람은 너희 엄마다. 아직도 계속 듣고 싶으냐?”

이락이가 고개를 절레절레 흔들며 대답했다.

"전 아무것도 못 들었어요. 삼락이만 들었다구요."

"저도 아무것도 못 들었어요."

"그럼 됐어."

허삼관이 말했다.

"허옥란은 여기까지 하고 이제는 너희가 발언할 차례다. 일락이, 너부터 해라."

일락이가 고개를 들고 허삼관에게 말했다.

"전 할 말이 없습니다. 저한테 지금 제일 증오스런 인간은 하소용이고, 둘째가 바로 저 여자……."

일락이는 허옥란을 가리키며 발언을 이어갔다.

"제가 하소용을 증오하는 건 나를 받아들이지 않았기 때문이고, 저 여자는 날 부끄럽게 했기 때문에……."

허삼관은 손을 내저어 일락이의 말을 가로막으며 이락이를 쳐다봤다.

"이락이 네가 말할 차례다."

이락이는 머리를 긁적이며 허옥란에게 말했다.

"하소용이 벽으로 밀어붙였을 때 왜 물어뜯지 않았어요? 그 사람을 밀어낼 수는 없더라도 물 수는 있었을 텐데……. 힘이 없었다고 하지만 물어뜯을 힘 정도는 있었을 텐데……."

"이락아!"

허삼관이 버럭 소리를 지르자 이락이가 놀라서 몸을 움찔했다. 허삼관이 손가락으로 이락이의 코를 쥐어박았다.

"너 방금 아무 말도 못 들었다면서? 못 들어놓고는 무슨 말을 하는 거야? 못 들었으면 가만히 있어. 자, 삼락이 네 차례다."

그 말에 삼락이는 이락이를 쳐다봤다. 이락이는 목을 움츠린 채 잔뜩 겁에 질린 모습으로 허삼관을 보고 있었다. 삼락이도 따라서 허삼관을 쳐다보고는 그의 화난 얼굴에 질려서 아무 말도 하지 못했다. 우물우물 그저 입에서만 말이 맴돌 뿐이었다.

이때 허삼관이 손을 휘저으며 말했다.

"됐다. 넌 관두자. 네 입에서 뭐 별스런 말이 나오겠냐. 오늘 비판 투쟁대회는 여기까지 하도록……."

이때 일락이가 끼어들었다.

"전 아직 할 말이 남았는데요……."

허삼관은 대단히 불쾌한 표정으로 일락이를 쳐다봤다.

"무슨 할 말이 남았다는 거냐?"

"방금 제가 말씀드린 건 제가 가장 증오하는 사람들이고, 제가 가장 사랑하는 사람들은 아직 말씀드리지 않았어요. 제가 가장 사랑하는 사람은 당연히 위대한 영수 모 주석이고, 둘째로 사랑하는 사람은……."

일락이는 허삼관을 바라보며 말을 이었다.

"바로 당신이에요."

허삼관은 일락이의 말에 눈 한 번 깜빡거리지 않고 일락이를 바라보다가 급기야 눈물을 흘리며 말했다.

"어느 놈이 일락이가 내 친아들이 아니라고 했어?"

허삼관은 오른손을 들어 눈물을 훔치고 다시 왼손을 들어 두 손으로 눈물을 닦았다. 그리고 온화한 눈빛으로 세 아들을 바라보았다.

"나 역시 실수를 저지른 적이 있다. 그 임분방이라는 여자하고, 그 임 뚱땡이 말이다……."

"여보! 당신 지금 무슨 말을 하려는 거예요?"

"내가 하고 싶은 말은……."

허삼관은 허옥란을 잠깐 쳐다보고 다시 말을 이었다.

"임분방의 다리가 부러졌을 때 내가 문병을 갔었다. 그 여자 남편은 집에 없었고 우리 둘만 있었지. 내가 어느 쪽 다리가 부러졌느냐고 물었더니 오른쪽 다리라고 해서 그 다리를 주물러주기 시작했다. 아프냐고 물어보면서 말이야. 처음에는 종아리를 주무르다가 넓적다리를 만지기 시작했고, 나중에는 사타구니를……."

"여보!"

허옥란이 소리쳤다.

"제발 그만두세요. 애들한테 해를 끼칠 뿐이라구요."

허삼관은 고개를 끄덕이며 세 아들을 바라보았다. 세 아들은 고개를 숙인 채 바닥만 쳐다보고 있었다.

"나하고 임분방은 딱 한 번뿐이었다. 너희 엄마하고 하소용도 마찬가지고. 오늘 내가 너희한테 이 얘기를 하는 이유는 나도 엄마하고 똑같은 죄를 저질렀다는 걸 너희가 알았으면 해서다. 그러니 엄마를 미워해서는 안 된다……."

허삼관은 허옥란을 바라보며 계속 말했다.

"너희가 만약 엄마를 증오한다면, 나도 마땅히 예외가 될 수 없다는 뜻이다. 나도 너희 엄마랑 똑같은 놈이니까."

허옥란은 고개를 가로저으며 말했다.

"너희 아버지랑 나랑은 다르단다. 내가 아버지 마음을 상하게 해서…… 그래서 임분방과 그렇게 된 거란다……."

허삼관이 고개를 흔들었다.

"사실은 다 같은 거야."

"아니에요. 당신하고 나하고는 달라요. 만약 나하고 하소용 사이에 그런 일이 없었다면 당신이 임분방의 다리를 만지지는 않았을 거예요."

허삼관이 허옥란의 말에 동의했다.

"사실 그렇긴 해. 하지만……."

그리고 한마디를 덧붙였다.

"결국은 당신과 똑같아."

그 후에 모 주석의 말씀이 있었다. 모 주석께서는 매일 뭔가를 말씀하셨는데, "말과 글로 투쟁해야지 무기를 들고 투쟁해서는 안 된다"고 말씀하신 뒤로 사람들은 손에서 칼과 곤봉을 내려놓았다. 그리고 모 주석이 "학습을 재개하고 혁명을 지속하자"고 말씀하시자 일락, 이락, 삼락이가 책가방을 메고 학교에 다니게 되었다. 학교에서 다시 수업을 시작한 것이다. 또 모 주석께서 "혁명을 견지하며 생산을 촉진하자"고 말씀하시자 허삼관은 다시 공장에 출근을 했고,

허옥란은 매일 새벽 꽈배기를 튀기러 나갔다. 허옥란의 머리는 점점 자라 이제 귓불을 덮을 정도가 되었다.

세월이 좀 흐른 뒤 모 주석께서 천안문 성루에 모습을 보이셨는데, 오른손을 들어 서쪽을 향해 흔들며 수천 수백만의 학생에게 말씀하셨다.

"지식 청년들은 농촌으로 가서 빈농과 하층 중농에게 재교육을 받아야 한다."

그래서 일락이는 요와 이불을 말아 등에 지고, 손에는 보온병과 세숫대야를 들고 붉은 깃발이 이끄는 대열을 따라나섰다. 붉은 깃발을 쫓아간 청년들은 전부 일락이와 같은 젊은이들로, 눈물을 흘리는 부모에게 고별인사를 올린 뒤 각기 농촌 생산대로 편입되어 정착했다.

일락이는 농촌으로 간 이후 석양이 질 무렵이면 혼자 동산에 앉아 요와 이불을 끌어안고 멍하니 논밭을 바라보았는데, 하루는 함께 온 친구가 이런 모습을 보고 물었다.

"뭐 하고 있어?"

"아버지, 엄마 생각해."

이 말이 허삼관과 허옥란에게까지 전해져 두 사람은 그만 울고 말았다.

이 무렵 이락이도 중학교를 졸업해 요와 이불을 지고, 보온병과 세숫대야를 들고 붉은 깃발을 따라 농촌 생산대에 가게 되었다. 허옥란이 이락이에게 일렀다.

"이락아, 일이 힘들어 견디기 어려울 때면 동산에 올라가 아버지와 엄마를 생각하렴……."

이날 모 주석께서 서재의 소파에 앉아서 말씀하셨다.

"집에는 한 사람씩만 남긴다."

그래서 삼락이는 부모 곁에 남았다. 삼락이는 열여덟 살에 중학교를 졸업하고 성안의 기계 공장에 일자리를 얻었다.

26

몇 년이 흐른 어느 날, 일락이가 손에 다 떨어진 바구니 하나만 달랑 들고서 누렇게 뜬 얼굴에 피골이 상접한 채로 돌아왔다. 바구니에는 채소 몇 뿌리가 들어 있었는데, 부모님께 드릴 선물이었다.

일락이의 초췌한 모습에 모두 깜짝 놀랐다. 반년 전에 들렀을 때도 수척하긴 했지만 정신은 맑았고, 백 근도 넘게 담을 수 있는 항아리를 등에 지고도 쿵쿵 소리를 내며 걸을 수 있었기 때문이었다.

돌아온 일락이를 보고 허삼관과 허옥란이 한마디씩 주고받았다.

"일락이 병난 거 아냐? 잘 앉아 있지도 못하고, 밥도 조금밖에는 못 먹고, 온종일 등이 저렇게 굽어 있으니……."

허옥란이 일락이의 이마를 짚어봤으나 열은 없었다.

"여보, 열은 없어요. 병이 있으면 열이 나는 법인데……. 시골로 가고 싶지 않아서 그런 것 같아요. 가면 고생스러우니까. 집에서 며칠 쉬고 몸보신 좀 하면 좋아지겠죠."

일락이는 집에서 열흘이나 쉬었다. 대낮에도 창가에 앉아 두 팔을 창턱에 걸쳐 턱을 괴고는 골목을 바라보았다. 그가 주로 보는 건 골목의 담벼락이었다. 수십 년의 세월을 견뎌온 벽돌 사이로 풀이 자라나 바람에 이리저리 흔들거렸다. 때로 이웃 여자들 몇몇이 일락이네 창문 아래 서서 재잘댔는데, 몇 마디 흥미 있는 대목에서는 일락이도 엷은 미소를 지었다.

그때 삼락이는 기계 공장 노동자로 자리를 잡아 공장 기숙사에서 동료 다섯 명과 함께 생활했다. 그는 또래 동료들과 함께 사는 걸 집에서 사는 것보다 더 좋아했지만, 일락이 형이 돌아온 뒤로는 매일 저녁밥을 먹고 집에 들렀다. 삼락이가 올 때마다 일락이는 자리에 누워 있었다. 그래서 하루는 삼락이가 일락이에게 물었다.

"다른 사람들은 잠을 많이 자면 살이 찌는데, 어째 형은 잠을 잘수록 말라가네."

삼락이가 집에 올 때면 일락이는 그래도 얼굴에 생기가 좀 돌아서 엷은 미소를 띠며 얘기도 하고 가끔은 외출도 했다. 그러나 삼락이가 돌아가고 나면 다시 침대에 눕거나 창문 앞에서 마치 식물인간처럼 미동도 없이 앉아 있었다.

허옥란은 일락이가 돌아간다는 말도 없이 하루하루를 보내자 궁금함을 참지 못하고 물었다.

"일락아, 너 언제 돌아갈 거니? 벌써 열흘이 넘었다."

"힘이 하나도 없어요. 시골로 가봐야 쓸모가 없다구요. 일할 힘도 없는데요, 뭐. 집에 며칠 더 있게 해주세요, 네?"

"너를 빨리 보내려는 게 아니고······. 일락아, 생각 좀 해보렴. 너랑 같이 내려간 사람 중에는 벌써 도시로 배치를 받아 돌아온 사람도 많다. 삼락이네 공장에도 그런 사람이 넷이나 된단다. 네가 거기서 일도 잘 하고 생산대장한테 말도 좀 잘하고 하면, 하루라도 빨리 돌아올 수 있지 않겠니?"

곁에 있던 허삼관이 허옥란의 말에 동조하며 나섰다.

"엄마 말씀이 맞다. 널 쫓아 보내려는 게 아니다. 네가 평생 집에서 놀더라도 우리가 널 내쫓기야 하겠니? 지금은 네가 시골에서 열심히 일해야 할 때니까 그렇지. 네가 집에 오래 있으면 분명 너희 생산대 사람들이 너더러 게으름 피운다고 할 게다. 그럼 네가 집 근처로 배치받기도 어려울 거구. 일락아, 돌아가거라. 가서 한두 해만 더 고생하면서 기회를 잘 잡으면, 그 다음에 풀리는 거야 식은 죽 먹기 아니냐."

일락이는 머리를 절레절레 흔들며 애원했다.

"저 정말로 힘이 하나도 없어요. 돌아가더라도 일을 잘할 수 없다구요······."

"힘이란 말이다, 돈이랑은 다른 거야. 돈은 쓸수록 줄어들지만 힘은 쓸수록 느는 거란다. 집에서 만날 누워 있거나 앉아서 시간을 보내니 당연히 힘이 줄지. 돌아가서 매일 일하고 땀을 흘리면 힘도 돌아온다구. 힘도 점점 늘어나고 말이야······."

일락이는 여전히 고개를 가로저으며 애원했다.

"저 반년 만에 집에 왔잖아요. 이락이는 그동안 두 번이나 왔는데,

전 이제 한 번 온 거잖아요. 제발 며칠만 더 있게 해주세요……."

"안 된다."

허옥란이 말했다.

"내일 당장 돌아가거라."

그래서 일락이는 집에 온 지 열흘 만에 다시 농촌으로 돌아가게
되었다. 그날 새벽, 허옥란은 꽈배기를 튀기고 돌아와 일락이에게
꽈배기 두 개를 내밀었다.

"따뜻할 때 어서 먹어라. 그리고 빨리 가야지."

일락이는 창가에 앉아서 맥없는 표정으로 꽈배기를 쳐다보고는
고개를 흔들며 대답했다.

"먹기 싫어요. 아무것도 먹기 싫어요. 식욕이 하나도 없다구요."

일락이는 자리에서 일어나 가져온 옷 두 벌을 잘 싸서 낡은 책가
방에 넣은 다음 허삼관과 허옥란에게 작별인사를 했다.

"돌아갈게요."

허삼관이 일락이에게 말했다.

"꽈배기 먹고 가야지."

일락이는 고개를 가로저었다.

"정말 하나도 먹고 싶지 않아요."

허옥란이 재차 권했다.

"먹어야 해. 갈 길이 먼데……."

허옥란은 일락이더러 잠깐 기다리라 하고는 얼른 달걀 두 개를 삶
아 손수건에 싸서 일락이 손에 쥐어주었다.

"가져가거라. 배고프면 먹고 싶어질 거야. 그때 먹어라. 응?"

일락이는 달걀을 손에 들고 문을 나섰다. 허삼관과 허옥란은 문가까지 나가 그 모습을 지켜보았다. 일락이는 고개를 숙인 채 벽에 바짝 달라붙어 아주 천천히, 조심조심 걸었다. 빼쩍 마른 어깨가 뾰족하게 튀어나왔고, 벌써 작아져서 못 입게 됐어야 할 옷이 헐렁하게 남아도는 게 마치 안에 몸뚱이가 없는 것 같았다. 그렇게 걷다가 전신주에 이르렀을 때, 허삼관은 일락이가 왼손을 들어 눈을 비비는 모습을 봤다. 그는 일락이가 울고 있다는 걸 알아채고 허옥란에게 말했다.

"선착장까지만 데려다주고 올게."

허삼관이 쫓아가 일락이를 조용히 타일렀다.

"나와 네 엄마도 별수가 없구나. 그저 네가 거기서 잘해서 하루빨리 집 근처로 배치받아 돌아오기만 기다리는 수밖에."

일락이는 허삼관이 뒤따라오자 더 이상 눈물을 닦지 않았다. 그는 자꾸만 어깨에서 흘러내리는 책가방을 고쳐 메고 힘없는 목소리로 대답했다.

"알아요."

두 사람은 앞을 향해 아무 말 없이 걸었다. 허삼관은 걸음이 빠른 탓에 몇 걸음 걷다가 멈추고 일락이가 따라올 때까지 기다렸다가 다시 걸어야 했다. 그들이 병원 정문에 이르렀을 때 허삼관이 일락이에게 말했다.

"일락아, 너 여기서 잠깐만 기다려라."

그러고는 병원으로 들어갔다. 일락이는 병원 앞에 잠시 서 있다가 허삼관이 나오지 않자 벽돌을 깔고 앉아서 기다리기로 했다. 가슴에 책가방을 안고 손에는 달걀 두 개를 든 채 그 자리에 앉았다. 그제야 식욕이 좀 돌기 시작해 달걀 하나를 벽돌에 몇 번 두드린 다음 껍질을 벗겨 입 안에 넣었다. 눈으로는 병원 정문을 응시하고, 입으로는 달걀을 씹었다. 아주 천천히 먹었는데도 달걀을 다 먹을 때까지 허삼관은 밖으로 나오지 않았다. 일락이는 병원 정문에서 눈길을 거두고 무릎에 올려놓은 책가방에 팔을 얹어 턱을 괸 자세로 고쳐 앉았다.

허삼관은 그러고 나서도 한참 뒤에야 모습을 드러냈다.

"가자."

그들은 서쪽을 향해 걸어가 선착장에 이르렀다. 허삼관은 일락이를 대기실에서 기다리게 하고는 표를 사왔다. 배가 출발할 때까지는 아직 30분 정도 여유가 있었다. 대기실은 사람들로 가득했다. 대부분 보따리를 짊어진 농민들이었는데, 다들 해가 뜨기 전에 집을 나와 채소나 그 밖의 것들을 팔고 이제 돌아갈 채비를 하고 있었다. 그들은 빈 광주리를 한데 묶어 쌓아놓고 손에는 멜대를 쥔 채 싸구려 담배를 피우며 한담을 나눴다.

허삼관은 품에서 30원을 꺼내 일락이의 손에 쥐어주면서 말했다.

"받아둬라."

일락이는 허삼관이 너무 많은 돈을 줘서 깜짝 놀랐다.

"아버지, 무슨 돈을 이렇게나 많이 주세요?"

"빨리 받아라. 잘 간수하고."

일락이가 돈을 보며 말했다.

"아버지, 10원만 가져갈게요."

"전부 가져가거라. 이건 내가 방금 피를 판 돈이니 다 넣어둬라. 이 안에는 이락이 몫도 있다. 너하고는 그나마 가까이 있잖니. 이락이가 널 찾아가면 10원이나 15원쯤 줘라. 이락이한테 돈 함부로 쓰지 말라 이르고. 아버지는 너희랑 멀리 떨어져 있어서 평소에 너희를 돌볼 수 없으니 형제들끼리 서로 의지하고 지내야지."

일락이가 돈을 받아 넣자 허삼관이 말을 이었다.

"이 돈은 함부로 낭비하지 말고 아껴 써야 한다. 피곤해서 식욕이 없을 때 맛난 걸 사 먹고, 명절 때 담배 두 갑하고 술 한 병쯤 사서 너희 생산대장한테 갖다 줘라. 그래야 적당한 때 널 재배치해주지. 알겠니? 이 돈은 절대로 낭비해서는 안 된다. 좋은 쇠는 칼날에 써야 제 몫을 하지 쓸데없는 곳에 쓰면……."

배가 떠날 시간이 되어 허삼관은 자리에서 일어났다. 일락이를 개찰구까지 배웅하고, 배에 오르는 모습을 지켜본 뒤 다시 큰 소리로 외쳤다.

"일락아, 내 말 꼭 명심해라. 좋은 쇠는 칼날에 써야 한다는 거."

일락이는 허삼관을 향해 고개를 끄덕여 보이고는 머리를 숙여 선실로 들어갔다. 허삼관은 한동안 개찰구에 서 있다가 배가 떠난 후에야 대기실을 나와 집으로 발걸음을 옮겼다.

일락이가 시골로 내려가고 채 한 달이 못 되어 이락이네 부대의 생산대장이 허삼관의 집을 찾아왔다. 쉰 살이 넘어 보이는 이 남자는 얼굴이 수염으로 가득했고, 담배를 피울 때면 하나를 끝까지 피우고 곧장 다른 담배로 불을 옮겨 줄담배를 피웠다. 허삼관의 집에서 30분 정도 앉아 있는 동안에도 담배를 네 개비나 피우고 땅에 비벼 끈 다음 이제 가야겠다며 일어섰다. 낮에는 다른 집에서 점심 약속이 있으니, 저녁에 다시 와서 함께 밥을 먹겠다면서 말이다.

이락이네 생산대장이 나간 뒤 허옥란은 문간에 서서 눈물을 훔치며 중얼거렸다.

"월말이라 집에 2원밖에 없는데, 2원으로 어떻게 식사 대접을 하나? 식사 대접을 하려면 고기도 있어야 하고 생선도 있어야 하는데. 술과 담배도 사야 하고…… 2원 가지고는 기껏 고기 한 근하고 생선 반 마리밖에 못 사는데, 어떡하지? 아무리 재간 좋은 여자라도 쌀 없인 밥을 못 짓는데, 2원으로 어떻게 식사 대접을 하느냐구. 다른 사람도 아니고 이락이네 생산대장인데. 식사 대접이 시원찮아서 기분이 언짢아지기라도 하면 이락이가 당장 힘들어질 거 아냐. 하루빨리 돌아오는 건 고사하고 거기서도 고생이 심해질 게 뻔한데…… 이락이네 생산대장이니 선물도 줘서 보내야 할 텐데, 달랑 2원으로 어찌해야 하나……"

허옥란은 울먹이며 방에 앉아 있는 허삼관에게 통사정을 했다.

"여보, 당신이 한 번 더 피를 파는 수밖에 없을 것 같아요."

허삼관은 앉은 채로 고개를 끄덕이며 허옥란에게 말했다.

"당신, 가서 우물물 한 통 떠와. 피 뽑기 전에 물을 마셔야지."

"컵에 물 있잖아요. 당신 컵 말예요."

"그 정도로는 어림없어. 아주 많이 마셔야 한다구."

"보온병 안에도 아직 있는데."

"보온병에 있는 물을 마시면 입을 데잖아. 떠 오라면 떠 오지, 웬 말이 그리 많아?"

허옥란은 "네" 하고 대답하고는 잽싸게 일어나 우물물 한 통을 길어 왔다. 허삼관은 그녀에게 물통을 탁자 위에 올려놓으라 하고 다시 사발 하나를 가져오게 했다. 그러고는 통 속의 물을 한 사발씩 마시기 시작했다. 다섯 사발째 들이켤 때 허옥란은 무슨 사고라도 생기지 않을까 내심 걱정스러워 허삼관을 말렸다.

"여보, 그만 마셔요. 이러다가 일 나겠어요."

허삼관은 허옥란을 거들떠보지도 않고 다시 두 사발을 더 마시고는 두 손으로 배를 감싸 안은 채 조심스레 일어섰다. 일어나서 두 걸음을 걷고는 잠시 멈춰 서 있다가 다시 천천히 걸어 문밖으로 나섰다.

허삼관은 병원에 도착해서 이 혈두에게 먼저 말을 건넸다.

"또 피를 팔러 왔습니다."

당시 이 혈두는 이미 예순을 훨씬 넘긴 나이라 백발이 성성한 데다가 등도 굽어 있었다. 그는 앉아서 담배를 피우며 연신 기침을 했다. 그러다 바닥에 가래를 뱉고는 헝겊으로 만든 신발로 비벼 없앴다. 이 혈두는 허삼관을 보고 넌지시 한마디 건넸다.

"자네, 그저께 오지 않았나?"

"한 달 전이지요."

이 혈두는 웃으며 겸연쩍게 둘러댔다.

"한 달 전에 왔으니까 기억을 하지. 내가 늙었다는 생각은 하지 말게. 기억력은 아주 좋으니까. 무슨 일이든, 큰일이든 작은 일이든 한두 번 봤거나 내가 알아야 하는 일이면 절대 잊지 않는다고."

허삼관은 슬쩍 미소를 지으며 고개를 끄덕였다.

"기억력이 아주 좋으시군요. 전 안 되거든요. 아무리 중요한 일이라도 자고 나면 깨끗이 잊는다니까요."

이 혈두는 이 말을 듣고 몸을 뒤로 편안히 눕히면서 허삼관의 말을 되받았다.

"자네가 나보다 젊지만 기억력은 나만 못하군."

"제가 어찌 감히 어르신에 비하겠습니까?"

"그건 그렇지. 내 기억력이야 자네보다 좋은 건 말할 것도 없고, 웬만한 2, 30대 젊은이들보다도 좋으니까 말이야."

허삼관은 이 혈두가 입이 찢어져라 웃는 모습을 보고는 이때다 싶어 물었다.

"피는 언제 뽑을까요?"

"안 돼."

이 혈두는 즉시 입가의 웃음을 거두며 단호히 말을 끊었다.

"이놈이 목숨 귀한 줄 모르고. 피를 한 번 팔았으면 석 달은 쉬어야 한단 말이야. 석 달이 지나야 다시 팔 수 있다고."

허삼관은 이 말을 듣고 어찌할 바를 몰라 멍하니 있다가 이 혈두에게 간청을 했다.

"급히 돈이 필요해서요. 우리 이락이네 생산대장이……."

이 혈두는 냉정하게 말을 가로막았다.

"여기 오는 사람들은 다 돈이 급하게 필요한 사람들이지."

"이렇게 부탁드립니다……."

이 혈두는 또다시 그의 말을 끊었다.

"나한테 빌 것 없네. 여기 오는 사람들은 모두 나한테 비니까."

"이렇게 빕니다. 이락이네 생산대장이 오늘 저희 집에서 저녁을 먹기로 했거든요. 그런데 집에 돈이 2원뿐이라……."

이 혈두는 손을 휘휘 내저으며 말했다.

"그만두라고. 자꾸 말해봐야 소용없어. 내가 자네 말을 들을 것 같나? 두 달 있다가 다시 오라구."

허삼관은 급기야 울음을 터뜨리고 말았다.

"두 달 있다가 다시 오라시면 우리 이락이는 꼼짝없이 당한다구요. 이락이는 평생 고생만 할 거라구요. 제가 이락이네 생산대장한테 잘못을 저지르면 우리 이락이는 어떡하냐구요?"

"이락이가 누군데?"

"제 아들입죠."

"음……."

이 혈두는 고개를 끄덕였다.

허삼관은 이 혈두의 안색이 부드러워지는 것을 보고는 눈물을 닦고 다시 애원했다.

"이번에만 팔게 해주시면, 이번 딱 한 번만 허락해주시면 앞으로는 절대 이런 일 없을 거라고 맹세하겠습니다."

"안 돼."

이 혈두가 고개를 절레절레 흔들었다.

"자네를 위해서야. 이러다 자네가 목숨을 잃기라도 하면 책임은 누가 지나?"

"제가 책임지겠습니다."

"자네 방귀나 책임져."

이 혈두가 말을 이었다.

"자네야 죽으면 그만이지만, 재수 없게 걸리는 건 나라고. 알겠어? 이게 바로 의료사고라는 거야. 위에서 조사 나온다고······."

그 순간 이 혈두는 허삼관이 양 다리를 심하게 떠는 걸 발견했다. 그는 허삼관의 다리를 가리키며 물었다.

"왜 그렇게 떠는 거야?"

"오줌이 급해서요. 못 참겠다구요."

이때 한 사람이 어깨에 빈 자루를 메고 한 손에 암탉 한 마리를 들고 들어왔다. 그는 들어오자마자 허삼관을 알아보고 아는 체를 했지만 허삼관은 그를 알아보지 못했다.

"나 못 알아보겠어요? 나 근룡이라구요."

허삼관은 그제야 생각이 난 듯 근룡이에게 인사를 건넸다.

"근룡이, 자네 어찌 이리 변했나. 어떻게 이렇게 변했냐구. 머리칼이 완전히 세었구만. 이제 갓 마흔이나 넘었을 텐데?"

"우리 시골 사람들은 힘든 일을 많이 하니까 훨씬 늙어 보이거든 요. 허씨 머리도 허옇게 세긴 마찬가진데요, 뭘. 형님도 많이 변하긴 했지만 그래도 한눈에 알아보겠네요."

그러고는 손에 들고 있던 암탉을 이 혈두에게 건네며 너스레를 떨었다.

"이건 진짜 씨암탉이라구요. 어제도 주먹만 한 알을 낳았답니다."

이 혈두가 눈이 다 안 보일 정도로 실실 웃으며 암탉을 받아 들고 말했다.

"아이고, 뭐 이런 것까지……. 이럴 필요까진 없는데……."

근룡이가 다시 허삼관에게 말을 걸었다.

"허씨도 피 팔러 왔나요? 거 참 공교롭네요. 여기서 다시 만나다니. 이게 십몇 년 만이에요?"

"근룡이, 자네가 나 대신 어르신께 부탁 좀 드려주게. 나 피 좀 팔게 해달라고 말일세"

이 말을 듣고 근룡이가 이 혈두를 돌아보았다.

"안 된다니까. 저 사람은 한 달 전에 다녀갔다구."

근룡이는 고개를 끄덕이며 허삼관에게 말했다.

"석 달에 한 번이에요. 한 번 피를 팔면 최소한 석 달은 쉬어야 한다구요."

"근룡이, 이렇게 부탁하네. 나 대신 부탁 좀 드려줘. 급히 돈이 필요해서. 내 아들 녀석 때문에……."

근룡이는 허삼관의 말을 다 듣고 이 혈두에게 간청했다.

"제 얼굴을 봐서 딱 한 번만, 제발 이번 딱 한 번만 피를 팔게 해주세요. 네?"

이 혈두는 탁자를 힘껏 치며 대답했다.

"자네가 근룡이 얼굴을 팔아서 부탁하니 들어주겠네. 내 근룡이와 정이 제일 두터우니 말이야. 근룡이 부탁이라면 내 안 들어줄 수 없지……."

허삼관과 근룡이는 피를 판 후 누가 먼저랄 것도 없이 병원 변소에 가서 뱃속의 오줌을 남김없이 빼냈다. 그리고 승리반점에 가서 예의 그 창가 탁자에 앉아 돼지간볶음과 황주를 시켰다. 그런 다음 허삼관은 방씨의 소식을 물었다.

"방씨는 어떻게 지내지? 오늘은 왜 혼자 왔어?"

"방씨는 몸이 완전히 맛이 갔어요."

허삼관은 깜짝 놀라 물었다.

"어떻게 된 거야?"

"오줌보가 터졌어요. 우리가 피를 팔기 전에 물을 좀 많이 마시잖아요. 그날은 방씨 아저씨가 정말로 많이 마셨거든요. 그래서 오줌보가 터져버렸죠. 그때는 나도 피를 못 팔았어요. 병원에 닿기도 전에 방씨 아저씨가 갑자기 배가 아프다고 하잖아요. 내가 그랬죠. 배가 아프면 좀 쉬었다 가자고. 그래서 극장 계단에 앉아서 쉬려고 하는데, 글쎄 아저씨가 앉자마자 아프다고 소리를 지르는 거예요. 하도 놀라서 무슨 일이 일어났는지도 몰랐죠. 조금 있으니 방씨 아저씨가 기절을 하더라구요. 다행히 병원이 멀지 않아서 곧장 데려갔는데, 글쎄 오줌보가 터졌다지 뭐예요……."

"목숨은 건졌나?"

"겨우 건졌지요. 하지만 몸이 완전히 가서 이제는 피도 못 판다
구요."

그러고는 허삼관에게 물었다.

"허씨는 별일 없죠?"

허삼관은 고개를 가로저으며 대답했다.

"두 아들이 모두 시골로 내려가고 삼락이만 좀 괜찮은 편이지. 기
계 공장 노동자로 일하거든. 시골에서 일하는 아들들이 고생이 심
한 편이야. 성안에서 힘깨나 쓴다는 집안 자식들이야 시골 가서 얼
마 지내지도 않고 바로 돌아오지만, 우리네야 가진 게 뭐 있나. 근룡
이 자네도 알겠지만, 공장에서 누에고치나 나르는 놈이 있으면 얼마
나 있겠냐구. 아들 보는 게 유일한 낙이지. 개들이 팔자를 좋게 타고
났거나 좋은 인연이 있거나 생산대장하고 관계가 좋으면 빨리 돌아
오겠지만……."

"아니, 애당초 아들들을 우리 생산대로 보내지 그랬어요? 방씨 아
저씨가 생산대장 아니냐구요. 몸이 그렇게 망가졌어도 지금까지 생
산대장 노릇을 하고 있는데. 허씨네 두 아들이 우리 생산대에 있었
다면 우리가 돌봐줄 수도 있고, 집 근처로 재배치할 수도 있었을 텐
데. 당연히 먼저 보내지……. 암 그렇고말고요."

근룡이가 말하다 말고 갑자기 손으로 머리를 쓰다듬었다.

"왜 갑자기 어지럽지?"

"맞아."

허삼관은 근룡이의 말에 눈을 동그랗게 뜨며 아쉬움을 드러냈다.

"왜 처음에 그 생각을 못 했을까……."

그때 근룡이의 머리가 탁자 위로 고꾸라졌다.

"이봐 근룡이, 별일 없나?"

"괜찮아요. 그저 좀 어지러울 뿐이에요."

허삼관은 다시 애들 일을 생각하며 한숨을 내쉬었다.

"왜 그 생각을 못 했지. 지금 생각해봐야 늦은 거구……."

그는 근룡이의 눈이 감기는 걸 보면서도 말을 이었다.

"사실 처음에 그 생각을 했더라도 특별한 수가 있었을지는 모르는 일이지. 애들이 어느 부대로 갈지 우리는 알 수 없었잖아……."

근룡이가 아무런 반응을 보이지 않자 그는 그제야 그를 흔들며 이름을 불렀다.

"어이, 근룡이, 근룡이."

그래도 아무런 반응을 보이지 않자 허삼관은 깜짝 놀라 주위를 돌아봤다. 반점은 이미 사람들로 가득 차 시끌벅적했고, 식당 안의 공기는 담배 연기와 음식에서 나오는 열기로 희뿌옇게 변해 있었다. 그 사이로 점원 둘이 접시를 든 채 사람들 사이를 비집고 나왔다. 근룡이를 다시 흔들어도 여전히 반응이 없자 허삼관은 급히 소리쳐 그들을 불렀다.

"자네들 빨리 와봐. 근룡이가 죽은 것 같다구."

사람이 죽었다는 소리가 들리자 반점 안이 일순간 조용해졌다. 허삼관의 말이 떨어지기가 무섭게 두 점원이 사람들을 제치고 와서, 한 사람은 근룡이의 어깨를 흔들고 다른 한 사람은 얼굴을 문질렀다. 얼굴을 문지르던 점원이 소리쳤다.

"아직 죽진 않았어. 얼굴에 온기가 남아 있다고."

다른 점원이 근룡이의 얼굴을 들어 올리고 유심히 살펴보더니 주위로 몰려드는 사람들을 향해 소리쳤다.

"곧 죽을 것 같아."

허삼관이 물었다.

"어떻게 해야 하지?"

누군가 대답했다.

"빨리 병원에 데려가야지."

근룡이를 병원에 데려갔더니 의사가 뇌일혈이라고 말했다. 사람들이 뇌일혈이 뭐냐고 묻자 의사는 뇌 속의 혈관이 하나 터진 거라고 알려줬다. 옆에 있던 다른 의사가 덧붙여 설명했다.

"저 사람 상태를 보니, 하나만 터진 것 같지는 않은데."

허삼관은 병원 복도 의자에 세 시간이나 앉아서 근룡이의 부인 계화가 오기를 기다리다가, 그녀가 나타나자 자리에서 일어났다. 그는 20여 년 만에 계화를 처음 봤다. 눈앞의 계화는 예전의 모습이라고는 찾아볼 수 없을 만큼 변해 있었다. 남자처럼 떡 벌어진 체구에 세월의 흔적이 완연한 얼굴이었다. 무릎까지 걸어 올린 바지가 온통 진흙 범벅이라, 집에 들를 틈도 없이 밭에서 병원으로 곧장 달려왔다는 걸 한눈에 알아볼 수 있었다. 그녀의 눈은 벌써 벌겋게 충혈되어 있었다. 그 모습을 보고 허삼관은 그녀가 울면서 한걸음에 달려왔으리라 생각했다.

허삼관은 병원을 나와 집으로 향했다. 돌아가는 길 내내 마음이 조마조마하고, 몸은 100근이 넘는 쌀을 진 것처럼 무거웠다. 그리고 마치 먼 길을 걸어온 듯 다리까지 덜덜 떨렸다. 의사는 근룡이가 뇌일혈이라고 했지만 허삼관은 그렇게 생각하지 않았다. 그는 근룡이가 피 때문에 그렇게 된 거라 생각했다.

'의사는 근룡이가 피를 판 걸 몰라서 뇌일혈이라고 한 거야.'

허삼관이 집에 돌아오자 허옥란이 대뜸 소리를 질렀다.

"도대체 어디 갔다 오는 거예요? 날 말려 죽일 작정이에요? 이락이네 생산대장이 곧 들이닥칠 텐데 이제야 돌아오다니. 근데 피는 팔았어요?"

허삼관은 고개를 끄덕이며 입을 열었다.

"응. 그런데 근룡이가 죽게 생겼어."

허옥란은 손을 내밀며 재차 물었다.

"돈은요?"

허삼관이 건네준 돈을 세어보고 나서야 허옥란은 허삼관이 한 이야기가 생각났다.

"누가 죽는다구요?"

"근룡이."

허삼관은 의자에 걸터앉아 맥없이 중얼거렸다.

"나랑 같이 피를 팔던 근룡이. 우리 할아버지 마을에 사는 근룡이 말이야……."

허옥란은 근룡이가 누군지도 몰랐고, 왜 죽게 됐는지도 몰랐다. 그녀는 돈을 옷 안주머니에 넣고는 허삼관의 말을 다 듣지도 않고 집을 나섰다. 그리고 고기와 생선, 담배와 술을 사러 갔다.

허삼관은 혼자 집에 남아 의자에 잠시 앉았다가 피로를 느끼고 침대에 누웠다. '가만히 앉아 있어도 이렇게 피곤한 걸 보면 나도 곧 죽는 게 아닐까?' 하는 생각이 들었다.

그러자 갑자기 가슴이 답답하고 머리까지 어지러웠다. 생각해보니 근룡이도 처음에 이랬다. 어지럽다고 하더니 머리가 탁자로 고꾸라졌고, 나중에는 사람들이 불러도 아무 대답이 없었다. 그런 생각을 하며 침대에 누워 있으니, 물건들을 사 가지고 돌아온 허옥란이 말했다.

"당신은 그냥 누워 있어요. 피를 팔았으니 몸이 약해졌을 거예요. 그냥 누워 있다가 이락이네 생산대장이 오면 일어나세요."

저녁이 되자 이락이네 생산대장이 왔다. 그는 탁자 가득 차린 음식을 보고는 사양하는 듯 말했다.

"이렇게나 많이 차리시다니, 상이 모자랄 지경이네요. 이렇게까지 하실 필요는 없는데. 게다가 이렇게 좋은 술까지……."

그러고는 허삼관을 잠시 쳐다보더니 말을 건넸다.

"어째 마르신 것 같습니다. 아침에 봤을 때보다 수척해진 것 같아요."

허삼관은 이 말을 듣고 가슴이 철렁 내려앉았다. 그러나 내색은 하지 않고 억지웃음을 지으며 말을 받았다.

"그래요. 좀 말랐지요. 대장님, 여기 앉으시죠."

"반년이나 1년 만에 삐쩍 마르는 건 자주 봤지만, 하루 사이에 이렇게 되는 건 처음 봅니다."

이락이네 생산대장은 의자에 앉다가 탁자에 담배 한 보루가 놓여 있는 걸 발견하고 들뜬 목소리로 너스레를 떨었다.

"아니, 담배까지 사셨습니까? 밥 한 끼 먹으면서 이렇게 많은 담배를 어떻게 다 피운다고……."

이번에는 허옥란이 말을 받았다.

"대장님, 그건 저희가 드리는 겁니다. 다 못 피우시면 그냥 가져가세요."

이락이네 생산대장이 흐뭇한 표정으로 고개를 끄덕이며 탁자 위의 술병을 집어 들었다. 그리고 오른손으로 뚜껑을 열고 자기 잔을 먼저 가득 채운 뒤 허삼관의 잔도 채우려 했다. 그러자 허삼관이 황급히 자기 술잔을 낚아채며 말했다.

"저는 술 못합니다."

"술을 못하시더라도 옆에서 장단은 맞춰주셔야죠. 전 혼자 마시는 건 싫단 말입니다. 술은 같이 마셔야 맛이 난다니까요."

"여보, 대장님이랑 두 잔만 마셔요."

허삼관은 하는 수 없이 잔을 내밀었고, 이락이네 생산대장은 술을 가득 따라주고는 허삼관에게 건배를 청했다.

"단번에 터는 겁니다."

"조금씩 들지요."

"안 됩니다. 전부 마셔야 합니다. 정이 두터우면 단번에 털어 넣고, 얕으면 홀짝홀짝 마시게 된다 이겁니다."

허삼관이 어쩔 수 없이 술을 한입에 털어 넣었더니 온몸이 후끈거리는 게 마치 뱃속에 성냥불을 그은 것처럼 열이 났다. 몸이 달아오르자 힘이 조금 회복되는 듯한 느낌이 들더니 마음까지 조금씩 가벼워지는 것 같아 얼른 고기 한 점을 입에 넣고 씹기 시작했다. 때맞춰 허옥란이 이락이네 생산대장에게 아부를 늘어놓았다.

"대장님, 이락이가 집에 들를 때마다 대장님 얘기를 곧잘 합니다. 사람 좋고 선량하시다구요. 성품이 워낙 좋아서 쉽게 가까워질 수 있고, 늘 잘 돌봐주신다고…….'

허삼관은 이락이가 올 때마다 입만 열면 대장 욕을 하던 모습이 생각났지만, 속으로 삭이고 입으로는 딴소리를 했다.

"이락이가 그러는데 대장님께서 일하시는 방식이 마음에서 우러나와 따르게 한다고…….'

이락이네 생산대장이 대뜸 허삼관을 가리키며 맞장구를 쳤다.

"맞습니다. 바로 그겁니다."

그러고는 다시 잔을 들며 외쳤다.

"건배."

허삼관은 이번에도 잔을 비웠고, 이락이네 생산대장은 입술을 훔치며 자기 공치사를 늘어놓았다.

"제가 말입니다. 절대 허풍떠는 게 아닙니다. 내 주위에 나보다 공

266

명정대한 대장 있으면 나와 보라고 하십시오. 난 일을 처리할 때 분명한 원칙이 있습니다. 공명정대하게! 어떤 일이든 내 손에만 들어오면 공정하게 처리된다 이 말씀⋯⋯."

허삼관은 머리가 어지러워지면서 근룡이 생각이 났다.

'근룡이가 병원에 누워 있는데⋯⋯ 병이 위중한데⋯⋯ 얼마 버티지 못할 것 같다고 하던데⋯⋯.'

생각이 여기에 미치자 허삼관은 자기도 빨리 병원에 가서 누워야 할 것 같았다. 머리가 점점 더 어지러워지고, 눈도 침침해지면서, 심장도 마구 뛰기 시작했다. 이어서 다리가 떨려오더니 잠시 후에는 어깨까지 들썩일 정도로 떨림이 심해졌다.

이락이네 생산대장이 허삼관을 보며 물었다.

"왜 그렇게 떠십니까?"

"추워서요. 한기가 느껴지네요."

"술을 많이 마시면 더워질 겁니다."

이락이네 생산대장은 이렇게 말하고 술잔을 들며 외쳤다.

"건배."

허삼관은 고개를 절레절레 흔들었다.

"전 더 이상 못 마시겠습니다⋯⋯."

그러면서 속으로 중얼거렸다.

'여기서 더 마시면 완전히 골로 가는 거다.'

이락이네 생산대장은 허삼관의 손에 억지로 잔을 쥐어주었다.

"한입에 들이부어요!"

허삼관이 고개를 저었다.

"정말 못 마십니다. 지금 몸이 좋지 않아서요. 머리가 어지러운 게 혈관이 터져버릴 것 같다구요……."

이락이네 생산대장은 탁자를 부서져라 내리치며 호통을 쳤다.

"두려움을 없애려고 술을 마시는 건데, 마시다 죽는 한이 있어도 마셔야지. 몸은 상하더라도 감정은 상하면 안 된다 이 말씀입니다. 형씨와 나 사이에 정이 두터운지 아닌지 어디 한번 봅시다."

허옥란도 끼어들었다.

"여보, 한입에 털어 넣어요. 대장님 말씀이 옳다구요. 몸은 상해도 감정은 상하면 안 되잖아요."

허삼관은 허옥란이 그 다음 말을 안 해도 이락이 때문이란 걸 잘 알았다. 그 역시 이락이를 위해서라면, 이락이를 조금이라도 빨리 돌아오게 할 수 있다면 이 잔을 비워야 한다고 생각했다.

술을 세 잔째 털어 넣은 다음부터는 뱃속이 부글부글 끓어오르면서 먹은 술이 거꾸로 넘어올 것 같았다. 그는 재빨리 문가로 뛰어가 웩웩거리며 토를 했다. 허리에 경련까지 일어나는 바람에 몸을 일으켜 세울 수조차 없어 그대로 쪼그리고 있었다. 잠시 후 그는 천천히 일어나 입을 닦고, 눈물이 그렁그렁한 얼굴로 자리에 돌아와 앉았다.

이락이네 생산대장은 허삼관이 돌아오자 다시 잔을 가득 채우며 소리 질렀다.

"자, 또 한 잔 들어요! 몸은 상해도 감정은 상하면 안 되니까. 자,

다시 한 잔 듭시다."

허삼관은 속으로 '이락이를 위해서, 이락이를 위해서라면 마시다 죽는 한이 있어도 마셔야지'라고 생각했다. 그래서 술잔을 받아 들고 한입에 털어 넣었다. 이 모습을 본 허옥란은 그제야 슬슬 겁이 나기 시작했다.

"여보, 그만 마셔요. 무슨 일 나겠어요."

이락이네 생산대장이 손을 내저으며 말을 가로막았다.

"아무 일도 없을 겁니다."

그는 또다시 잔 가득히 술을 따랐다.

"내가 많이 마실 때는…… 배갈 두 근까지 마셔봤지요. 한 근을 마시고 나니까 더는 못 마시겠더라구요. 그래서 목구멍에 손가락을 넣어서 뱃속에 있던 술까지 싹 토해낸 다음, 다시 한 근을 마셨습니다."

이렇게 말하며 그는 술병이 빈 걸 보고는 허옥란에게 말했다.

"가서 한 병 더 사오시죠."

그날 밤, 이락이네 생산대장은 완전히 취할 때까지 마시고서야 술잔을 내려놓았다. 그러더니 비틀거리며 일어나 문가로 걸어가서는 꾸부정한 자세로 오줌을 누었다. 그런 다음 천천히 몸을 돌려 허삼관과 허옥란을 잠시 바라보더니 입을 열었다.

"오늘은 그만 마시지요. 다음에 또 마시러 오겠습니다."

이락이네 생산대장이 돌아간 후, 허옥란은 허삼관을 부축해 침대에 눕히고는 신발과 옷을 벗기고 이불을 덮어주었다. 그렇게 그가 편안히 쉬도록 해준 뒤에야 탁자를 치웠다. 허삼관은 침대에 누워 눈을 감은 채 한참 동안 딸꾹질을 하더니 코를 골며 잠이 들었다. 그리고 날이 훤히 밝을 무렵에야 깨어났는데, 온몸이 쑤시고 아팠다. 일어나보니 허옥란은 꽈배기를 튀기러 나가고, 집 안에는 아무도 없었다. 허삼관은 침대에서 내려오자 머리가 깨질 듯이 아팠다. 잠시 후 탁자 옆에 앉아 물을 마시며 근룡이를 떠올렸다.

'근룡이는 어찌 되었을까?'

그래서 병원에 가보기로 했다. 병원에 도착해보니 어제 근룡이가 누워 있던 병상이 텅 비어 있었다. 허삼관은 근룡이가 그렇게 빨리 퇴원했을 리가 없다는 생각이 들어 다른 병상에 누워 있는 환자들에게 물어보았다.

"근룡이는요?"

"근룡이가 누구요?"

"어제 뇌일혈로 입원한 친구 말입니다."

"죽었수."

'근룡이가 죽었다고?'

허삼관은 입을 다물지 못한 채 근룡이가 누워 있던 빈 병상을 바라보았다. 흰 침대보도 이미 걷어가 병상에는 삼베로 짠 요만 덜렁 놓여 있었다. 그 요에는 한 방울의 핏자국이 남아 있었다. 핏자국을 한참 바라보던 허삼관의 낯빛이 점차 어두워졌다.

허삼관은 병원 밖으로 나와 벽돌 한 장을 깔고 앉았다. 겨울바람이 뼛속 깊이 파고들었다. 그는 두 손을 겨드랑이에 끼고 목을 옷깃 안으로 잔뜩 움츠린 채 근룡이를 생각했다. 그리고 방씨와 함께 처음으로 피를 팔러 왔던 일을 떠올렸다. 피를 팔기 전에는 반드시 물을 마셔야 하고, 피를 팔고 나서는 반드시 돼지간볶음에 황주 두 냥을 마셔야 한다고 가르쳐준……. 허삼관은 그 자리에 주저 앉아 울기 시작했다.

27

시골로 돌아온 일락이는 온몸에서 하루가 다르게 힘이 빠져나가는 걸 느꼈다. 나중에는 팔을 들어 올리는 데도 가쁜 숨을 몰아쉴 정도로 악화되었다. 게다가 덮을 수 있는 걸 죄다 덮어도 한기가 가시지 않아, 솜저고리를 입고 그 위에 솜이불까지 덮고 잠을 잤다. 이렇게까지 하고 잠을 자도 아침에 일어나면 두 발이 꽁꽁 얼어붙은 듯한 느낌이었다. 이런 날이 두 달이나 지속되더니, 급기야 자리에서 일어날 수조차 없게 되었다. 며칠 동안 거의 혼수상태로 있으면서 먹은 거라곤 차가운 밥 몇 그릇과 찬물 몇 모금뿐이었다. 일락이는 결국 말소리도 들리지 않을 정도로 허약해졌다.

그즈음에 이락이가 찾아왔다. 이락이는 오후에 자신의 생산대를 떠나 세 시간을 걸어서 일락이네 부대에 도착했다. 날은 이미 어두워졌다. 이락이는 일락이 숙소 문 앞에서 형의 이름을 부르며 문을 두드렸다. 일락이는 겨우 소리를 들었지만 일어나려 해도 힘이 없어 일어날 수가 없었고, 대답하려 해도 소리가 입 밖으로 나오지 않았다.

이락이는 밖에서 한참을 서 있다가 문틈으로 방 안을 들여다보았다. 일락이 형이 문을 향해 무슨 말인가를 하면서 어두컴컴한 침대에 누워 있었다. 이락이는 다시 형을 부르기 시작했다.

"형, 빨리 문 좀 열어. 눈이 온다구. 서북풍이 심하게 불어서 눈이 목도리 안쪽까지 들어온단 말이야. 얼어죽겠다구. 빨리 문 좀 열어줘. 난 줄 알면서……. 날 봤잖아. 뭐라구? 안 들려. 눈은 떴으면서 왜 안 일어나는 거야. 날 갖고 노는 거야? 얼어죽겠어. 이런 제기랄, 장난하지 마. 발이 꽁꽁 얼어붙었단 말이야. 내 발 구르는 소리 안 들려? 형 빨리 문 안 열어? 에이 씨팔……."

이락이가 이렇게 밖에서 소리를 지르는 동안, 날이 완전히 어두워져 방 안의 일락이 모습이 어둠에 묻혔다. 일락이는 여전히 침대에서 꼼짝도 못 하고 누워 있었다.

이락이는 갑자기 무서워지기 시작했다. 일락이 형한테 무슨 일이 생긴 게 아닐까? 혹시 농약을 먹고 자살한 게 아닐까? 자살에 생각이 미치자 가만히 있을 수가 없었다. 그는 발로 문을 차 부수고 방 안으로 들어가 누워 있는 형의 얼굴을 만져보았다. 순간 그는 소스라치게 놀랐다. 얼굴이 펄펄 끓는 게 족히 40도는 될 것 같았다. 이때 일락이가 아주 작은 소리로 입을 열었다.

"나 아파."

이락이는 이불을 걷어내고 일락이 형을 일으켰다.

"내가 집에 데려가줄게. 밤배를 타면 될 거야."

이락이는 형의 병이 심상치 않다 느끼고 서둘러 형을 등에 업고 나루터로 향했다. 가장 가까운 나루터도 일락이네 부대에서 10리 이상이나 떨어져 있었다. 이락이는 일락이를 업고 눈보라를 헤치며 한 시간을 걸어서야 겨우 나루터에 도착했다. 선착장에는 어둠이 짙게 내려앉아 있었다. 이락이는 쌓인 눈이 발하는 희미한 빛에 의지해 길 한가운데 있는 정자를 발견했다. 길은 정자를 가로질러 나 있었고, 그 오른편에는 강으로 가는 돌계단이 놓여 있었다.

정자는 선착장에서 배를 기다리는 사람들이 비나 눈, 또는 한여름의 뙤약볕을 피할 수 있게 지어놓은 것이었다. 이락이는 정자에 들어서자마자 우선 형을 시멘트로 된 의자에 앉혔는데, 그제야 형의 머리와 등이 전부 눈으로 덮여 있는 걸 발견했다. 이락이는 손으로 형의 등에 쌓인 눈을 말끔히 털어낸 다음, 이어서 머리에 쌓인 눈도 털어냈다. 형의 머리는 이미 다 젖었고, 심지어 목까지 다 축축했다. 일락이가 온몸이 흔들릴 정도로 심하게 떨면서 말했다.

"이락아, 나 추워."

이락이는 일락이를 업고 오느라 온몸이 땀범벅이었다. 그래서 일락이에게 자신의 솜저고리를 벗어 덮어줬지만, 일락이는 여전히 떨고 있었다.

"형, 배는 언제 오는 거야?"

일락이의 대답은 거의 알아들을 수 없을 정도로 작았다. 그래서 이락이는 일락이의 입에 귀를 바싹 대고서야 "열 시"라고 대답하는 소리를 들었다. 이락이 생각에 지금은 늦어봐야 일곱 시 정도밖에 안 됐을 테니, 배가 올 때까지는 세 시간 정도가 남았다. 정자 안에도 눈보라가 들이치기는 하지만, 그래도 형이 얼어 죽는 건 피할 수 있을 것 같았다. 이락이는 형을 일단 땅에 앉혔다. 이렇게 하면 눈보라를 다소나마 피할 수 있었기 때문이다. 그리고 자신의 솜저고리로 형의 몸과 머리를 감싸주면서 말했다.

"이렇게 앉아 있어. 내가 가서 이불 좀 가져올게."

이락이는 곧장 일락이의 부대로 달려갔다. 죽을힘을 다해 달렸다. 한시도 지체할 수 없었다. 조급한 마음에 몇 번이나 넘어져, 오른쪽 팔과 왼쪽 엉덩이뼈가 점점 아파왔다. 일락이 형 방에 도착해서 몇 차례 숨을 고르고는 곧장 이불을 감싸 안고 다시 달려 나갔다.

정자에 돌아와 보니 형의 모습이 보이지 않았다. 깜짝 놀란 이락이는 큰 소리로 형을 찾았다.

"형, 일락이 형……."

그렇게 한참을 부르다가 언뜻 옆을 봤는데 시커먼 무엇인가가 눈에 띄었다. 무릎을 굽혀 살펴보니 바로 형이었다. 형은 솜저고리 끝으로 가슴께만 살짝 가린 채 바닥에 누워 있었다. 이락이가 재빨리 형을 일으켜 세우고 이름을 불렀지만 아무런 반응이 없었다. 순간 가슴이 철렁 내려앉아 황급히 손으로 형의 얼굴을 문질렀다. 일락이의 얼굴이나 이락이의 손이나 모두 얼음같이 차가웠다.

"형, 일락이 형, 죽은 거야?"

그 순간 일락이의 머리가 살짝 움직였다. 이락이는 형이 죽지 않았다는 걸 확인하자 웃음이 났다.

"이런 시팔, 왜 이렇게 놀라게 하는 거야……. 이불 가져왔으니까 이젠 춥지 않을 거야."

이락이는 솜이불로 형을 감싼 다음, 자기도 바닥에 앉아 시멘트 의자에 등을 기댄 채 형을 꼭 껴안았다.

"형, 이제 안 춥지?"

잠시 후 이락이도 기진맥진해 의자에 머리를 기댔고, 형을 감싸 안았던 두 팔의 힘을 살며시 풀어 아래로 축 늘어뜨렸다. 그의 몸에 기대어 있는 형의 몸이 마치 바윗덩어리 같았다. 그는 지친 두 팔을 늘어뜨려 잠시 쉬게 한 뒤, 다시 두 손으로 땅을 짚어 몸의 부담을 덜었다.

뛰어다니며 흘린 땀이 옷으로 스며들어 얼음처럼 차가워졌고, 서북풍이 매섭게 파고들어 이락이는 언 몸을 바들바들 떨었다. 머리칼에서 물방울이 떨어져 만져보니 머리 위에 쌓인 눈이 녹은 것이었다. 옷에 쌓였던 눈도 완전히 녹았다. 그렇게 땀과 눈이 서로 스며들어 이락이의 옷은 완전히 젖고 말았다.

배는 열 시가 넘어서야 도착했다. 이락이가 형을 업고 배에 올라 타 보니 승객은 얼마 없었다. 이락이는 형을 선미 부분으로 데려갔다. 그곳에는 널빤지 하나를 사이에 두고 엔진이 놓여 있어서 기대어 있으면 온기가 느껴졌다. 이락이는 형을 의자에 앉히고 자신은 널빤지에 기댔다.

배가 성에 도착했을 때는 아직 동이 트기 전이었는데, 성안에도 눈이 내렸는지 거리에는 이미 눈이 두껍게 쌓여 있었다. 이락이는 형을 등에 업고 그 위를 솜이불로 덮었다. 그러고 나니 마치 삼륜차처럼 거대한 모습이 되었다. 눈 위에 꾸불꾸불 들쭉날쭉 새겨진 그의 발자국이 가로등 불빛을 받아 환하게 빛났다.

이락이가 일락이를 업고 집에 돌아왔을 때 허삼관과 허옥란은 깊은 잠에 빠져 있었다. 대문을 걷어차는 소리에 잠을 깨어 문을 열어 보니 거대한 눈덩이가 집 안으로 들어왔다.

일락이는 즉시 병원으로 옮겨졌고, 날이 밝자 의사는 일락이가 간염에 걸렸다고 했다. 게다가 이미 심각한 상태여서 이 병원에서는 고칠 수 없으니 가능한 한 빨리 상하이에 있는 큰 병원으로 옮겨야 한다고 말했다. 그리고 시간을 더 지체하면 생명이 위태로워질 수 있다는 말을 덧붙였다.

의사의 말이 끝나자마자 허옥란이 울음을 터뜨렸다. 그녀는 병실 밖 의자에 앉아 허삼관의 소매를 붙들고 푸념을 늘어놓았다.

"일락이가 이렇게까지 된 건 다 우리 때문이에요. 지난번에 왔을 때 이미 병이 난 거였는데, 우리가 생각 없이 너무 심하게 했다구요. 그때 그렇게 급히 보내는 게 아니었는데. 병이 든지도 모르고……. 좀더 일찍 알았더라면 이렇게까지 병을 키우진 않았을 텐데. 이젠 상하이로 데려가야 한다니…… 상하이로 가지 않으면 일락이가 죽는다니……. 그 많은 돈은 또 어떻게 대나? 집안에 있는 돈으로는 구급차 비용도 될까 말까 한데……. 여보, 뭐라고 말 좀 해봐요. 네?"

"울지 마. 운다고 일락이 병이 좋아지나? 돈이 없으니 생각을 좀 해보자구. 돈은 꿔야지, 뭐. 아는 사람들 전부한테 돈을 꿔야겠어. 그러면 어느 정도는 마련할 수 있겠지."

허삼관은 우선 공장으로 삼락이를 찾아가 돈이 얼마나 있냐고 물었다. 삼락이가 나흘 전에 월급을 받아서 아직 12원이 있다고 하자, 허삼관이 그중 10원을 가져오라고 했다. 그러자 삼락이가 고개를 절레절레 저었다.

"아버지한테 10원을 드리면 저는 다음 월급날까지 어떻게 살라구요?"

"바람 먹고 살려무나."

삼락이가 피식피식 웃자 허삼관이 버럭 소리를 질렀다.

"웃지 마, 이 자식아. 너희 형 일락이가 곧 죽게 생겼는데 웃음이 나오냐?"

이 말을 듣고 삼락이는 눈이 휘둥그레졌다.

"아버지, 그게 무슨 말씀이세요?"

허삼관은 그제야 삼락이에게 아무 말도 하지 않았다는 걸 깨닫고 서둘러 상황을 설명해주었다. 그러자 삼락이는 12원 전부를 아버지 손에 쥐어주었다.

"아버지, 이거 전부 갖고 먼저 병원으로 가세요. 전 휴가 신청하고 바로 뒤쫓아 갈게요."

허삼관은 삼락이에게 12원을 받아 나온 뒤 대장장이 방씨를 찾아가 대장간의 풍로 옆에 앉아 부탁을 했다.

"우리가 서로 알고 지낸 지도 벌써 20년이 넘었지? 이 20여 년 동안 내가 자네한테 부탁이라고는 한 번도 한 적이 없을 거야. 그런데 오늘은 자네한테 난생 처음으로 부탁을 하나 해야겠네."

방씨는 허삼관의 말을 듣고 주머니에서 10원을 꺼냈다.

"10원밖에 빌려줄 수가 없네. 이 돈으로는 턱없이 부족한 줄 알지만 이것밖에는 줄 수가 없구만."

허삼관은 방씨네 대장간을 나와서 오전에만 열한 집을 돌아 여덟 집에서 돈을 빌렸다. 그리고 점심때가 되어 하소용의 집에 도착했다. 하소용이 죽고 난 후 몇 년간 허삼관은 그의 부인을 거의 본 적이 없었다. 허삼관이 하소용의 집에 이르렀을 때 하소용의 부인과 그의 딸들은 점심을 먹고 있었다. 하소용의 부인은 남편이 죽고 몇 년 사이에 머리칼이 하얗게 세었다.

"일락이 병이 아주 위중합니다. 의사 말로는 바로 상하이의 큰 병원으로 데려가야 한다는데……. 늦으면 일락이가 죽을지도 모른다네요……. 집에 돈이 부족해서 그러니 돈을 좀 빌려줄 수 있을까 해서 말입니다……."

하소용의 부인은 허삼관을 잠시 쳐다보더니 아무 말 없이 다시 고개를 숙이고 밥을 먹었다. 허삼관은 그 자리에 한동안 서 있다가 다시 말을 붙였다.

"가능한 한 빨리 갚도록 하겠습니다. 필요하시다면 차용증서라도 쓸 테니……."

하소용의 부인은 또다시 허삼관을 쳐다보더니 이번에도 그냥 계속 밥을 먹었다. 이에 기죽지 않고 허삼관은 다시 한번 부탁을 했다.

"제가 예전에 못할 짓을 많이 했지요. 면목 없습니다. 일락이를 봐서라도…… 어쨌든 일락이는……."

이때 하소용의 부인이 두 딸에게 일렀다.

"어쨌든 일락이는 너희한테 오빠가 되는 거고, 또 사람이 죽어가는 걸 못 본 척할 수야 없지 않겠니? 가진 돈이 얼마나 되느냐? 꺼내드려라."

그녀의 말에 두 딸이 일어나 돈을 가지러 위층으로 올라갔다. 그녀는 허삼관이 보는 앞에서 가슴팍에 손을 넣어 손수건을 꺼냈다. 반듯하게 접힌 손수건을 펼치니 5원짜리 한 장, 2원짜리 한 장, 그리고 동전들이 나왔다. 그녀는 오 원짜리와 이 원짜리만 내놓고 동전들은 다시 손수건으로 싼 다음, 가슴 속에 도로 집어넣었다. 이때 두 딸이 내려와 돈을 어머니 손에 쥐어주었다. 하소용의 부인은 딸들이 준 돈과 자기 돈을 합해 허삼관에게 건넸다.

"모두 17원이네요. 한번 세어보세요."

허삼관은 돈을 받아 세어본 다음 주머니에 넣고 하소용의 부인에게 말했다.

"오늘 오전에만 열세 집을 돌았지만 아주머니 댁에서 빌려준 돈이 제일 많습니다. 큰절이라도 올려야겠습니다."

허삼관은 그녀에게 허리를 굽혀 절을 하고 돌아섰다. 그렇게 오전에만 모두 63원을 빌려 허옥란에게 전해준 다음, 그녀에게 일락이와 먼저 구급차를 타고 상하이로 출발하라고 했다.

"이 정도로는 턱없이 부족하다는 거 알아. 난 계속 돈을 모을 테니까, 다른 일은 신경 쓰지 말고 당신은 그저 일락이만 잘 보살피라구. 난 돈이 충분히 모이면 바로 뒤따라갈 테니. 어서 가, 시간이 없잖아."

허옥란과 일락이가 떠난 오후에 이락이마저 병이 났다. 일락이를 업고 돌아오던 길에 감기가 심하게 걸려, 침대에 눕자마자 토할 것처럼 격렬하게 기침을 했다. 허삼관이 더럭 겁이 나서 이락이의 이마를 짚어보니 불덩이가 따로 없었다. 그래서 황급히 이락이를 병원으로 데려갔다. 의사는 이락이가 독감에 걸려 기관지에 염증이 생겼으나 아직 폐에까지 퍼지지는 않았으니 며칠만 치료하면 나을 거라고 말했다.

"이락이 형은 너한테 부탁한다. 며칠간은 공장에 출근하지 말고 집에서 이락이 형 좀 보살펴라. 형을 푹 쉬게 하고, 잘 먹여야 한다. 네가 밥을 지을 줄 모른다는 건 알지만, 내가 지금 너희한테 밥해줄 시간이 없으니 공장에서 밥을 타다 먹든지 해라. 자, 10원이다. 받아라. 아버지는 돈을 구하러 가야 한다."

그러고는 다시 이 혈두를 찾아갔다. 이 혈두는 허삼관이 웃음 띤 얼굴로 들어오자 그에게 물었다.

"자네, 또 피 팔러 왔는가?"

허삼관은 고개를 끄덕인 후 애원했다.

"저희 집 일락이가 간염에 걸려서 상하이로 갔습니다. 이락이도 병에 걸려 집에 누워 있고요. 안팎으로 다 돈이 필요해서……."

"집어치우라고."

이 혈두는 양손을 엇갈리게 휘저으며 도리질을 했다.

"절대 들어줄 수 없어."

이 혈두는 울상이 되어 서 있는 허삼관에게 설명했다.

"한 달도 못 돼서 또 피를 팔러 오다니, 자네 죽고 싶어 환장했나? 자네 정말로 죽을 작정이면 차라리 아무도 없는 곳에 가서 나무에 목을 매라고……."

"제발 근룡이 얼굴을 좀 봐서라도……."

"이런 니미럴, 근룡이가 살았을 때도 그 친구 얼굴을 봐서 부탁한다더니, 이제는 죽은 사람 얼굴까지 봐달라는 거야?"

"근룡이가 죽은 지 얼마 되지도 않았잖습니까? 그 친구 시신이 아직 식지도 않았을 텐데, 그 친구 얼굴을 봐서라도 딱 한 번만……."

이 혈두는 허삼관의 말을 듣고 헛웃음을 웃었다.

"이런 철면피 같으니라고. 자네 그 두꺼운 얼굴을 봐서 내 한 가지 방법을 일러주지. 여기서는 피를 팔아줄 수가 없고, 다른 곳을 찾아보게나. 다른 병원은 자네가 얼마 전에 피를 팔았다는 걸 모르니, 아마 피를 사줄 거야. 알겠나?"

이 혈두는 허삼관이 연신 고개를 끄덕이는 걸 보고 날카롭게 한마디 덧붙였다.

"자네 피 팔다 죽어도 나랑은 아무 상관없는 거야."

28

　허삼관은 이락이를 집으로 데려와 침대에 눕힌 다음 삼락이에게 간호를 맡기고는, 등에 보따리를 지고 주머니에는 2원 30전을 넣고 선착장으로 향했다.

　상하이에 가려면 중간에 린푸, 베이당, 시탕, 바이리, 통위안, 쑹린, 다차오, 안창면, 징안, 황뎬, 후터우차오, 산환둥, 치리바오, 황완, 류춘, 창닝, 신전을 거쳐야 했다. 그중에 린푸와 바이리, 쑹린, 황뎬, 치리바오, 창닝은 현 정부 소재지라 그는 그 도시들에 들러 피를 팔면서 상하이까지 갈 작정이었다.

　그날 오후 허삼관은 린푸에 도착해 그곳을 관통하는 작은 강을 따라 걸었다. 린푸의 집들은 강변에서부터 강물 가까이까지 줄지어 있었다. 허삼관은 솜저고리의 단추를 풀고 따뜻하게 내리쬐는 겨울 햇살을 가슴으로 받으며 걸었다. 세월에 타버린 그의 가슴이 한겨울 찬바람에 붉게 물들었다.

그는 강변에 앉아 잠시 쉬기로 했다. 그가 앉아 있는 돌계단 주변을 제외하고 강변의 양쪽에는 배들이 꽉 들어차 있었다. 린푸에도 얼마 전에 큰 눈이 내렸는지, 허삼관이 앉아 있는 계단 틈에는 눈이 녹지 않고 남아 햇볕에 반짝거렸다. 강변 쪽에 늘어선 집들을 창을 통해 들여다보니 사람들이 점심을 먹고 있었다. 그 열기 탓에 창문 유리에는 희미한 김이 서렸다.

허삼관은 보따리에서 사발을 꺼내 수면을 한쪽으로 밀어낸 뒤, 강물 아래쪽에서 물을 한 사발 떴다. 사발 안에 담긴 린푸의 강물은 녹색 빛을 띠었다. 한 모금 마시자 얼음같이 차가운 물이 뱃속으로 흘러들어 몸이 부들부들 떨렸다. 그는 손으로 입을 한 번 쓱 닦고는 고개를 들어 물을 한입에 털어 마신 다음, 자꾸 떨리는 몸을 두 손으로 꼭 감싸 안았다. 잠시 후 뱃속이 좀 따뜻해지자 다시 한 사발을 떠서 단숨에 마시고는 또 한 번 온몸을 감싼 채 떨었다.

그 모습을 본 린푸 사람들이 허삼관에게 주의를 기울이기 시작했다. 그들은 창문으로 고개를 내밀고 오십 가까이 된 듯한 이 남자에게, 계단 맨 아래 앉아 얼음같이 차가운 강물을 한 사발씩 떠 마시고 몸을 부르르 떠는 이 남자에게 이것저것 캐물었다.

"당신 누구요? 어디서 온 사람이오? 이제껏 당신처럼 갈증을 푸는 사람은 처음이오. 왜 차가운 강물을 마시는 거요? 이런 엄동설한에 그러다가는 몸 상하겠소. 이리로 올라오시오. 우리 집에 와서 따뜻하게 끓인 물을 드시라구요. 찻잎도 있고 하니 따뜻한 차를 우려 드릴게요……."

허삼관이 고개를 들어 사람들에게 웃음 띤 얼굴로 대답했다.

"아닙니다. 번거롭게 해드리고 싶지 않습니다. 다들 좋은 분들인데, 불편을 끼치고 싶지 않습니다. 전 물을 많이 마셔야 하거든요. 그냥 여기 강물을 마시면 됩니다……."

"우리가 가진 거라곤 물밖에 없어요. 물 많이 마실까 봐 겁내지 않는다구요. 한 주전자로 모자라면 두 주전자, 세 주전자라도 드릴테니……."

허삼관은 사발을 들고 일어나 자기 집으로 오라는 사람들에게 정중하게 대답했다.

"차는 안 마시겠습니다. 그저 소금이나 조금 주십시오. 벌써 네 사발이나 마셨더니 좀 질리는군요. 소금을 먹으면 물을 더 마실 수 있을 것 같은데 말입니다."

사람들은 그 말을 듣고 이상하게 생각하며 물었다.

"소금은 왜 먹어요? 못 마시겠으면 안 마시면 그만이지……."

"갈증 때문에 마시는 게 아니거든요."

어떤 사람이 웃으면서 되물었다.

"갈증 나는 게 아니라면 무슨 물을 그렇게나 많이 마시는 거요? 그렇게나 차가운 강물을 말이오. 강물을 그렇게 많이 마셨다간 분명히 밤에 배탈이 날 텐데……."

"정말 다들 선량하시군요. 그럼 말씀드리지요. 제가 물을 마시는 건 피를 팔기 위해서……."

"피를 판다고? 피를 파는데 물은 왜 마시는 거요?"

"물을 마시면 피가 많아지거든요. 몸속에 피가 많아지면, 두 그릇은 너끈히 팔 수 있단 말입니다."

허삼관은 손에 든 사발을 털면서 이렇게 말하고는 웃어 보였다. 그러자 얼굴의 주름이 한곳에 모였다.

"그런데 왜 피를 파는 거요?"

"일락이가 병이 났는데 상태가 아주 중합니다. 간염이거든요. 이미 상하이의 큰 병원으로 보내서……."

"일락이가 누군데요?"

"제 아들입니다. 병이 위중해서 상하이의 큰 병원에서만 고칠 수 있답니다. 그런데 집안에 돈이 없으니 피를 파는 거지요. 상하이까지 가는 길에 이런 식으로 피를 팔면 도착할 때쯤에는 일락이 치료비는 모을 수 있을 겁니다."

허삼관은 이렇게 말하다가 그만 눈물을 흘리고 말았다. 눈물을 흘리면서도 사람들에게는 미소를 지어 보였다. 사람들은 모두 얼이 빠진 듯 멍한 표정으로 아무 말도 못한 채 허삼관의 말을 듣고 있었다. 허삼관은 사람들에게 손을 내밀어 정중하게 부탁을 했다.

"모두 좋은 분들인데, 소금 좀 주실 수 있겠습니까?"

모두 고개를 끄덕였다. 잠시 후 몇 사람이 그에게 소금을 줬는데 모두 종이에 싸여 있었다. 그 밖에 차를 세 주전자나 들고 나온 사람도 있었다.

"이렇게 많은 소금을 어떻게 다 먹겠습니까? 차야 소금 없이도 얼마든지 마실 수 있지만 말이죠."

"소금이야 지금 다 못 먹으면 다음에 피 팔 때 먹어도 되니까 가져가시고, 차는 지금 따뜻할 때 드시오."

허삼관은 고개를 끄덕여 보인 뒤, 소금을 주머니에 넣고 조금 전에 앉았던 계단으로 돌아가 강물을 반 사발쯤 뜬 다음 차를 섞어 단숨에 마셨다. 그리고 입을 닦으며 말했다.

"이 차는 향기가 정말 좋군요."

그러고는 세 사발을 연거푸 들이켰다.

"당신 정말 엄청나게 많이 마시는구려."

허삼관은 부끄러운 듯 웃어 보이며 자리에서 일어났다.

"어쩔 수 없이 마시는 거죠."

그는 계단에 놓인 주전자들을 보며 잠시 주춤거렸다.

"가봐야겠습니다. 그런데 이 주전자들 어떤 분들이 주신 건지 잘 모르겠네요. 누구한테 돌려드려야 할지 말입니다."

"그냥 가세요. 주전자는 우리가 알아서 가져갈 테니."

허삼관은 고개를 끄덕인 뒤, 길 양쪽의 창문으로 고개를 내민 사람들과 계단에 서 있는 사람들에게 허리 굽혀 절을 하고 정중하게 인사를 올렸다.

"저한테 이렇게 잘해주셨는데 보답할 길이 없으니, 절이라도 올립니다."

허삼관은 린푸의 병원에 도착했다. 수혈실은 진료실 복도 끝에 있었다. 이 혈두와 비슷한 연배로 보이는 남자가 한 팔을 탁자에 괴고,

문짝도 안 달린 변소에 눈길을 둔 채 앉아 있었다. 허삼관은 그의 흰색 가운이 이 혈두의 가운처럼 지저분한 걸 보고 말을 건넸다.

"당신이 이곳의 혈두라는 걸 알고 있습니다. 당신 가운의 가슴팍과 팔뚝 부분이 새까만 이유도 알지요. 가슴은 종일 탁자에 뭉개서 그런 거고, 팔뚝은 만날 탁자에 괴고 엎드려서 그런 거죠. 당신은 우리 동네 이 혈두랑 똑같아요. 가운의 엉덩이 부분이 새까만 이유도 안다구요. 의자에 만날 걸터앉으니까……."

허삼관은 피를 판 뒤 린푸의 한 반점에서 황주 두 냥을 곁들여 돼지간볶음 한 접시를 먹고 나와 거리를 걸었다. 한겨울의 바람이 얼굴을 때리며 목 깊숙이 파고들었다. 온몸에 한기가 느껴졌다. 그는 이것이 피를 팔았기 때문이란 걸, 즉 자기 몸속의 열기를 팔아버렸기 때문이란 걸 알고 있었다. 바람이 가슴을 타고 내려가 복부에 이르자 배에서 미세한 경련이 일었다. 그는 얼른 두 손으로 옷깃을 여미고 그 자세 그대로, 마치 자기 자신을 앞으로 끌고 가는 듯이 걸어갔다.

허삼관은 햇빛 가득한 린푸 거리를 오들오들 떨면서 걸었다. 다른 구역으로 접어들자 몇몇 젊은이들이 눈을 가늘게 뜬 채 담벼락에 기대어 햇볕을 쬐고 있었다. 그들은 양손을 소매 안에 넣고서 웃기도 하고 떠들기도 하고 소리도 질렀다. 그 앞에 잠시 서 있던 허삼관이 그들 사이를 비집고 들어가 그들처럼 벽에 기대어 섰다. 따뜻한 햇볕이 내리쬐자 사르르 눈이 감겼다. 젊은이들이 고개를 돌려 허삼관을 쳐다보자 허삼관이 그들을 향해 말문을 열었다.

"여기는 따뜻하구만. 바람도 불지 않고 말이오."

그들은 고개를 끄덕이며, 몸을 잔뜩 움츠린 채 벽에 기대어 양손으로 옷깃을 꼭 움켜쥔 허삼관을 보고는 자기들끼리 낮은 목소리로 속삭였다.

"저 사람 손 봤어? 옷깃을 단단히 잡고 있는 게 꼭 누가 끈으로 자기 목이라도 조를까 봐 악착같이 붙잡고 있는 것 같아. 그렇지?"

허삼관이 그들의 대화를 듣고 미소를 지었다.

"그저 찬바람을 피하러 들어온 거요."

허삼관은 한 손으로 자기 옷깃을 가리키면서 말을 이었다.

"여기는 자네들 집의 창문과 같은 곳이지. 겨울에는 창문을 다 걸어 잠그잖아. 겨울에 창을 열었다간 식구들이 얼어 죽기 십상이지."

이 말을 듣고 다들 껄껄껄 웃었다.

"아저씨처럼 추위를 타는 사람은 처음 봐요. 아저씨 이 부딪치는 소리가 여기서도 다 들린다구요. 게다가 아직까지 솜저고리를 입고……. 우리 보세요, 누가 솜저고리를 입었나. 옷깃도 다 열어젖혔잖아요."

"나도 아까는 단추를 풀고 있었지. 조금 전에 강가에서 차가운 강물을 여덟 사발이나 마시는 바람에……."

"열은 없나요?"

"열은 없어."

"열도 없는데 왜 헛소리를 하는 거예요?"

"난 헛소리한 적 없네."

"분명히 열이 있을 거예요. 지금 아주 춥죠?"

허삼관은 고개를 끄덕이며 대답했다.

"그렇다네."

"그게 바로 열이 있다는 증거죠. 열이 있으면 몸이 추워진다구요. 손으로 이마 한번 짚어 보세요. 분명히 뜨거울 거예요."

그들은 웃고 있었다.

"열은 없다니까. 그냥 추운 거라구. 내가 온몸에 한기를 느끼는 건 바로 피를 팔았기 때문에……."

그들이 말을 가로챘다.

"몸에 한기를 느끼는 건 열이 있다는 뜻이라구요. 어서 이마를 짚어보시라니까요."

그들은 여전히 실실 웃으며 허삼관을 재촉했다.

"빨리 짚어보시라니까요. 짚어보면 아시잖아요. 이마 한번 짚어보는 게 뭐 그리 힘든 일이라고 그러세요?"

허삼관은 그제야 손으로 자기 이마를 짚어봤다.

"되게 뜨겁죠?"

허삼관은 고개를 가로저었다.

"모르겠네. 이마나 손이나 다 차가워서."

"제가 한번 만져볼게요."

한 청년이 다가와 허삼관의 이마에 손을 얹었다.

"엄청 차가운데."

다른 청년 하나가 대꾸했다.

"네가 손을 계속 소매 안에 넣고 있다 보니 따뜻해져서 그래. 이마로 한번 비벼봐."

그 청년은 자기 이마를 허삼관의 이마에 바짝 붙였다가 몸을 돌려 자기 이마를 만져봤다.

"내가 열 있는 거 아냐? 내 머리가 아저씨 머리보다 훨씬 뜨거워."

그러고는 친구들에게 말했다.

"너희가 한번 해봐."

그들은 한 사람씩 차례로 허삼관의 이마에 자기 이마를 대보고는 그 청년의 말에 동의했다.

"네 말이 맞네. 열이 있는 건 우린데."

그들은 허삼관을 둘러싸고 큰 소리로 웃었다. 한참을 웃더니 한 사람이 휘파람을 불기 시작했고, 나머지도 따라 불었다. 그들은 그렇게 함께 휘파람을 불며 떠나갔다. 그들이 시야에서 멀어지고 휘파람 소리도 귓가에서 사라진 뒤 허삼관은 혼자 웃었다. 그러고는 담벼락 아래 벽돌을 깔고 앉아 쏟아지는 햇볕을 받았다. 그는 자신의 몸이 조금 전보다 약간 따뜻해진 걸 느꼈다. 그래서 옷깃을 여미고 있던 손을 살며시 풀었다. 그리고 꽁꽁 얼어붙은 두 손을 옷소매 안으로 집어넣었다.

허삼관은 린푸에서 배를 타고 베이당과 시탕을 거쳐 바이리에 도착했다. 집을 떠난 지 벌써 사흘째였다. 엊그제 린푸에서 피를 팔았고, 오늘은 바이리의 병원을 찾아가 피를 팔 생각이었다. 바이리에는 아직도 눈이 녹지 않아 강 양편의 길이 진흙탕처럼 질퍽거렸고, 찬바람이 얼굴을 때려 살갗은 처마 밑에 걸린 건어물처럼 메말라갔다. 허삼관은 솜저고리의 주머니에 사발을 넣은 채, 한 손으로 소금을 입에 털어 넣으며 길을 걸었다. 그러다 강변에 있는 계단에 이르러 강물을 두 사발 떠 마시고 또다시 소금을 먹으며 길을 걸었다.

그날 오후 허삼관은 바이리의 병원에서 피를 팔고 나와, 병원 맞은편 식당에 가서 돼지간볶음과 황주 두 냥을 먹으려 했지만 몸을 움직일 수가 없었다. 그는 두 손으로 자기 몸을 꼭 껴안은 채 길 한가운데서 그저 덜덜 떨고 있었다. 광풍에 떠는 마른 가지처럼 격렬하게 흔들리는 두 다리는 곧 부러질 것만 같았다. 이윽고 몸이 휘청하더니 허삼관은 그대로 땅바닥에 쓰러지고 말았다.

길가던 사람들이 그에게 무슨 병이 있느냐고 물었다. 그가 입을 부르르 떨면서 확실치 않은 말을 하자 사람들은 그를 병원에 보내야 한다고 입을 모았다.

"다행히 병원이 바로 건너편에 있으니까, 몇 걸음만 걸어가면 되잖아."

어떤 이가 그를 들쳐 업고 병원으로 가려 하자, 이번에는 그의 입이 분명하게 움직였다.

"시시시…… 싫습니다……. 안 갑니다……."

"병에 걸린 것 같은데. 보통 병이 아닌 것 같다구. 당신처럼 심하게 떠는 사람은 내 평생 처음이라구. 병원에 가야지, 무슨 소릴 하는 거요?"

"당신, 무슨 병을 앓고 있소? 급성이오, 만성이오? 급성이면 병원에 반드시 가야 하고……."

허삼관의 입이 무슨 말을 하려는 듯 일그러졌으나 도통 알아들을 수 없는 소리만 새어나왔다. 사람들은 자기들끼리 서로 묻고 답했다.

"저 사람 지금 뭐라 한 거요?"

"도통 알아들을 수가 없네. 뭐라 하든 그게 무슨 상관이오? 빨리 병원에나 데려갑시다."

바로 이때 허삼관의 입에서 정확한 한마디가 튀어나왔다.

"병이 아닙니다."

그 자리에 모인 사람들 모두가 이 한마디를 똑똑히 듣고 허삼관에게 물었다.

"병도 없는 사람이 왜 그렇게 사시나무 떨듯 떠는 거요?"

"그냥 추워서요."

"저 사람 춥다고 하는데, 혹시 학질이 아닐까? 만약 학질이면 병원에 가봤자 소용없지. 그냥 여관에 보냅시다. 말하는 걸 들어보니 다른 동네 사람 같은데……."

허삼관은 사람들이 자기를 여관에 보낸다는 말을 듣고는 입을 다물었다. 사람들은 그를 제일 가까운 여관에 데려가 침대에 눕힌 다음, 방에 있던 침대 이불 네 개를 모두 덮어줬다. 그래도 온몸의 경련은 멈추지 않았다. 시간이 조금 흐른 뒤 사람들이 그에게 물었다.

"몸은 좀 따뜻해졌수?"

허삼관이 고개를 저었다. 그의 몸 위로 이불이 네 장이나 덮여 있었기 때문에, 사람들은 그의 머리가 멀리 있는 것처럼 느껴졌다. 그들은 그가 고개를 가로젓는 걸 보고는 자기들끼리 의견을 주고받았다.

"이불을 네 장이나 덮고도 한기가 안 가셨다면 이건 분명 학질이야. 학질에 한번 걸리면 이불을 네 장이 아니라 열 장을 덮어도 소용없다고. 바깥 날씨가 추워서가 아니라 몸이 차서 그런 거니까, 지금 뭘 좀 먹으면 몸에 온기가 돌 텐데."

사람들이 말을 마치자 허삼관은 덮고 있던 이불을 조금 들썩이더니, 잠시 후 한 손을 이불 밖으로 꺼내 사람들에게 10전짜리 지폐 한 장을 보여주며 말했다.

"국수가 먹고 싶어요."

사람들은 국수를 한 그릇 사와 그가 먹을 수 있게 도와주었다. 허삼관은 국수 한 그릇을 비우고 나니 몸에 온기가 도는 것 같았고, 조금 뒤에는 말에도 생기가 붙었다. 그러자 이불이 네 장까지는 필요 없다고 말했다.

"두 장만 걷어주세요. 너무 무거워서 숨을 못 쉬겠네요."

그날 밤, 허삼관은 예순이 넘은 노인과 함께 지내게 되었다. 해질 무렵, 노인은 새끼 돼지 두 마리를 가슴에 안고 들어왔다. 그는 까무잡잡한 피부에 겨울바람에 갈라진 듯 군데군데 상처가 난 얼굴이었다. 노인이 새끼 돼지들을 침대에 내려놓자 녀석들은 날카로운 소리로 꽥꽥대기 시작했고, 다리를 끈으로 묶어놓았더니 침대 위에서 몸

부럼을 쳤다.

"자라 좀. 자라니까."

노인은 이렇게 말하며 돼지들을 이불로 덮어버렸다. 그리고 자신은 침대 반대쪽의 이불 속으로 파고들었다. 노인은 자리에 눕고 나서야 허삼관이 자기를 지켜보고 있다는 걸 알아채고 변명을 늘어놓았다.

"한밤중에는 너무 추워서 돼지들이 얼어 죽을까 봐 이불 속에 재우는 거유."

허삼관이 고개를 끄덕이자 노인은 실실 웃으며 자기는 베이당 시골에 사는데 시집 간 두 딸과 아들 셋, 그리고 손자도 둘이나 있다고 했다. 바이리에 온 건 돼지를 팔기 위해서라는 말도 덧붙였다.

"바이리가 시세가 좋지. 돈을 많이 벌 수 있다구."

그러면서 한마디 덧붙였다.

"난 올해 예순넷이우."

"그렇게 안 보이는데요. 예순넷에 그렇게 정정하세요?"

노인은 실실 웃으며 말을 받았다.

"눈과 귀 아직 다 괜찮소. 몸에도 이상이 없고. 근력이 젊었을 때보다 좀 떨어지는 것 빼고는 말이우. 아직도 매일 아들들하고 밭에 나가서 똑같이 일을 하지만, 근력이 예전 같지 않아서 좀 과로하면 허리가 아프긴 해……."

노인은 허삼관이 이불을 두 장이나 덮고 있는 걸 보고 물었다.

"병 났수? 이불을 두 장이나 덮고도 그렇게 떨고 있으니……."

"그게 아니라 그저 좀 추워서요."

"내 침대에 이불 한 장이 남았는데 그것마저 덮을라우?"

"아닙니다. 벌써 많이 좋아졌습니다. 오늘 오후에 피를 팔았을 때
는 정말 추웠는데, 지금은 많이 좋아졌습니다."

"피를 팔았다고?"

그가 화들짝 놀라며 되물었다.

"나도 옛날에 피를 팔아봤지. 우리 집 셋째 아들이 열 살 때 수술을
받았거든. 그때 그 애한테 수혈을 해줘야 해서 내가 병원에 피를 팔
았지. 병원에서는 다시 내 아들한테 수혈을 해주고……. 피를 파니
까 온몸에 힘이 쪽 빠지던데……."

"처음 몇 번은 힘만 빠져나가는 것 같지만, 연속해서 팔면 열기도
따라서 빠져나가요. 그래서 한기를 느끼게 되죠……."

허삼관은 이렇게 말하며 이불 속에서 손을 꺼내 손가락 세 개를
펴 보였다.

"제가 석 달 동안 피를 세 번 팔았거든요. 매번 두 사발씩 말입니
다. 병원 사람들 말로는 400호승이라고 하대요. 그렇게 몸속의 힘을
싹 팔아버려서 몸에는 그저 온기만 남았는데, 그게 린푸에서 두
사발을 팔고 오늘 또 두 사발을 팔았으니 온기마저도 다 팔아버린
셈이죠……."

여기까지 말을 마친 허삼관이 가쁜 숨을 몰아쉬자 노인이 걱정스
럽게 물었다.

"그렇게 계속 피를 팔면 목숨에는 지장이 없겠수?"

"며칠 있다 쑹린에 가면 또 팔 건데요."

"아니, 먼저는 힘을 싹 팔고 그 다음엔 온기를 싹 팔았다더니, 그럼 이제는 목숨만 겨우 남았을 텐데, 또 피를 팔면 그건 목숨을 팔아넘기는 거 아니요?"

"설령 목숨을 파는 거라 해도 전 피를 팔아야 합니다. 아들이 간염에 걸렸거든요. 지금 상하이의 병원에 있는데, 가능한 한 빨리 돈을 모아 가야지 몇 달을 더 기다렸다가는 아들이……."

허삼관은 잠시 쉬었다가 다시 말을 이었다.

"저야 내일모레면 쉰이니 세상 사는 재미는 다 누려봤죠. 이제 죽더라도 후회는 없다 이 말입니다. 그런데 아들 녀석은 이제 겨우 스물한 살이라 사는 맛도 모르고 장가도 못 들어봤으니 사람 노릇 해봤다고 할 수 있나요. 그러니 지금 죽으면 얼마나 억울할지……."

노인은 허삼관의 말을 들으며 연신 고개를 끄덕였다.

"당신 말이 맞소. 우리 나이가 되면 사람이 할 짓은 죄다 해본 셈이지……."

이때 돼지들이 갑자기 꽥꽥대기 시작했다.

노인은 허삼관이 이불 속에서 떨고 있는 모습을 보며 말했다.

"당신 행색을 보니 도시 사람 같은데, 당신네들은 깔끔한 걸 좋아한다는 거 내 알지만, 우리 같은 시골 사람들은 그런 거 신경 안 쓴단 말이오……. 그러니까 내 말은……."

노인은 잠시 말을 멈췄다.

"그러니까 내 말은 당신이 불쾌하게 생각하지만 않는다면 돼지들을 당신 이불 속에 넣어주고 싶은데……. 이불 속이 따뜻해지게 말이우…….”

허삼관은 고개를 끄덕이며 대답했다.

“제가 왜 꺼리겠습니까? 참 다정하시군요. 한 마리만 주십시오. 한 마리면 충분합니다.”

노인은 곧바로 몸을 일으켜 돼지 한 마리를 안고 와서는 허삼관의 발쪽에 넣어주었다. 돼지는 잠이 든 지 오래라 아무런 소리도 내지 않았다. 허삼관은 돼지 위에 얼음같이 차가운 발을 얹었다. 그런데 발을 얹자마자 돼지가 잠에서 깨어나 꽥꽥대며 이불 속에서 난리를 피웠다. 노인이 미안했던지 한마디 했다.

“어째…… 잠을 잘 수 있겠소?”

“제 발이 차서 돼지가 잠을 깼습니다그려.”

“어쨌든 돼지야 축생이지 사람이 아니잖소. 사람이 우선이지.”

“돼지 덕분에 이불 속이 많이 따뜻해졌습니다.”

나흘 후, 허삼관은 쑹린에 도착했다. 그때쯤 허삼관은 얼굴이 누렇게 뜨고 몸이 바짝 말라 사지에 힘이 없는 데다, 머리도 어질어질해 귓가에서 웽 소리가 끊이지 않았다. 뼈마디도 쑤시고, 두 다리는 걸을 때마다 뼈가 없는 듯 흐느적거렸다.

쑹린 병원의 혈두는 허삼관의 그런 모습을 보고 그의 말이 채 끝나기도 전에 손을 휘저으며 그를 내쫓았다.

“자네 오줌이나 싸보고 나서 얘길 하라고. 얼굴은 누렇게 떠 가지고 말야. 말할 때조차 그렇게 헐떡거리니 그 몸으로 피를 팔겠어? 자네야말로 얼른 가서 수혈을 좀 받아야겠는걸."

허삼관은 병원 밖으로 나와 바람 한 점 없는 길가 구석에 앉아 얼굴과 온몸에 햇볕을 쬐었다. 그러기를 두어 시간, 얼굴이 햇볕에 충분히 그을었다고 생각한 그는 몸을 일으켜 다시 병원으로 들어갔다. 방금 그를 내쫓았던 혈두는 그를 알아보지 못했다.

"자네 피골이 상접해서 바람이 조금만 세게 불어도 날아가겠네만, 얼굴 혈색 하나는 참 좋군. 까무잡잡한 게 말이야. 그래, 얼마나 팔려나?"

"두 그릇요."

허삼관이 주머니에 넣어두었던 사발을 꺼내 보여주자 쑹린의 혈두가 그릇을 살펴보며 말했다.

"이 정도면 쌀밥 한 근 정도는 담을 수 있겠는데, 피는 얼마나 담을지 모르겠네."

"400호승이요."

"복도를 쭉 따라가면 주사실이 나오는데, 거기 가서 간호사한테 피를 뽑아달라고 하게……."

마스크를 쓴 간호사가 허삼관의 팔에서 400호승의 피를 뽑자, 허삼관은 비틀거리며 일어나다가 그대로 땅바닥에 쓰러지고 말았다. 간호사가 놀라 소리를 지르자, 사람들이 달려와 그를 응급실로 옮겼다. 응급실의 의사는 그를 침대에 눕힌 다음 이마를 짚어보고, 팔목의 맥박을 재고, 눈꺼풀을 뒤집어보고, 마지막으로 혈압을 쟀다. 허삼관의 혈압은 겨우 60과 40이었다.

"수혈해."

그래서 방금 판 400호승의 피가 고스란히 다시 그의 혈관으로 돌아왔고, 거기다 다른 사람의 피 300호승까지 추가로 수혈 받은 다음에야 혈압이 간신히 백과 육십으로 올라갔다.

얼마 후 정신을 차린 허삼관은 자신이 병원 침대에 누워 있다는 걸 알고는 깜짝 놀라 병원 밖으로 뛰쳐나가려 했다. 그러자 간호사들이 그를 붙잡고 혈압은 정상으로 돌아왔지만 아직 원인을 모르기 때문에 하루쯤 관찰해야 한다고 말했다.

허삼관이 입을 열었다.

"전 병이 없다구요. 단지 피를 너무 많이 팔아서 그렇지⋯⋯."

그가 의사에게 일주일 전에 린푸에서 한 번, 나흘 전에 바이리에서 또 한 번 피를 팔았다고 하자, 의사는 입을 다물지 못한 채 휘둥그레진 눈으로 그를 한참 동안 바라보았다. 그러더니 한마디 내뱉었다.

"망할 놈의 자식."

"그게 아니라, 내 아들 때문에⋯⋯."

쑹린의 병원은 허삼관에게 700호승의 피 값에 응급실 비용까지 청구했다. 그리하여 허삼관이 두 번 피를 팔아 번 돈은 한꺼번에 고스란히 빠져나갔다. 허삼관은 궁리 끝에 자기를 망할 놈이라고 한 의사를 찾아갔다.

"제가 병원에 400호승을 팔았고 병원에서 다시 저한테 700호승을

팔았잖아요. 제 피가 다시 돌아온 건 받겠지만 남의 피 300호승은
싫다구요. 돌려드릴 테니 가져가세요."

"지금 무슨 소리 하는 거요?"

"남의 피 300호승은 도로 가져가라고……."

"어디 아프쇼?"

"아픈 데가 있는 게 아니라, 그저 피를 좀 많이 팔아서 추운 것뿐이
에요. 지금은 하나도 춥지 않고 오히려 덥다구요. 더워 죽겠으니까,
300호승은 도로 뽑아가라구요……."

의사는 자기 머리를 손가락으로 가리키며 말했다.

"당신, 돌았어?"

"난 미치지 않았어요. 그저 내 피가 아닌 건 도로 가져가라는 것뿐
이라구요."

주위에 사람들이 몰려들자 허삼관은 그들에게 호소했다.

"상거래에도 법도가 있는 것 아니겠습니까? 내가 저 사람들한테
피를 판 건 저 사람들도 알고 있습니다. 하지만 저 사람들이 나한테
피를 판 건 난 전혀 모르는 일이라 이겁니다……."

"우린 당신 목숨을 구해준 거라구. 당신, 쇼크로 쓰러졌던 거야.
당신이 깨어나길 기다렸다간 숨이 넘어가게 생겼는데 알리긴 뭘
알려?"

의사가 말을 받았다. 허삼관은 그 말을 듣고 고개를 끄덕였다.

"나도 여러분이 내 목숨을 구해준 것에 대해서는 감사하게 생각
합니다. 그래서 700호승을 전부 가져가라는 게 아니라 남의 피 300

호승만 도로 가져가라는 말이올습니다. 이 허삼관은 내일모레면 나이가 쉰이지만, 이제껏 남의 물건을 한 번도 받아 본 적이 없다 이말씀……."

허삼관이 한창 열을 올리고 있는데, 의사는 말도 없이 자리를 떠났다. 주위의 구경꾼들도 허삼관의 열변을 듣고 모두 깔깔대며 웃어댔다. 허삼관은 자신이 그들의 비웃음거리가 되었다는 사실을 깨닫고 그 자리에 잠시 서 있다가 몸을 돌려 병원을 나섰다.

이미 밤이 가까워졌다. 허삼관은 쑹린의 거리를 한참 걸어 강변에 이르렀다. 강물이 저녁놀에 붉게 물들었고, 배들을 일렬로 끌고 가는 예인선이 통통통 엔진 소리를 내며 그의 눈앞을 지나갔다. 배들이 일으킨 물보라가 강가의 절벽에 부딪혔다가 이내 사라졌다.

한동안 멍하니 서 있던 그는 한기를 느끼고 나무에 기댄 채 웅크리고 앉았다. 그렇게 잠시 앉아 있으면서 주머니에 있는 돈을 전부 꺼내 세어보았다. 37원 40전, 그가 피를 세 번이나 팔아 번 돈이 결국은 한 번 판 것밖에 되지 않았다. 그는 돈을 다시 잘 싸서 주머니에 넣고 생각에 잠겼다. 그러다 문득 자신이 처량하다는 생각이 들어 눈가에 눈물이 고였다. 지나가던 겨울바람이 그의 눈물을 땅에 흩뿌렸다. 그는 그렇게 잠시 앉아 있다가 다시 몸을 일으켜 계속 앞을 향해 걸었다. 상하이까지는 여전히 먼 길을 가야 했다. 아직도 다차오, 안창먼, 황뎬, 후터우차오, 산환둥, 치리바오, 황완, 류춘, 창닝, 신전을 거쳐야 했다.

앞으로 갈 길을 계산해보니 아직도 뱃삯으로 3원 60전이나 되는 돈을 써야 할 것 같았다. 두 번 피를 판 걸 날리지만 않았어도 그까짓 뱃삯쯤이야 아무것도 아닐 테지만, 이제는 돈을 함부로 쓸 수 없는 노릇이었다. 그래서 허삼관은 객선을 타지 않고 누에고치를 가득 실은, 래희와 래순 형제의 시멘트선을 탔다.

허삼관은 강변 돌계단에 서서 그들을 처음 보았다. 둘 중에서 래희가 뱃머리에서 대나무를 들었고, 래순이가 고물(배의 뒷부분)에서 노를 저었다. 허삼관은 강변에서 이들을 보고는 손을 흔들며 어디로 가느냐고 물었다. 그들은 치리바오로 간다고 대답했다. 치리바오에 실공장이 있는데 그곳에 누에고치를 팔러 간다는 것이었다.

"나는 상하이까지 가는데, 치리바오까지만 좀 태워줄 수 있는지……."

허삼관이 이렇게 말을 하는 동안에도 그들의 배는 멀어져갔다. 그래서 허삼관은 강변을 따라 그들을 쫓아가며 말을 계속했다.

"당신들 배에 사람 하나 더 탄다고 가라앉지는 않을 것 같은데……. 내가 노를 대신 저을 수도 있고 말이우. 세 사람이 돌아가면서 저으면 아무래도 두 사람이 젓는 것보다야 한결 쉽지 않겠수? 게다가 밥값도 보탤 수 있다구. 세 사람이 같이 먹으면 아무래도 두 사람이 먹는 것보다야 밥값이 절약되지 않겠수? 같은 반찬에 밥만 좀더 보태면 되는데……."

배를 몰던 형제는 허삼관의 말에 일리가 있다고 생각해 그를 배에 태웠다. 허삼관은 사실 노를 저을 줄 몰랐다. 그는 래순이의 노를 받아 들었다가 몇 차례 젓지도 못하고 그만 노를 강물에 빠뜨리고 말았다. 뱃머리에 있던 래희가 급히 대나무 장대를 강바닥에 꽂아 배를 그 자리에 고정시켰고, 래순이가 고물에 엎드려 노가 다가오길 기다렸다가 손을 뻗어 끌어올렸다. 그러고는 허삼관에게 욕을 퍼부었다.

"당신, 노 저을 줄 안다며? 이런 제기랄, 노를 받아 들자마자 빠뜨리다니. 당신 방금 또 뭘 할 줄 안다고 했지? 이것도 할 줄 알고 저것도 할 줄 안다고 해서 배에 태웠더니……. 노를 저을 줄 안다고 했잖아? 이젠 또 뭘 할 줄 안다고 할 거야?"

"노 젓는 것 말고는 그저 밥을 같이 먹자 했고, 세 사람이 함께 밥 먹는 게 두 사람이 먹는 것보다는 돈을 아낄 수 있다고……."

"이런 니미럴."

래순이가 냅다 욕을 했다.

"밥이야 먹을 줄 알겠지."

선두의 래희가 깔깔대며 웃더니 허삼관에게 말을 건넸다.

"아저씨가 그럼 우리 대신 밥이나 하세요."

그래서 허삼관은 뱃머리로 가서 밥을 하기 시작했다. 벽돌로 쌓은 부뚜막엔 솥 하나와 땔나무 한 단이 놓여 있었다. 밤이 되자 두 형제는 배를 강변에 대고, 뱃머리의 철판을 걷어냈다. 그리고 선실로 내려가 이불을 껴안고 드러누웠다. 그렇게 잠시 누워 있다가 바깥에 서 있는 허삼관을 불렀다.

"빨리 내려와서 같이 잡시다."

허삼관이 선실을 들여다보니 보통 침대보다 더 비좁았다.

"두 사람만으로도 비좁을 텐데, 난 그냥 밖에서 자는 게 낫겠소."

래희가 그 말을 받았다.

"지금이 춘삼월인 줄 아세요? 바깥에서 자다간 얼어 죽는단 말이에요."

"당신이 얼어 죽으면 귀찮아지는 건 우리라구."

래순이가 바늘 같은 한마디로 쏘아붙였고, 이어서 래희가 다정한 말투로 재촉했다.

"빨리 내려와요. 같은 배를 타고 가는 처지에 동고동락해야죠."

바깥은 확실히 추웠다. 황뎬에 가서 피를 한 번 더 팔아야 하는데 병이라도 얻었다가는 그야말로 큰일이라는 생각이 들었다. 그래서 그는 선실로 비집고 들어가 두 사람 사이에 일단 누웠다. 래희가 이불의 한 자락을 밀어줬고, 래순이도 자기 이불을 끌어다줬다. 허삼관은 양쪽에서 준 이불을 한 자락씩 덮고 눈을 붙였다.

"두 사람 중 형이 하는 말이 더 듣기가 좋습니다."

두 형제는 허삼관의 말을 듣고 허허 웃었다. 잠시 후 두 사람의 코고는 소리가 동시에 들려왔다. 허삼관은 두 사람의 어깨에 눌리고 다리에 깔린 데다가, 이제는 팔뚝에까지 가슴을 눌리는 통에 도저히 잠을 이룰 수가 없었다. 그래서 그렇게 누운 채로 강물 소리에 귀를 기울였다. 그 소리가 어찌나 선명한지 물방울이 튀는 소리까지 아주 똑똑히 들렸다. 강 한가운데서 잠을 자는 것 같은 착각이 들 정도였다. 찰랑대는 강물 소리를 들으며 그는 일락이를 생각했다. 상하이의 병원에 있는 일락이가 어떤 상태인지조차 알 수 없으니……. 그리고 아내 허옥란을 생각했고, 집에 누워 있는 이락이와 그를 간호하고 있을 삼락이를 생각했다.

허삼관은 좁디좁은 선실에서 이렇게 며칠 밤을 보내자 온몸이 쑤시고 아팠다. 그래서 낮이면 뱃머리에 앉아 허리를 두드리고 어깨를 주무르고 양팔을 흔들어 결린 몸을 풀어보려 애썼다. 이런 모습을 본 래희가 말을 걸었다.

"선실이 너무 좁아서 잠을 잘 못 잤군요."

"늙어서 그래. 뼈가 이미 다 굳어서 그렇다고."

래순이가 말을 받았다. 허삼관도 공감했다. 젊었을 때와 비교할 수는 없는 노릇이었다.

"동생 말이 옳아요. 선실이 좁아서 그런 게 아니라 내가 늙어서 그렇다구. 젊었을 때야 이 정도 선실이면 운동장이었지. 그때는 담벼락 틈에서 잠을 자고도 아무 일 없었는데……."

그들의 여정은 순탄했다. 다차오를 지나 안창면, 징안을 거쳐 황덴으로 향했다. 그 며칠 내내 햇볕이 내리쬐어 겨우내 쌓인 눈이 강 양편의 논밭과 농가 지붕에 보일락 말락 남아 있었다. 논밭은 조용하고 한가로웠다. 일하는 사람은 거의 찾아볼 수 없었고, 보따리나 광주리를 들고 강변을 거닐며 큰 소리로 이야기하는 사람들이 자주 눈에 띄었다.

허삼관과 래희 형제는 며칠 만에 속마음을 터놓고 얘기하는 사이가 되었다. 래희 형제가 하는 일은 배에 누에고치를 가득 실어 공장으로 나르는 것인데, 열흘쯤 일하고 6원을 받아 각각 3원씩 갖는다고 했다.

"피 파는 것만 못하군. 피는 한 번에 35원을 받는데 말이야……. 몸속의 피는 우물물과 같아서 절대로 마르지 않는 법이거든……."

허삼관은 방씨와 근룡이가 자신을 처음 만났을 때 해줬던 이야기를 그대로 들려주었다.

"피를 팔면 몸이 망가지지 않나요?"

"전혀."

허삼관은 자신만만한 표정으로 대답했다.

"그저 두 다리의 힘이 쪽 빠지는 것뿐이야. 여자 배에서 막 내려올 때하고 똑같지."

래희 형제는 낄낄대며 웃었다.

"무슨 소린지 알겠나?"

래희는 고개를 저었고, 래순이는 무슨 소린 줄 모르겠다는 듯이 대답했다.

"우린 아직 여자 배에 올라타 보질 않아서 여자 배에서 내려온다는 게 무슨 뜻인지 잘 모르겠는데요."

허삼관은 그들이 아직 여자 배에 올라타 보지 않았다는 말을 듣고 한참을 낄낄거리다 한마디 했다.

"피를 팔아보면 알게 될 거야."

래순이가 래희에게 말했다.

"우리도 피 한번 팔아보자. 돈도 벌고 여자 배에서 내려오는 기분이 어떤 건지도 알아보고 말이야. 도랑 치고 가재 잡는 일을 왜 안

해?"

황뎬에 도착하자 래희 형제는 배를 강변의 말뚝에 묶어두고 허삼
관을 따라 병원으로 피를 팔러 갔다. 병원으로 가는 길에 허삼관은
래희 형제에게 일장연설을 늘어놓았다.

"사람의 피에는 네 종류가 있는데 첫째가 오형이고, 둘째가 에이
비형, 셋째가 에이형, 넷째가 비형이다 이 말씀이야…….'

래희가 물었다.

"그 글자들 어떻게 쓰는데요?"

"다 외국 글자라…… 사실 나도 쓸 줄은 몰라. 첫째 피의 오(O)자
는 내 쓸 줄 알지. 그냥 동그라미만 치면 되거든. 내 피가 바로 이 동
그라미 형이라구.'

허삼관은 래희 형제와 황뎬의 거리를 걸으며 병원을 찾아다녔다.
그러더니 다시 강변의 계단 아래로 가서, 주머니에 넣어두었던 사발
을 꺼내 래희에게 건네주며 일렀다.

"피를 팔기 전에는 반드시 물을 많이 마셔야 하네. 물을 많이 마시
면 피가 묽어지겠지? 어디 대답 한번 해보게. 묽어지면 피가 많아지
겠나, 적어지겠나?"

"많아지겠죠."

래희가 대답을 하고서 허삼관의 손에 있던 사발을 받아 들었다.

"그런데 얼마나 마셔야 되나요?"

"여덟 사발."

"여덟 사발이나요?"

래희는 소스라치게 놀라며 푸념을 늘어놓았다.

"여덟 사발이나 마시면 배가 터지지 않을까요?"

"아니, 나처럼 내일모레 쉰인 사람도 여덟 그릇을 마시는데, 자네 둘 나이를 다 합쳐봐야 내 나이도 안 되면서, 그래 여덟 사발을 못 마신단 말이야?"

옆에 있던 래순이가 래희에게 말했다.

"저 양반도 여덟 사발을 마시는데 우리가 못 마시겠어? 아홉 사발, 열 사발도 마실 수 있다구."

"안 돼,"

허삼관이 단호하게 말을 끊었다.

"최대가 여덟 사발이야. 한 사발이라도 더 마시면 자네들 오줌보가 터지고 말 거야. 방씨처럼……."

"방씨가 누군데요?"

"자네들은 모르는 사람이네. 빨리 마시기나 하라구. 한 사람이 한 사발씩 돌아가면서 마시는 거야……."

래희가 쪼그려 앉아 강물 한 사발을 떠서 한 모금 마시더니 손으로 가슴을 쥐어뜯으며 소리쳤다.

"아이고, 차가워라. 너무 차가워서 뱃속이 다 울렁거리는데요."

래순이가 말을 받았다.

"겨울 강물이니 당연히 차갑지. 사발 이리 줘. 내가 먼저 마실게."

래순이도 한 모금 마시고는 소리쳤다.

"안 되겠다. 너무 차가워서 도저히 못 마시겠어."

허삼관은 이들에게 소금을 주지 않았다는 걸 깨닫고 얼른 주머니에 있는 소금을 꺼내 나눠주었다.

"자네들, 먼저 이 소금을 좀 먹어봐. 소금을 먹어서 입 안에 짠맛이 돌면 그때부터는 어떤 물이든 다 마실 수 있거든."

래희 형제는 소금을 받아 입에 넣고 열심히 씹었다. 래희가 먼저 이젠 물을 마실 수 있겠다며 강물을 떠서 꿀꺽꿀꺽 세 모금을 마셨다. 그래도 여전히 차가운지 몸을 부들부들 떨었지만, 그래도 말은 이렇게 했다.

"입 안이 짜니까 많이 마실 수 있네요."

그러고는 연이어 몇 모금을 들이켜 사발을 싹 비우더니, 래순에게 사발을 넘겨주고 옆에 앉아 두 어깨를 감싸 안은 채 달달달 떨었다. 래순이는 한 번에 네 모금을 마시고 입을 쫙 벌린 채 차갑다며 악을 쓰고 나서야 남은 물을 겨우 다 마셨다. 허삼관은 래순이의 손에서 그릇을 낚아채며 한마디 했다.

"아무래도 내가 먼저 마셔야겠네. 잘 보라구, 내가 어떻게 마시는지."

래희 형제는 돌계단에 앉아 허삼관이 물 마시는 모습을 지켜보았다. 허삼관은 먼저 소금을 손바닥에 덜어 한입에 탁 털어 넣고 우물우물 입을 움직여 완전히 삼킨 다음, 강물을 한 사발 떠서 입도 떼지 않고 마셨다. 그리고 다시 한 사발을 떠서 역시 한 번에 마셨다. 이렇게 연이어 두 사발을 마시더니, 사발을 내려놓고 다시 손바닥에 소금을 덜어 입에 털어 넣었다. 이런 식으로 소금 한 번에 물 두 사발씩, 중간에 몸을 떨거나 입 주위에 묻은 물방울을 닦거나 하지도 않고 규칙적으로 마셨다. 허삼관은 그렇게 여덟 사발을 마신 후에야 손으로 입을 닦고, 양 어깨를 꼭 감싼 채 격렬하게 몸을 떨었다. 이어서 딸꾹질을 몇 번 하더니, 딸꾹질이 멈추자 재채기를 연달아 세 번 했다. 그런 다음 몸을 돌려 래희 형제에게 말했다.

"난 다 마셨네. 이제 자네들 들게나."

래희 형제는 각각 다섯 사발씩을 마시고는 나자빠졌다.

"도저히 못 마시겠어요. 더 마셨다간 뱃속이 꽁꽁 얼어붙을 거라구요."

허삼관은 '한술 밥에 배부르랴'라는 속담을 떠올리며, 처음인데 다섯 사발이면 쓸 만하다 생각하고는 자리에서 일어나 그들을 병원으로 데려갔다. 병원에 도착해 래희와 래순이는 먼저 혈액형 검사를 받았는데, 공교롭게도 둘 다 허삼관과 같은 오형이었다. 허삼관은 이 이야기를 듣고 몹시 기뻐했다.

"우리 세 사람 모두 동그라미 피야."

황뎬의 병원에서 피를 판 후, 허삼관은 래희 형제를 강변의 식당으로 데려가 창가에 자리를 잡았다. 그리고 그들을 자기 양쪽에 앉히고 이렇게 일렀다.

"다른 때야 돈을 아껴야 하지만, 이런 때 아껴서는 안 된다구. 어때, 피를 팔고 나니까 몸이 나른하고 다리가 후들거리지 않나?"

허삼관은 래희 형제가 고개를 끄덕이는 걸 확인했다.

"여자 배에서 막 내려왔을 때가 바로 이렇다구. 다리가 후들거리지……. 이때는 돼지간볶음 한 접시를 먹어야 한다구. 황주 두 냥 하고 말이야. 돼지간은 보혈 작용을 하고, 황주는 피의 순환을 돕거든……."

허삼관은 이렇게 말하면서도 계속 몸을 떨었다. 그것을 본 래순이가 끼어들었다.

"지금 떠시는 거예요? 아저씨는 여자 몸에서 내려오면 다리만이 아니라 몸까지 바르르 떠나 보죠?"

허삼관이 몇 차례 웃더니 래희를 보며 대답했다.

"래순이 말에도 일리가 있지. 내가 떠는 건 연속해서 피를 팔았기 때문에……."

허삼관은 집게손가락 두 개를 열십자 모양으로 한데 모아 설명했다.

"열흘 사이에 피를 네 번이나 팔았으니 하루에 여자 배에 네 번이나 올라탄 거나 마찬가지야. 이럴 때는 다리만 떨리는 게 아니라 몸까지 추워진다구……."

허삼관은 점원이 다가오는 걸 보고 목소리를 낮춰 속삭이듯 말했다.

"자네들, 두 손을 탁자 위에 올려놓게나. 아래로 내려놓으면 평소 반점에 안 와본 것처럼 보이니까, 늘 오는 것처럼 행동하라구. 고개를 빳빳하게 세우고, 가슴은 쫙 펴라구. 의기양양한 모습으로 말이야. 그리고 주문할 때는 손바닥으로 탁자를 두드려야 해. 목소리도 시원스럽게 하구. 그래야 우리를 깔보지 못한다구. 알겠지? 그래야 양을 적게 줄 염려도 없고, 술에 물을 탈 생각도 못한다 이 말씀이야.
저기 점원이 오니까, 내가 하는 거 잘 보라구."

점원이 그들 앞에 서서 주문을 하라고 하자, 허삼관은 이때만큼은
떨지 않고 손가락으로 탁자를 두드리며 입을 열었다.

"돼지간볶음 한 접시하고 황주 두 냥……."

여기까지 말하고는 오른손을 허공에 두 번 휘저은 다음 다시 주문
을 했다.

"황주는 따뜻하게 데워서……."

점원은 알았다고 하고는 래순이에게도 주문을 요구했다. 래순이
는 탁자가 휘청거릴 정도로 주먹을 쿵쿵 내리치며 쩌렁쩌렁한 목소
리로 주문했다.

"돼지간볶음 한 접시하고 황주 두 냥……."

그런데 그 다음에 무슨 말을 해야 할지를 그만 까먹고 말았다. 래
순이는 초조한 듯 허삼관을 쳐다보았지만 허삼관은 고개를 돌려 래
희를 쳐다보았다. 점원이 래희에게 주문을 요구하자 래희도 손가락
으로 탁자를 두드리며 래순이와 똑같이 우렁찬 목소리로 대답했다.

"돼지간볶음 한 접시하고 황주 두 냥……."

래희도 그 다음에 무슨 말을 해야 할지를 잊은 듯 말을 더듬거리
자 점원이 물었다.

"황주는 데울까요?"

래희 형제가 함께 허삼관을 쳐다보자, 허삼관은 다시 오른손을 까
딱거리면서 득의양양한 표정으로 대답했다.

"물론이지."

점원이 가고 나서 허삼관이 다시 목소리를 낮춰 속삭였다.

"내가 언제 소리 지르라고 했나? 그냥 좀 시원스럽게 하라고 했지. 무슨 소리를 그렇게 크게 지르냐구? 이건 싸움이 아니잖아. 어이 래순이, 다음부터는 손가락으로 두드리라구. 그렇게 내리치면 탁자가 남아나겠어? 그리고 마지막 한마디는 절대로 잊어버리면 안 돼. 황주를 데워오라는 것 말이야. 이 말을 해야 자네들이 자주 오는 사람들로 보인다고. 알았나? 이 말이 제일 중요해."

그들은 황주를 곁들여 돼지간볶음을 먹고 배로 돌아왔다. 래희는 배를 묶어놓았던 줄을 푼 뒤 대나무 삿대로 배를 바깥쪽으로 밀어내며 강을 타기 시작했고, 래순이는 고물에서 노를 저었다. 배가 강 중심부에 이르자 래순이가 소리쳤다.

"이제 후터우차오로 갑니다."

그러고는 몸을 앞뒤로 힘차게 흔들며 삐드득삐드득 노를 저었다. 노 젓는 소리가 강물을 갈랐다가, 또 강물에서 튀어 올랐다가 하며 울려 퍼졌다. 허삼관은 뱃머리에서 래희의 엉덩이 바로 뒤에 앉아 있었다. 래희는 삿대를 들고 서 있다가 배가 다리 아래에 이르면, 그것으로 교각을 짚고 버텨 배가 교각 사이로 통과할 수 있게 했다.

어느새 오후로 접어들어 햇볕이 더 이상 뜨겁게 내리쬐지는 않았다. 배가 황뎬을 떠날 때부터 바람이 조금씩 불더니, 강변의 갈대밭이 수선스럽게 서걱거렸다. 허삼관은 몸에 한기가 느껴져 두 손을 솜저고리에 집어넣고 잔뜩 움츠린 채 앉아 있었다. 노를 젓던 래순이가 그 모습을 보고 말했다.

"선실로 내려가세요. 위에 있어봐야 도움도 안 되니까 차라리 내려가 잠이나 자라구요."

"그래요. 내려가세요."

옆에 있던 래희도 거들었다.

고물에 서서 헐떡거리며 노를 젓다가 이따금 이마의 땀을 닦는 래순이의 모습에서 활기를 느낀 허삼관이 말했다.

"자네는 피를 두 사발이나 팔고도 그렇게 힘이 넘치니, 피를 판 사람인지 아닌지 전혀 알아볼 수가 없네그려."

"노를 막 잡았을 때는 다리가 좀 떨리더니 지금은 아무렇지도 않은데요. 형한테도 물어보세요."

"아까는 진짜 좀 떨리던걸."

"치리바오에 도착하면 두 그릇 더 팔아야지. 형도 팔래?"

"팔아야지. 35원이 생기는데."

"자네들은 확실히 젊군. 난 안 돼. 이미 늙어서 말이야. 여기 앉아 있는데도 온몸이 으슬으슬하니……. 그럼 난 내려가 쉬겠네."

허삼관은 뱃머리에서 판자를 들어내고 선실로 들어가 자리에 누웠다. 그러고는 그대로 잠이 들었다. 그가 깨어났을 때는 날이 이미 어두워졌고, 배는 강변에 정박해 있었다. 선실에서 나와 보니 래희와 래순이가 커다란 나무 옆에 서 있었다. 달빛에 의지해 자세히 살펴보니 두 사람은 영차, 영차 구령을 붙여가며 팔뚝만큼이나 굵은 나뭇가지를 꺾으려는 중이었다. 잠시 후 꺾어낸 나뭇가지가 좀 길었

315

는지, 발로 밟아 반만 하게 부러뜨린 다음 배 근처로 가져왔다. 래희가 나뭇가지를 땅에 박아 고정시키자 래순이가 큰 돌덩이를 들고 와 대여섯 차례 내리쳤다. 그렇게 해서 땅 위에 한 뼘 정도만 남자 래희가 배에서 줄을 당겨와 거기에 묶었다.

그들은 허삼관이 뱃머리에 서 있는 걸 보고는 말을 건넸다.

"일어나셨네요."

허삼관이 사방을 둘러보니 온통 칠흑 같은 어둠이었다.

"여기가 어딘가?"

"어딘지는 저희도 모르구요, 아직 후터우차오는 멀었습니다."

그들은 뱃머리에 불을 피워 밥을 했다. 김이 모락모락 나는 밥을 달빛에 의지한 채 한겨울 찬바람 속에서 함께 먹었다. 허삼관은 밥이 들어가자 몸이 뜨거워지는 느낌이었다.

"이제 아주 따뜻한데. 손까지 이렇게 뜨겁고 말이야."

세 사람은 선실에 자리를 펴고 누웠다. 여전히 허삼관은 형제들 사이에서 양쪽의 이불을 조금씩 끌어와 덮고 잤다. 래희 형제는 기분이 좋아 어쩔 줄을 몰랐다. 낮에 피를 팔아 단번에 35원을 벌어보니, 갑자기 돈 버는 일이 굉장히 쉬워 보였다. 그들은 허삼관에게 앞으로는 농사만 짓고 배는 안 몰겠다고, 배는 힘들어서 더 이상 못 몰겠다고, 돈이 필요하면 언제든지 피를 팔겠다고 말했다.

"피를 판다는 거 정말 끝내주는 일이네요. 돈 버는 거야 그렇다 치고, 황주에 돼지간볶음까지 먹을 수 있으니 말입니다. 평상시에 식당에 가서 돼지간볶음 먹는 걸 상상이나 하겠습니까? 치리바오에

316

도착하면 또 팔 거예요."

래희가 말했다.

"안 돼. 치리바오에서는 팔면 안 돼."

허삼관이 손을 내저었다.

"나도 젊었을 때야 그렇게 생각했지. 내 몸의 피가 곧 돈나무라고 말일세. 돈이 없거나 부족할 때 흔들기만 하면 돈이 생기는 줄 알았지. 그런데 실은 그게 아니더라구. 처음에 나랑 같이 피를 팔았던 사람이 둘 있어. 한 사람은 방씨고 다른 한 사람은 근룡인데, 방씨는 몸이 완전히 망가졌고 근룡이는 피를 팔다 죽었지. 자네들 절대로 자주 팔아서는 안 되네. 한 번 팔면 석 달은 쉬어야 한다구. 정말 돈이 급할 때가 아니면 자주 팔아서는 안 돼. 연속해서 팔았다가는 몸이 다 망가진다구. 내 말 꼭 명심하게. 이건 다 경험담이니까……."

허삼관은 두 사람에게 다짐을 받으려는 듯 두 손으로 그들의 몸을 토닥거렸다.

"이번에 길을 나선 뒤로 린푸에서 한 번, 사흘 있다가 바이리에서 한 번, 나흘을 쉬고 쑹린에 가서 다시 피를 팔다가 그만 기절을 했네. 의사 말로는 쇼크라더군. 난 대체 그게 무슨 소린지 알 수 없지만 말이야. 의사가 나한테 700호승을 수혈해주는 바람에 내 돈까지 날렸지. 두 번 판 돈이 날아간 거야. 결국 내가 피를 산 셈이지. 쑹린에서는 거의 죽을 뻔했다니까……."

허삼관은 여기까지 말하고는 한숨을 크게 내쉬었다.

"내가 쉬지 않고 피를 파는 건 이거 말고는 별수가 없기 때문이야.

317

내 아들이 상하이의 병원에 있는데, 병이 아주 심하다네. 그래서 돈을 아주 많이 모아 가야 하거든. 돈이 없으면 의사가 주사도 안 놔주고, 약도 안 줄 테니까. 나처럼 이렇게 연달아 피를 팔면 피가 묽어진다구. 자네들하고는 다르지. 자네들 몸속의 피 한 사발이면 내 피 두 사발과 맞먹을걸세. 원래는 치리바오에 가서 한 번, 창닝에 가서 한 번 더 피를 팔 생각이었네만, 이젠 못 하겠어. 또다시 피를 팔았다간 목숨까지 팔아넘길 것 같아서 말이야. 지금까지 피 판 돈 70원으로는 내 아들 병원비에 턱없이 모자랄 테지만, 우선 상하이에 가서 방법을 생각해보려구……. 헌데 상하이는 워낙에 낯선 곳이 돼놔서…….”

이때 래희가 끼어들었다.

“방금 우리 피가 아저씨 피보다 진하다고 하셨죠? 우리 피 한 사발이면 아저씨 피 두 사발이라구요. 우리 세 사람 피는 모두 동그라미 형이니까, 치리바오에 도착하면 아저씨가 우리들 피를 사세요. 우리한테 한 사발 사서 병원에 두 사발로 팔면 되잖아요?”

허삼관은 그 말에 솔깃했지만 얼른 마음을 고쳐먹었다.

“내가 어떻게 자네들 피를 받겠나?”

“우리 피를 아저씨한테 파는 게 아니라 다른 사람들한테 파는 거라니까요…….”

곧바로 래순이가 말을 이었다.

“남한테 파는 것보다야 아저씨한테 파는 게 낫죠. 어쨌든 우리는 친구잖아요.”

"자네들은 아직 배를 더 몰아야 하니까 힘을 남겨둬야지."

"피를 팔아도 힘은 하나도 안 줄던데요, 뭘."

래순이가 말했다.

"이렇게 하죠."

래희가 말했다.

"우리가 힘을 조금씩 팔아서, 그러니까 우리 둘이 아저씨한테 피를 한 사발씩 파는 거예요. 그러면 아저씨는 우리한테 두 사발을 사는 셈이잖아요? 이 피를 창닝에 도착해서 네 사발로 파는 거죠."

래희의 말에 허삼관은 웃음이 났다.

"한 번엔 두 사발까지밖에 못 팔아. 그러니 아들을 위해 내 자네들한테 한 사발을 사는 걸로 하지. 두 사발을 살 수는 없어. 내가 자네들한테 한 사발을 산 다음에, 창닝에 도착해서 두 사발로 팔면 한 사발 값은 벌 수 있지."

허삼관이 말을 채 끝내기도 전에 두 사람은 코를 골기 시작했다. 그들의 다리가 허삼관의 몸을 눌러 허리가 시큰거리고 등짝이 쑤셨다. 양쪽에서 누르는 통에 숨쉬기조차 어려웠지만 젊은 두 사람의 열기 덕분에 몸이 따뜻해졌다. 선실 밖으로 바람이 휘익 소리를 내며 지나갔고, 뱃머리의 흙먼지가 덮개 아래 난 틈으로 들어와 얼굴에 떨어졌다. 그 틈 사이로 희미하게 별들이 보였다. 달은 보이지 않았지만, 그 빛은 느낄 수 있었다. 달빛 때문에 하늘이 한층 싸늘하게 느껴졌다. 눈을 감으니 강물이 뱃전을 때리는 소리가 마치 자기 귀를 때리는 소리처럼 들렸다. 그렇게 시간이 흐르고 그는 잠이 들

319

었다.

닷새 후, 그들은 치리바오에 도착했다. 치리바오의 실 공장은 성안에 있지 않고 성 밖으로 3리나 떨어진 곳에 있어서 그들은 우선 병원부터 찾기로 했다. 병원 문 앞에 이르러 래희 형제가 안으로 들어가려 하자 허삼관이 그들을 막아섰다.

"병원 위치 알았으니까 지금 들어가지 말고 이제 강가로 가자구……. 이봐 래희, 자네 아직 물을 안 마셨잖아."

"물 안 마셔요. 아저씨한테 팔 건데 어떻게 물을 마셔요?"

허삼관은 손으로 자기 머리를 두드리며 말을 받았다.

"그렇군. 병원만 보면 물 마실 생각이 나서 말이야. 자네가 나한테 피를 판다는 생각은 못했네그려."

허삼관은 잠시 말을 멈췄다.

"그래도 가서 몇 사발 마시고 오게나. 속담에 형제지간에도 계산은 정확히 하라고 했어, 내 실속만 차릴 수야 없지 않나."

"이게 왜 실속 차리는 거예요?"

래순이가 끼어들었다.

"안 마셔요. 입장을 바꿔놓고 생각해보세요. 아저씨라도 안 마셨을 거예요."

래희가 덧붙여 말했다. 허삼관은 속으로 분명 자기라도 안 마셨을 거란 생각을 했다.

"내가 졌네. 자네들 말을 듣기로 하지."

세 사람은 수혈실로 들어갔다. 치리바오의 혈두는 그들의 말을 다 듣고 나서 손가락으로 래희를 가리키며 이야기를 정리했다.

"당신이 나한테 피를 판 다음에⋯⋯."

그는 다시 손가락으로 허삼관을 가리켰다.

"내가 그 피를 다시 저 사람에게 판다?"

허삼관과 래희 형제는 고개를 끄덕였고, 치리바오의 혈두는 한참을 깔깔대더니 자기 의자를 가리키며 말했다.

"내가 저 의자에 앉은 지 올해로 13년째요. 그동안 여기 와서 피를 판 사람이 수천 수만을 헤아리지만, 피를 파는 사람이랑 살 사람이 같이 온 경우는 내 처음이오⋯⋯."

"운수대통하실 거예요. 이렇게 희한한 일을 당하셨으니⋯⋯."

래희가 말을 받았다.

"그렇지."

허삼관이 맞장구를 쳤다.

"이런 일은 다른 병원에도 없었습죠. 저하고 이 사람들하고는 동향은 아니고, 아주 기묘하게 만났거든요. 공교롭게도 이 친구는 피를 팔려 하고 저는 사려 하니, 이런 기묘한 일을 또 기묘하게 만나신 거 아닙니까? 선생님은 금년에 분명 운수대통하실 겁니다⋯⋯."

치리바오의 혈두는 이 말을 듣고 고개를 끄덕이며 말했다.

"당신들 말대로 만나기 어려운 일인 건 분명한데, 운수대통일지는 잘 모르겠구만⋯⋯."

그는 연신 고개를 가로저으며 몇 마디 말을 덧붙였다.

"그렇게 쉽게 말할 수 없는 게, 금년이 마가 든 해일지도 모르는 일 아니오. 이상한 일을 당하면 마가 든다는 말도 못 들어봤소? 개구리가 큰길에서 열을 지어 간다든지, 비가 내릴 때 곤충이 함께 내린다든지, 암탉이 새벽에 운다든지 하는 일 중에 하나를 당하면 그해에는 분명히 마가 든다는데…….”

치리바오의 혈두는 그들 셋과 한 시간 넘게 이야기를 나누고서야 래희가 피를 팔도록 허락해줬다. 물론 허삼관에게도 래희의 피를 살 수 있게 배려해줬다. 일이 다 끝난 후 병원 문을 나서며 허삼관이 래희에게 말했다.

“래희, 우리 돼지간볶음에 황주 두 냥 마시러 가자구.”

“안 가요. 겨우 한 사발 팔고 아까워서 어떻게 먹어요?”

“이봐 래희, 이럴 때는 돈을 아끼는 게 아니야. 자넨 땀을 판 게 아니라 피를 판 거라구. 땀을 팔았다면 물 두 사발로도 보충이 되지만, 피는 반드시 돼지간볶음에 황주를 곁들여 먹어야 보충할 수 있다구. 꼭 먹어야 해. 내 말 들어. 이건 다 경험담이라니까…….”

“괜찮아요. 여자 배에 올라탔다가 내려오는 거하고 같다면서요? 여자 몸에서 내려올 때마다 돼지간볶음을 먹어야 한다면, 감히 누가 먹겠어요?”

허삼관은 연신 고개를 가로저으며 래희를 설득했다.

“이렇게 피를 파는 거랑 여자 배에 올라탔다가 내려오는 거는 차원이 다르단 말이야…….”

“같아요.”

래순이가 끼어들었다.

"자네가 뭘 안다고 그러나?"

"그건 아저씨가 한 말이잖아요."

"그렇긴 하지만, 그건 그저 재미있으라고 한 말인데……."

래희가 말을 받았다.

"전 지금 아주 좋아요. 먼 길을 걸은 것처럼 다리가 조금 후들거리긴 하지만, 좀 쉬면 괜찮아질 거예요."

"내 말 들으라니까. 돼지간볶음을 먹어야 한다구……."

이렇게 옥신각신하는 동안 그들은 어느새 배를 정박해놓은 곳까지 왔다. 래순이가 먼저 배에 올라탔고, 래희도 말뚝에 묶어놓은 줄을 풀고 뒤따라 배에 올랐다.

래희는 뱃머리에 서서 허삼관에게 작별인사를 했다.

"우린 이제 실 공장에 누에고치를 갖다 주러 가야 해요. 여기서 헤어져야 한다구요. 우리 집은 퉁위안 팔 구역이니까 퉁위안에 올 일 있으면 잊지 말고 꼭 찾아오세요. 우린 친구잖아요."

허삼관은 강변에 서서 두 형제가 배를 부려 떠나는 모습을 보며 소리쳤다.

"래순이, 형 잘 보살피게. 아무 일 아니라고 생각하지 말구. 지금 속이 허할 거야. 그러니 자네 형한테 너무 힘든 일 시키지 말게나. 자네가 좀더 힘을 쓰라구. 형한테 노 저으라 하지 말구. 노를 못 젓겠으면 좀 쉬어. 형이랑 교대하면 안 돼……."

"알았어요."

그들은 이미 배를 부려 강의 한가운데까지 나아갔다.

"래희, 돼지간볶음을 안 먹었으니 잠이라도 푹 자라구. 속담에 배부르게 먹지 못했으면 잠이라도 푹 자란 말이 있어. 잠이 보약이라구……."

래희 형제는 아주 멀리 나아갈 때까지 허삼관에게 손을 흔들었고, 허삼관도 그들이 보이지 않을 때까지 손을 흔들었다. 그리고 그들이 더 이상 보이지 않자 돌아서서 거리로 나섰다.

그날 오후, 허삼관도 치리바오를 떠나 배를 타고 창닝으로 갔다. 그는 창닝에서 400호승의 피를 판 다음, 배가 아니라 차를 타고 상하이로 가기로 결정했다. 차가 배보다 좀 비싸기는 하지만, 훨씬 빠르기 때문에 일락이와 마누라를 빨리 보기 위해서는 차가 낫다고 생각한 것이다. 손가락을 꼽아 세어보니, 마누라가 일락이를 데리고 상하이로 떠난 지도 벌써 보름이나 지났다. 일락이의 병이 많이 좋아졌을지……. 차의 시동이 걸리자마자 허삼관의 가슴이 콩닥콩닥 뛰기 시작했다.

허삼관이 창닝을 떠날 때는 새벽이었는데, 상하이에 도착해 일락이가 입원한 병원을 찾아갔을 때는 이미 해가 진 뒤였다. 병실에 들어서자 여섯 개의 침대가 눈에 들어왔다. 그 가운데 다섯 개에는 환자가 누워 있었고, 오직 한 침대만 비어 있었다.

"허일락이 침대는 어느 건가요?"

사람들이 빈 침대를 가리키며 대답했다.

"바로 여기요."

그 순간 허삼관은 머릿속이 윙윙대는 걸 느끼며 근룡이를 떠올렸다. 근룡이가 죽던 그날 새벽, 그가 병원으로 달려갔을 때 지금처럼 근룡이의 침대가 비어 있었다. 그때 사람들은 근룡이가 이미 죽었다고 말했다.

'일락이가 이미 죽었구나' 하는 생각이 들자 허삼관은 그 자리에 선 채 엉엉 울기 시작했다. 거의 울부짖는 것이나 마찬가지였다. 그가 두 손으로 번갈아 눈물을 훔치는 바람에 눈물이 다른 침대에까지 튀었다. 이때 뒤에서 그를 부르는 소리가 들렸다.

"허삼관! 당신 드디어 왔구려……."

그가 울음을 뚝 그치고 돌아보니 허옥란이 일락이를 부축하고 서 있었다. 그 모습에 허삼관은 눈물을 그치고 활짝 웃었다.

"일락이 너 죽지 않았구나. 난 일락이가 죽은 줄 알았다구."

"당신 무슨 헛소리예요? 일락이가 얼마나 많이 좋아졌는데."

일락이를 보니, 정말 걸을 수 있을 정도로 많이 좋아진 것 같았다. 일락이는 침대에 누워 허삼관을 보고 웃었다.

"아버지."

허삼관은 일락이의 어깨를 주물러주며 말했다.

"일락아, 진짜 많이 좋아졌구나. 안색도 좋아지구, 말소리도 훨씬 맑아졌어. 이제 좀 정신이 돌아온 것 같구나. 어깨가 여전히 삐쩍 마르긴 했지만. 일락아, 방금 들어와 보니 네 침대가 비어 있어서, 난 네가 죽은 줄 알았어……."

허삼관은 말을 맺지 못하고 또 눈물을 쏟았다. 그러자 허옥란이 핀잔을 주었다.

"여보, 당신 왜 또 울어요?"

허삼관이 눈물을 닦으며 말했다.

"아까는 일락이가 죽은 줄 알고 운 거였고, 지금은 일락이가 살아 있어서 우는 거야……"

29

그날 허삼관은 길을 가고 있었다. 백발이 성성한 모습에 이도 일곱 개나 빠졌지만 눈은 여전히 좋아서 예전처럼 사물을 분명히 알아볼 수 있었고, 귀도 아주 멀리서 나는 소리까지 들을 정도로 밝았다.

허삼관의 나이 이미 예순이었다. 두 아들 일락이와 이락이는 8년 전과 6년 전에 각각 성으로 재배치를 받았다. 일락이는 식품회사에서 일했고, 이락이는 쌀집 근처에 있는 백화점에서 판매 사원으로 일했다. 세 아들 모두 수 년 전에 결혼을 해서 자식을 낳고 분가해 살고 있었다. 그들은 토요일마다 처와 자식을 데리고 원래 살던 집으로 와서 함께 시간을 보냈다.

이제 허삼관은 세 아들의 생활을 걱정할 필요가 없었다. 허옥란과 함께 벌어서, 둘이 쓰면 그만이었다. 이제는 돈이 부족할 일도 없었다. 또 누덕누덕 기운 옷을 입지 않아도 됐다. 그들의 생활은 마치 허삼관의 요즘 건강상태와 같아서, 허삼관은 누굴 만나기만 하면 이런 말을 했다.

"난 정말 건강해."

그래서 그날 길을 가는 허삼관의 얼굴에는 웃음이 가득했다. 웃을 때마다 얼굴의 주름이 물결처럼 출렁거렸다. 그 위로 햇살이 비추자 주름은 저 안쪽까지 환하게 빛났다. 허삼관은 이렇게 괜한 웃음을 지으며 허옥란이 아침마다 꽈배기를 튀기는 간이식당과 이락이네 백화점, 예전에 연극을 공연하던 극장, 성안의 소학교와 병원, 오성교, 시계포, 정육점, 천령사, 새로 문을 연 옷가게, 나란히 세워둔 두 대의 트럭을 거쳐 승리반점에 이르렀다.

승리반점을 막 지나려 하는데 돼지간볶음 냄새가 진하게 풍겨왔다. 활짝 열린 주방 창문에서 나오는 냄새가 콧구멍 깊숙이 파고들어 그의 발목을 붙잡았다. 그는 걸음을 멈추고 콧구멍 평수를 늘려 그 냄새를 깊게 들이마시더니, 잠시 후에는 입까지 헤벌렸다.

허삼관은 문득 돼지간볶음 한 접시가 간절했다. 물론 황주 두 냥을 곁들여서 말이다. 이런 바람은 점점 커지더니 피를 팔아야겠다는 생각이 불쑥 솟았다. 그의 머릿속에 지나온 날들이 스쳐갔다. 방씨와 근룡이와 함께 승리반점 창가 쪽 탁자에 앉았던 일, 래희 형제와 황뎬의 반점에 갔던 일, 손바닥으로 탁자를 두드리며 시원시원한 목소리로 주문했던 일…….

허삼관은 승리반점 문 앞에서 5분이 넘도록 서성거리다가, 마침내 병원에 피를 팔러 가기로 결심하고는 왔던 길을 돌아 다시 걷기 시작했다. 자그마치 11년 만이었다. 게다가 오늘은 그야말로 생애 처음으로 자기 자신을 위해 피를 파는 거였다.

'이전에 돼지간볶음에 황주를 곁들여 먹은 건 순전히 피를 팔았기 때문이지만, 오늘은 거꾸로 돼지간볶음에 황주를 곁들여 먹기 위해 피를 파는 거야.'

허삼관은 이런 생각을 하며 트럭 두 대를 지나 새로 연 옷가게, 천령사, 정육점, 시계포, 오성교를 거쳐 드디어 병원에 이르렀다. 수혈실 탁자 뒤에 앉아 있는 사람은 이제 이 혈두가 아니라 언뜻 보기에도 서른이 채 안 된 젊은 청년이었다. 젊은 혈두는 앞니가 세 개나 빠진 백발의 노인이 피를 팔러 왔다는 이야기를 듣고 대뜸 핀잔을 늘어놓았다.

"피를 판다구요? 당신 같은 노인이 피를 판다구요? 누가 당신 피를 받기나 한답니까?"

"내가 나이는 많이 먹었지만 몸은 건강하다구. 내 흰머리하고 빠진 이만 보지 말라구. 눈은 멀쩡해. 선생 이마에 있는 작은 점까지 다보인다구. 귀도 그대로야. 여기 가만히 앉아서도 길에서 사람들이하는 말을 다 들을 수 있다 이 말씀이야……."

"당신 눈이랑 귀가 나하고 무슨 상관이오? 어서 나가요."

젊은 혈두는 단호하게 말을 끊었다.

"옛날의 이 혈두는 절대로 그렇게 얘기하지 않았는데……."

"난 이씨가 아니라 심씨란 말이오. 이 심 혈두는 늘 이렇게 얘기한단 말입니다."

"이 혈두가 있을 때는 여기 자주 와서 피를 팔았는데……."

329

"이 혈두는 죽었다구요."

"그 사람 죽은 건 나도 아네. 3년 전에 천령사 앞에 서 있다가, 화장터 영구차가 와서 그 사람 시신을 싣고 가는 걸 봤거든."

"빨리 가요. 난 당신 피 안 살 거니까. 댁처럼 늙은 사람 피는 살아 있는 피보다 죽은피가 많아서 아무도 안 산다구요. 칠장이나 사면 사겠지……."

젊은 혈두는 여기까지 말하고는 낄낄대며 웃었다. 그리고 허삼관을 가리키며 말했다.

"무슨 얘긴지 알겠어요? 칠장이한테 왜 당신 피가 필요한지 알겠냐구요. 좋은 가구를 만들려면 페인트칠을 하기 전에 반드시 돼지 피를 한 번 발라야 하는 법……."

젊은 혈두는 연신 깔깔대며 웃었다.

"알아들어요? 당신 피는 가구 칠감으로 딱 맞는다니까. 그러니 병원 문을 나가서 서쪽으로 쭉 가봐요. 그리 멀지도 않다구요. 오성교 아래 왕씨 성을 가진 가구장이가 있는데, 아주 유명한 사람이에요. 그 사람한테 가보시지 그래요? 아마 당신 피를 사줄 거요."

허삼관은 이 말을 듣고 진저리를 쳤다.

"내 평생 이렇게 심한 말은 처음이네. 내 세 아들이 이 말을 들었다면 아마 자네 주둥이를 찢어버렸을 거야."

허삼관은 말을 마치고 돌아서서 거리로 나왔다. 이미 정오가 되어 거리는 일을 마치고 집으로 돌아가는 사람들로 가득했다. 자전거를 탄 젊은이들이 무리를 지어 스쳐갔고, 가방을 메고 인도를 따라 걸어가는 소학교 학생들도 보였다. 그들과 같이 인도를 걷던 허삼관은 갑자기 억울한 생각이 들었다. 젊은 혈두의 말이 그의 가슴에 깊은 상처를 남긴 것이다. 그는 젊은 혈두의 말을 떠올렸다. 자기처럼 늙은이의 피는 살아 있는 피보다 죽은피가 많아 원하는 사람이 없으니 가구에나 칠해야 한다고……. 40년 만에 처음이었다. 처음으로 피를 팔지 못한 것이다. 집안에 일이 생길 때마다 피를 팔아 해결했는데, 이제는 자기 피를 아무도 원하지 않는다니……. 집에 또 일이 생기면 어떡하나?

허삼관은 울면서 가슴을 열어젖힌 채 길을 걸었다. 바람이 그의 얼굴로, 가슴으로 밀려들었다. 흐릿한 눈물이 눈가에서 솟아올라 양 볼을 타고 하염없이 흘러내려 목으로, 가슴으로 파고들었다. 손을 올려 닦아내자 이번에는 손바닥으로, 손등으로 흘러내렸다.

그의 발은 앞을 향해 걸었고, 그의 눈물은 아래를 향해 흘러내렸다. 그는 고개를 쳐들고 가슴을 활짝 폈다. 걸음에는 힘이 넘쳤고, 앞뒤로 흔드는 팔에도 거침이 없었다. 하지만 그의 얼굴은 참을 수 없는 슬픔이 가득했다. 눈물이 그의 얼굴 위로 뒤엉킨 그물처럼 흘러내렸다. 마치 유리창을 때리는 빗물처럼, 금방이라도 깨질 듯 금이 간 그릇처럼, 무럭무럭 자라나는 나뭇가지처럼, 논밭에 대는 물처럼, 도시 곳곳으로 뻗어나간 길처럼, 눈물은 그의 얼굴에 커다란 그물 하나를 짜놓은 듯했다.

그는 아무 말 없이 앞쪽으로 걸어갔다. 성안의 소학교를 지나 극장과 백화점, 허옥란이 꽈배기를 튀기는 간이식당을 거쳐 집 대문 앞에 이르렀으나 그냥 지나쳤다. 계속 걸어가 두 구역을 지나서 승리반점에 이르렀으나 발걸음은 여전히 앞을 향했다. 옷가게, 천령사, 정육점, 시계포, 오성교를 지나 병원 앞에 이르렀지만 계속 앞만 보고 걸었다. 다시 소학교와 극장을 지나……. 그렇게 그는 성 외곽을 한 바퀴, 또 한 바퀴 돌았다. 지나가던 사람들이 모두 걸음을 멈추고 그가 말없이 눈물을 뿌리며 걷는 모습을 지켜보았다. 그를 아는 이들은 그에게 말을 붙이기도 했다.

"삼관이, 어이 삼관이, 이봐 삼관이……. 왜 울어? 왜 아무 말도 없이 울기만 하느냐고? 왜 우리를 거들떠보지도 않는 거야? 왜 걷기만 하는데? 왜 그러는 거냐고?"

사람들은 일락이를 찾아갔다.

"일락이, 빨리 가보게나. 자네 부친이 눈물을 줄줄 흘리며 거리를 헤매고 계신다네."

어떤 이들은 이락이를 찾아갔다.

"이락아, 어떤 노인이 길에서 울고 있는데, 엄청나게 많은 사람이 둘러서서 구경하고 있어. 빨리 가봐. 그 노인네가 아마 자네 아버지 아닌가 싶어."

또 어떤 사람들은 삼락이를 찾아갔다.

"삼락아, 너희 아버지가 길에서 집안 식구라도 죽은 것처럼 구슬프게 울고 계셔……."

사람들은 허옥란에게도 이 사실을 알렸다.

"어이, 뭐 하고 있어? 아직도 밥을 하는 거야? 그만두고 길에 좀 나

가봐. 애들 아버지가 큰길에서 울고 있다고. 우리가 아무리 불러도 쳐다보지도 않고, 왜냐고 물어도 아는 체도 않는다구. 무슨 일인지 도통 모르겠네. 빨리 가봐……."

일락, 이락, 삼락이가 아버지를 찾으러 거리로 나섰다. 한참을 헤매다가 오성교에 가서야 아버지를 찾았다.

"아버지, 왜 우시는 거예요? 누가 아버지를 깔보기라도 했어요? 말씀만 하세요……."

허삼관은 다리 난간에 몸을 기댄 채 울먹이는 소리로 대답했다.

"이젠 늙어서 아무도 내 피를 거들떠보지 않는다는구나. 칠장이라면 모를까……."

"아버지, 무슨 말씀 하시는 거예요?"

허삼관은 계속 혼잣말을 했다.

"앞으로 집에 또 무슨 일이 생기면 난 어떡하지?"

"아버지, 도대체 무슨 말씀을 하시는 거냐니까요?"

이때 허옥란이 와서 허삼관의 양팔을 붙잡고 물었다.

"여보, 무슨 일이에요? 기분 좋게 집을 나서더니 왜 이렇게 울고불고 난리예요?"

허삼관은 허옥란을 보고는 손으로 눈물을 닦으며 신세한탄을 늘어놓았다.

"여보, 내가 늙어서 앞으로는 피를 팔 수가 없다네. 내 피는 아무도 안 산다는 거야. 앞으로 집에 무슨 일이 생기면 어떡하지?"

"여보, 이젠 피 팔 일 없어요. 이젠 집에 돈도 있을 만큼 있고, 또 돈

떨어질 일도 없는데 무슨 피를 또 판다고 그래요? 그런데 오늘 왜 피를 팔려고 했어요?"

"돼지간볶음 한 접시 먹었으면 해서. 황주 두 냥하고……. 피를 팔아서 사 먹으려고……."

"아버지, 울지 마세요. 돼지간볶음하고 황주가 드시고 싶으면 제가 돈을 드릴 테니까 제발 울지 마세요. 여기서 이렇게 우시면 사람들이 저희가 아버지한테 뭔가 서운하게 했다고 생각할 거 아녜요……."

일락이가 말했다.

"아버지, 온종일 난리를 치신 게 그것 때문이었어요? 참, 동네 창피하게……."

이락이가 말했다.

"아버지, 그만 좀 우세요. 우시려거든 집에 가서 우세요. 여기서 울면 사람들이 비웃는다구요……."

삼락이가 말했다.

허옥란은 세 아들의 말을 듣고는 그들에게 삿대질을 하며 욕을 퍼부었다.

"이 자식들아, 너희들 양심은 개한테 갖다 줬냐? 아버지한테 그렇게 말하다니. 너희 아버지는 피 팔아 번 돈을 전부 너희를 위해서 썼는데. 너희 삼형제는 아버지가 피를 팔아 키웠다 이 말이다. 생각들 좀 해봐라. 흉년 든 그해에 집에서 매일같이 옥수수죽만 먹었을 때, 너희들 얼굴에 살이라고는 한 점도 없어서 아버지가 피를 팔아 국수를 사주셨잖니. 이젠 완전히 잊어버렸구나. 그리고 너 이락이, 네가 생산대에 갔을 때 너희 대장한테 너 좀 잘 부탁한다고 아버지가 피를 두 번이나 팔아서 밥 먹이고 선물까지 사주고 그랬는데, 너 아주 까맣게 잊었구나. 일락이 너도 그럴 줄은 몰랐다. 네가 아버지를 두고 그렇게 말하다니, 참 가슴이 미어지는구나. 너한테 아버지가 얼마나 잘해주셨는데. 사실 친아버지는 아니지만, 너한테는 다른 어떤 아들한테보다 잘해주셨을 게다. 네가 상하이 병원에 입원했을 때, 집안에 돈이 없어서 아버지가 여기저기 돌아다니면서 피를 파셨지 않니. 한 번 팔면 석 달은 쉬어야 하는데, 너 살리려고 자기 목숨은 신경도 쓰지 않고, 사흘 걸러 닷새 걸러 한 번씩 피를 파셨단 말이다. 쑹린에서는 돌아가실 뻔도 했는데, 일락이 네가 그 일을 잊어버리다니…….이 자식들아, 너희들 양심은 개새끼가 물어갔다더냐. 이놈들…….”

허옥란은 한바탕 독설을 퍼붓고는 허삼관의 손을 잡아끌었다.

“여보, 갑시다. 우리 돼지간볶음 먹으러 가자구요. 황주도 마시구요. 이젠 가진 게 돈뿐인데 뭘 그래요…….”

허옥란은 주머니에서 돈을 꺼내 허삼관에게 보여주었다.

“여기 봐요. 5원짜리도 두 장 있고, 2원짜리도 있어요. 1원짜리도 …….그리고 주머니에도 돈이 있다구요. 뭘 먹고 싶어요? 먹고 싶은 대로 다 사드릴 테니까…….”

“그냥 돼지간볶음 한 접시하고 황주면 돼.”

허옥란은 허삼관의 손을 잡아끌고 승리반점에 가서 돼지간볶음 한 접시와 황주 두 냥을 주문하고 재차 물었다.

"뭐 다른 건 드시고 싶은 거 없어요? 있으면 말씀하세요."

"다른 건 다 싫고 돼지간볶음하고 황주면 돼."

그러자 허옥란은 다시 돼지간볶음 한 접시와 황주 두 냥을 시켰다. 그런 다음 허삼관에게 메뉴판을 보여주며 또 물었다.

"여기 다른 음식도 아주 많다구요. 전부 맛난 것들이구요. 자, 뭘 더 드실라우?"

"난 그냥 돼지간볶음하고 황주가 먹고 싶어."

그래서 허옥란은 돼지간볶음을 또 한 접시 시키고, 이번에는 황주를 아예 병째 주문했다.

돼지간볶음 세 접시가 상에 올라온 뒤 허옥란은 또다시 먹고 싶은 음식이 있는지 물었고, 허삼관은 고개를 가로저으며 대답했다.

"됐어. 더 시키면 다 못 먹는다구."

돼지간볶음 세 접시와 황주 한 병, 그리고 두 냥짜리 황주 두 사발을 마주한 허삼관의 얼굴에 비로소 웃음이 피어났다. 그가 돼지간볶음을 입에 넣고 황주를 마시며 말했다.

"내 평생 이렇게 맛있는 돼지간볶음은 처음이야."

허삼관은 환하게 웃으며 음식을 먹다가 문득 젊은 혈두의 말이 생각났다. 그래서 그 녀석이 한 말을 허옥란에게 해줬더니, 허옥란이 욕을 마구마구 쏟아냈다.

"그 자식 피가 돼지 피지. 그 자식 피는 칠장이도 안 쓸걸. 그놈의 피야말로 도랑이나 하수도용이지. 제까짓 자식이 뭔데? 난 그 자식이 어떤 자식인지 잘 안다구요. 그 심 꼴통의 아들이잖아. 그 자식 아비는 진짜 밥통이라구요. 1원짜리하고 5원짜리도 구분 못하는 천치라니까요. 걔네 엄마도 내가 잘 알지. 알아주는 화냥년이라구요. 그래서 그 자식은 누구 씨앗인지 아무도 모른다니까요. 그 자식, 삼락이보다도 어린 자식이 감히 그렇게 말하다니. 우리가 삼락이를 낳았을 때 세상에 있지도 않았던 자식이 말이야. 이제 와서 감히 어느 면전이라고 으스대기는……."

이 말을 들은 허삼관이 허옥란에게 근엄하게 한마디 했다.

"그런 걸 두고 좆 털이 눈썹보다 나기는 늦게 나도 자라기는 길게 자란다고 하는 거라구."

1996년 말이었는지 1997년 초 겨울이었는지《인생》의 판권 계약을 부탁받아 찾아간 그의 집에서 위화는 갓 출판된《허삼관 매혈기》를 건네며 읽어보고 재미있으면 번역해보라고 지나가는 말 비슷하게 건넸다. 나는 기숙사로 돌아오자마자 단숨에《허삼관 매혈기》를 읽었고, 바로 위화에게 전화를 걸어 번역해도 되겠냐고 물었다. 그는 그러라고 했다. 지금 생각해도 참 운이 좋았다. 아쉬운 점이 하나 있다면 번역을 마친 시점이 IMF 시기라 출간이 늦어진 점이다.

아무튼 위화와의 만남 이후, 그의 작품들을 읽고 난 후부터 허삼관은 내게 중국을 바라보는 투시경이 되었고, 아Q만 해도 예전과는 다르게 느껴졌다. 그때나 지금이나 무슨 문제만 생기면 중국 인민의 열근성을 들먹이며 아Q를 소환하는데, 허삼관을 만난 이후부터는 내 머릿속에 그게 왜 인민 탓이냐? 지도자 탓이지 하는 생각이 들기 시작했다.

도대체가 황당한 일들이 난무하던 시대를 뭔가 모자란 듯하면서도 능청스런 인간 허삼관은 살아낸다. 피를 팔아서 말이다. 자신의 삶을 위해, 때로는 자식의 삶을 위해, 청출어람 하는 피 매입자들을 상대로 말이다.

추신

이렇게 후기를 쓰고 난 뒤 위화로부터 서문을 받았는데 이렇게 기억이 다를까 싶어 《라쇼몽》의 위대함을 새삼 깨달았다. 서문을 받고 "내 기억과는 많이 다르다"라고 챗을 보냈더니 바로 답이 왔다.

"네 기억이 틀렸어."

2023년 8월 9일

최용만

삶, 그 연민의 서사체

1. 삶의 그늘진 자리

당신은 요즘 즐거운가. 지금 당신의 삶이 충분히 의미 있고 행복하다고 느끼는가. 아니면 무척 고단한 삶의 나날을 보내고 있다고 푸념하는가. 혹은 삶이란 그저 그런 것이라고 시큰둥해하며 지내고 있는가. 어떤 당신이어도 좋다. 요즘 당신이 어떻게 지내고 있든, 나는 잠시 당신의 시간을 빌려 어떤 사람의 이야기, 혹은 삶의 이야기를 나누고 싶다. 혹 당신이 나와의 대화를 거부해도 나는 어쩔 수 없다. 하지만 내가 하고자 하는 '그'의 이야기는 당신이 어떤 당신이든 당신과도 관계있고, 또 나와도 관계있다는 점을 먼저 밝혀둔다.

성급한 당신이 내게 묻는다. '그'가 누구냐고. 이해하지만, 그리 서두를 것은 없다. 그럴 사이, 두 번째 당신이 끼어든다. 누구긴 누구야! 이 소설의 주인공 '허삼관'이지, 뻔한 것 아냐. 소설 뒤에 붙은 해설이니, 당연히 그 사람 얘기 아니겠냐고. 세 번째 당신도 맞장구

친다. 자기 피 팔아 한평생 살아간 그 사람 말이야? 요즘 같은 세상에 그런 사람 얘기하는 거 별로 재미없잖아? 시대착오적이기도 하고. 또 다른 냉소적인 당신이 툭 내뱉는다. 아니, 그건 그렇고, 당신이 중국 문학 연구자도 아니면서 왜 중국 소설에 끼어든 거야. 분수를 모르는 짓 아냐? 꽤 이지적인 당신은 아예 내게 직격탄을 쏜다. 당신의 말에 나는 잠시 휘청거린다. 당신 말이 맞다. 처음부터 과분한 일이었는지도 모른다. 그러나 어떤 경위든 나는 '그'에 관해서 당신들과 대화하게 되었다. 긴 변명을 하지는 않겠다. 그런데 다행스럽게도 너그러운 당신이 나를 도와준다. 뭐 어때, 중국 소설이라고 해서 꼭 중국 문학 전공자만 읽을 수 있는 것은 아니잖아. 나는 그런 당신에게 넙죽 절이라도 하고 싶은 느낌이다. 너스레는 그만 떨고 빨리 하고 싶은 얘길 해봐. 성급한 첫 번째 당신이 내 말머리를 재촉한다. 으음……, 그러니까……, 나는 허둥대는 기분이 된다. 그는 나다. 그는 또 당신이다. 말을 꺼내놓고 보니 아까 했던 얘기다. 어떤 당신이 못마땅한 모양이다. 무슨 소리야? 나는 그가 아니야, 보아하니 당신도 그일 수 없는 것 같은데? 아니, 그는 나고, 또 당신이고, 나아가 우린데? 나는 이내 볼멘소리가 된다. 하지만 기운을 지펴본다.

누구나 그럴 수 있다. 누구든 그런 처지에 빠질 수 있다. 당신이 비록 서울역사에서 또 어느 다른 자리에서 점점 한기를 더해가는 찬바람을 신문지로 가린 채 잠들어야 하는 처지와는 전혀 다르게 살고 있다손 치더라도, 어찌 그 삶이 당신과 전혀 별개의 삶이라고 말할 수 있겠는가. 양지만 삶이 아니다. 양지는 반드시 음지를 압축하고 있는 법. 그러니 예로부터 삶의 그늘을 모르는 자는 인생을 모른다고 하지 않았을까. 일상의 나날에서 잊고 살지만 그럼에도 불구하고 여전히 우리 삶의 그늘진 자리에 있는 것, 그런 자리에서의 진실을 '그'의 이야기는 들려주는 것이 아닐까. 그렇다면 그 진실이란 무엇인가. 삶, 그 자체가 환기하는 연민이 아닐까.

이쯤 해서 대뜸 냉소적인 당신이 말을 가로챈다. 갑자기 근엄한 체하면서 무슨 궤변이야? 그리고 무슨 말이 그렇게 어려워? 그렇다면, 미안. 내 얘긴, 다른 게 아니고…… 허삼관이란 '그'의 이야기가 바로 나와 당신을 포함한 우리의 이야기고, 혹 그것을 거부하고자 하는 당신에게는 당신의 그늘에 관한 이야기일 수 있다는 거지. 가령 말이야, 어떤 당신이어도 좋아. 당신의 아버지나 아버지의 아버지를 생각해봐. 허삼관 같은 삶을 사셨을 수도 있잖아. 그 내력 속에 당신이 있다면, 당신의 그늘진 자리엔 또한 허삼관의 삶이 있는 거라구. 안 그래?

한마디만 더 할까. 삶의 그늘을 생각하면 말이야. 난 한없이 슬퍼져. 갑자기 웬 센티멘털? 아니, 그런 건 아니구. 우리가 나고 자라서 일하고 사랑하고 헤어지고 아프고, 또 어찌어찌 하다가 죽잖아. 그 삶의 줄기에 무엇이 스며 있는지 생각해봐. 바로 비애와 연민이 아니겠어. 삶은 그런 거야. 꼭 그렇게 염세적일 필요가 있어? 눈앞의 현실을 즐기기도 바쁜 세상에? 세상에! 그렇게 말하는 당신은 행복하겠다. 비록 일면적일 테지만 말이야. 아니, 왜 빈정거리지, 기분 나쁘게. 그렇게 들렸으면 미안해. 어쨌거나 내 얘기를 할게. 아니 '그'

의 얘기이자 당신의 얘기를 말이야. "한 번 피를 팔면 35원을 받는데, 반년 동안 쉬지 않고 땅을 파도 그렇게 많이는 못(23쪽)" 버는 세상에서 살아가는 이야기 말이야, 삶의 그늘진 자리 이야기 말이야.

2. 삶의 양식(糧食), 양식(樣式), 양식(良識)

당신도 이미 이 소설을 다 읽어서 알겠지만, 위화의 《허삼관 매혈기》는 주인공 허삼관이 피 팔아 살아가는 인생 역정 이야기다. 이 소설은 처음부터 끝까지 '피=힘=돈'의 등식을 바탕으로 하고 있다. 앞부분에서 열아홉의 근룡이는 말한다. "여자를 얻고 집을 짓고 하는 돈은 전부 피를 팔아 벌어요. 땅 파서 버는 돈이야 겨우 굶어 죽지 않을 정도니까요(37쪽)."

곧 피를 팔아야 삶의 양식(糧食)을 구할 수 있는 삶의 양식(樣式)을 다루고 있는 셈이다. 함부로 슬프다고 말할 수조차 없는 슬픔이 거기 들어 있다. 그런데 작가는 그 슬픔의 이야기를 축축하거나 무겁게만 다루지 않는다. 슬픔을 농담처럼 재미있게 얘기한다. 제 자식인 줄 알았던 맏이 허일락이 남(하소용)의 자식임이 밝혀지고, 이를 바탕으로 주인공 허삼관과 아내 허옥란, 그리고 아내의 옛 애인 하소용과의 삼각관계 이야기와 허삼관-허일락의 계부자(繼父子) 관계 이야기가 재미있으면서도 의미심장하게 진행된다. 그것이 통속에 빠지지 않고 삶의 양식(樣式)의 파탄과 회복 과정을 통해 삶의 양식(良識)을 보여주고 있기 때문이다. 여기서 당신은 나의 말을 자의적인 과잉 해석이라고 의심할지 모른다. 당신의 의심을 풀기 위해 나는 좀더 자세한 이야기를 해야 한다.

허삼관은 처음에 피를 파는 것이 건강의 징표가 되는 데다가 돈도 많이 벌 수 있다는 생각에 방씨와 근룡이와 더불어 피를 판다. 피를 팔고 난 그에게 방씨가 어떻게 쓸 것인지 묻자, "아직 (생각) 안 해봤는데요. 오늘에서야 피땀 흘려 번 돈이 어떤 건지를 안 셈이죠. 제가 공장에서 일해 번 돈은 땀으로 번 돈이고, 오늘 번 돈은 피 흘려 번 돈이잖아요. 피 흘려 번 돈을 함부로 쓸 수는 없지요. 반드시 큰일에 써야죠(37~38쪽)"라고 말한다. 그야말로 피 흘려 번 돈, 그 귀한 돈으로 그는 여자를 얻어 결혼을 하기로 한다. 임분방과 허옥란, 둘을 놓고 저울질을 하다가 허옥란 쪽으로 결정하고 그녀에게 접근하여 결혼을 성사시킨다. 처음에 하소용과 사귀고 있던 허옥란이었으나, 피를 판 돈의 위력으로 인해 하소용이 물러나고 만 것이다. 5년 동안 아들 셋을 낳는다.

그러던 중 첫째 아들 일락이 자기 친아들이 아니라 하소용의 자식임이 밝혀진다. 주위 사람들은 허삼관을 두고 중국 남자에게는 최악의 욕에 해당되는 '자라 대가리'라며 수군거린다. 이로 인해 그의 가정은 파탄 직전까지 가지만 가까스로 봉합된다. 그런 터에 일락이 대장장이 방씨의 아들을 돌로 찍어 큰 부상을 입히는 사건이 발생한다. 방씨가 치료비를 청구하자 허삼관은 하소용에게 받으라고 하지만, 하소용이 그것을 부담할 리 만무하다. 허옥란이 찾아가고 심지어 아들 일락이 찾아갔지만 허사였다. 치료비를 받지 못하자 방씨는 허삼관네 가산을 차압해 간다.

이런 일을 당하자 그는 나머지 두 아들에게 첫째 일락을 빼고 너희만 내 아들이라고 말하며, 하소용에 대한 적개심에 불탄 나머지 이다음에 크면 하소용네 두 딸을 강간하라고 극언한다. 그러면서도 자기 가산을 되찾아 와야겠다는 생각을 하고 10년 전 피를 팔았던 것을 떠올리며 피를 판다. 이 사실을 안 아내 허옥란은 피를 판 것은 조상을 판 것이나 다름없다며 남편에게 욕을 한다. 이에 아내에게 "피를 팔았단 말이야. 이 허삼관이 피를 팔았다구. 하소용 대신 빚을 갚으려고 피를 팔아서 또 자라 대가리 노릇을 했단 말이야(122쪽)"라고 푸념하던 허삼관은 다리를 다쳐 누워 있는 임분방의 문병을 가서 그녀와 관계를 맺는다. 그러고 나서 그녀를 위해 다시 피를 판다. 그녀에게 준 선물이 빌미가 되어 사단을 알게 된 임분방의 남편이 허삼관네 집을 찾아와 욕을 하고 가자, 허옥란은 길길이 뛴다.

문화대혁명을 전후한 시기에 허삼관네를 비롯한 모든 사람들이 허기에 시달린다. 옥수수죽만 마실 수 있을 뿐 먹을 양식을 마련할 대책이 없다. 옥수수죽만 마셔댄 지 57일이 되자 허삼관은 "피를 팔아야지. 식구들 맛있는 밥 한 끼 먹게 해줘야지(174쪽)."라며 세 번째로 피를 팔게 된다. 이때 아내 허옥란의 다음과 같은 푸념에서 당신도 아마 삶의 애조를 진하게 느꼈을 것이다.

"일락이가 대장장이 방씨네 아들 머리를 박살 냈을 때 피를 팔러 갔었지. 그 임 뚱땡이 다리가 부러졌을 때도 피를 팔았고. 그런 뚱뚱한 여자를 위해서도 흔쾌히 피를 팔다니. 피가 땀처럼 덥다고 솟아나는 것도 아닌데

……. 식구들이 57일간 죽만 마셨다고 또 피를 팔았고, 앞으로 또 팔겠다는데……. 하지만 그렇게 하지 않으면 이 고생을 어떻게 견디나……. 이 고생은 언제야 끝이 나려나(177쪽)."

남편에 대한 이중 감정을 숨기지 않고 드러내면서도 근원적으로는 양식(糧食)이 곤궁한 삶의 양식(樣式)에 대한 한없는 원망을 분명히 한다. 특히 "그렇게 하지 않으면 이 고생을 어떻게 견디나……. 이 고생은 언제야 끝이 나려나" 부분은 원망 그 깊숙한 자리에 맺힌 애린이요 비창에 다름 아니다. 이 아득하고도 막막한 애조가 당신들의 심사를 아마도 무척이나 무겁게 했을 것이다.

그러나 작가는 서사 진행의 긴장과 이완을 적절히 교차 반복시키는 담론 전략을 구사하여 당신의 무거움을 덜어준다. 일락이만 빼고 국수를 먹으러 가는 장면에서 보이는 희비극적 조작에서 당신은 좀 가벼워진다. 사실은 비극적이지만 허삼관의 희극적 행태로(이 장면에서 허삼관은 인정머리 없고 소갈머리 없는 인간으로 비치기보다 희극적인 인물로 비친다) 그려 보임으로써 이야기의 흐름을 원만하게 해준다.

혼자 소외된 일락은 북받쳐 오르는 서러움 끝에 "그래, 난 당신 친아들이 아니야. 당신 역시 내 친아버지가 아니라구(187쪽)"라고 잠든 허삼관을 향해 말한다. 이튿날 일락은 생부 하소용을 찾아가지만 여지없이 쫓겨나자 가출을 시도한다. 일락이 친자식이 아님을 허삼관이 선언하는 대목에서 여기까지 계부자 관계는 단절로 치닫는 매우 소원한 관계였음을 당신도 기억할 것이다. 하지만 허삼관이 일락을 찾아 업고 오면서 겉으로는 욕을 하지만 내심 따스한 부정을 전한다. 그에 따라 일락이 "아버지, 우리 지금 국수 먹으러 가는 거예요?"라고 묻고, 허삼관이 욕을 멈추고 온화한 목소리로 "그래(198쪽)"라고 대답하는 장면에서 일차 화해가 이루어지고 둘 사이의 거리가 가까워진다.

이차 화해이자 결정적 화해의 계기는 하소용이 제공한다. 둘이 불화하게 되는 근본적 계기를 제공한 인물이 바로 그였듯이 말이다. 하소용은 트럭에 치여 거의 죽게 된다. 그 부인이 점쟁이기도 한 성 서쪽의 중의 진 선생을 찾아갔는데, 육체 치유를 위한 약과 함께 영혼을 구하기 위한 처방을 받는다. "영혼이 달아날 때는 굴뚝을 통해서 나가는 법인데, 당신 아들한테 지붕에 올라가 굴뚝을 깔고 앉은 다음 서쪽 하늘을 향해 '아버지, 가지 마세요. 아버지, 돌아오세요'라고 외치게 하시오(203쪽)." 이런 진 선생의 말을 들은 하소용의 부인은 허삼관의 집에 찾아와 사정한다. 일락이 싫다고 하는데도 허삼관은 '양심'을 강조하며 일락을 설득한다.

일락아, …… 사람은 양심이 있어야 해. 내가 널 13년 동안 키우면서 때리기도 했고, 욕도 했지만 마음에 담지는 말아라. 다 널 위해서였으니까. 13년 동안 내가 너 때문에 얼마나 마음을 졸였는지. …… 하소용이 이전에 우리한테 몹쓸 짓을 한 건 다 지난 일이다. 그걸 마음에 담아두면 안 된다. 지금은 하소용이 위독하다 하니, 일단 목숨부터 구하고 보는 거다. 어쨌든 하소용도 사람이고, 사람 목숨은 다 소중한 거 아니겠느냐. 게다가 네 친아버지인 것도 사실이니 네가 친아들 된 입장에서 지붕에 올라가 소리 몇 번 질러줘라……(210~211쪽).

이 대목에서 당신도 허삼관의 '양심'이란 말에 유의하면서 내가 삶의 '양식(良識)'이란 말을 썼음을 짐작할 것이다. 비록 양식(糧食)조차 구하기 어려운 그야말로 일그러진 삶의 양식(樣式) 위에 던져진 궁민(窮民)의 처지지만, 허삼관은 그럴수록 삶의 양식(良識)으로서의 양심만큼은 가난해져서는 안 된다고 생각하는 인물이다. 그늘의 그늘은 양지가 될 수 있듯 삶의 그늘진 혹은 후미진 자리에 던져진 존재인, 그늘-존재인, 허삼관의 그늘에서 우리는 밝은 양식의 빛을 발견하는 기쁨을 누린다. 허삼관의 양식 있는 설득으로 일락은 하소용을 위해 굴뚝 위에 올라가 소리를 질러준다. 그러자 허삼관은 일락을 데리고 내려와 일락이 피를 나눈 친아들임을 선언하는 의식을 치르고 다른 사람들에게 공표한다. 여기서 둘 사이의 결정적 화해가 이루어진다. 일락이 진 선생의 처방대로 했음에도 불구하고 하소용은 결국 죽는다. 즉 생부가 죽고, 이제 계부가 다시 생부처럼 된 것이다.

한편 문화대혁명의 와중에 허삼관의 아내 허옥란이 비판당하는 장면 또한 당신에게는 퍽 충격적이었을 터이다. 하소용과의 과거 문제가 빌미가 되어 대자보가 붙고 비판투쟁대회에 허옥란이 끌려 다니는 곤욕을 치른다. 게다가 외압에 의해 가족 비판대회까지 열린다. 남편과 아들들에 의해 비판당해야 하는 장면에서 우리는 일그러진 이데올로기의 양식(樣式)을 간파한다. 하소용과의 과거 사건이 한 갓 통속으로 떨어지지 않게 하는 사회적 장치이기도 하면서, 가망 없는 이데올로기에 대한 간접적인 비판의 장치이기도 하다. 이런 와중에서도 허삼관은 또 한 번 양식(良識)을 보여준다. 아이들이 어머니의 부정을 규탄하며 아버지를 칭송하자, 자신이 비판 대상도 아니면서 직접 임분방과의 일을 아들들에게 털어놓는 것으로 아내 허옥란을 구해주려는 헌신적 온정이 바로 그것이다.

대혁명이 진행되면서 일락과 이락은 농촌의 생산대로 떠난다. 떠났던 일락이 쇠약한 몸이 되어 집에 왔는데, 그를 다시 보내며 허삼관은 다섯 번째 피를 판다. 한 달도 채 못 되어 둘째 아들 이락의 부대 생산대장이 방문하자 또다시 여섯 번째 피를 팔게 된다. 이락이 가 빨리 귀가할 수 있도록 생산대장에게 잘 보일 필요가 있었는데, 그를 대접할 양식(糧食)이 없는 그로서는 어쩔 수 없는 가혹한 선택이었다. 특히 이전과는 달리 아내 허옥란이 직접 남편에게 피를 팔도록 부탁하는 장면은 당신을 픽 슬프게 했을 것이다. 게다가 피를 팔고 돌아와 전혀 기운 없는 몸으로 억지로 술을 마셔야 하는 그의 모습에서 당신은 혹시 눈시울을 붉혔을지도 모른다.

술을 세 잔째 털어 넣은 다음부터는 뱃속이 부글부글 끓어오르면서 먹은 술이 거꾸로 넘어올 것 같았다. 그는 재빨리 문가로 뛰어가 웩웩거리며 토를 했다. 허리에 경련까지 일어나는 바람에 몸을 일으켜 세울 수조차 없어 그대로 쪼그리고 있었다. 잠시 후 그는 천천히 일어나 입을 닦고, 눈물이 그렁그렁한 얼굴로 자리에 돌아와 앉았다.

이락이네 생산대장은 허삼관이 돌아오자 다시 잔을 가득 채우며 소리 질렀다.

"자, 또 한 잔 들어요! 몸은 상해도 감정은 상하면 안 되니까. 자, 다시 한 잔 듭시다."

허삼관은 속으로 '이락이를 위해서, 이락이를 위해서라면 마시다 죽는 한이 있어도 마셔야지'라고 생각했다. 그래서 술잔을 받아 들고 한입에 털어 넣었다(269쪽).

연민의 초상이 아닐 수 없다. 이뿐만 아니다. 피를 팔러 병원에 갔다가 만난 근룡이에게 같이 피 팔던 방씨가 오줌보가 터져 몸이 아주 망가졌다는 말을 듣기도 했거니와, 피를 팔고 난 근룡이가 쓰러져 병원에 눕혀놓고 온 허삼관이 아니던가. 이튿날 병원에 간 허삼관은 근룡이가 결국 죽었음을 확인한다. 피를 팔며 살아왔던 인생이 피를 팔다가 죽어간 것이다. 하지만 근룡이가 죽었다든지 방씨의 오줌보가 터졌다든지 하는 것으로 비극이 그치지 않는다. 계속 이어진다. 아들 일락이가 위중한 간염에 걸려 이락이의 등에 업혀온 것이다. 일단 일락이를 상하이의 큰 병원으로 허옥란과 함께 보낸 다음, 허삼관은 상하이로 가는 길을 따라 이어지는 '매혈 여로'를 거친다.

허삼관은 린푸에서 배를 타고 베이당과 시탕을 거쳐 바이리에 도착했다. 집을 떠난 지 벌써 사흘째였다. 엊그제 린푸에서 피를 팔았고, 오늘은 바이리의 병원을 찾아가 피를 팔 생각이었다. 바이리에는 아직도 눈이 녹지 않아 강 양편의 길이 진흙탕처럼 질퍽거렸다. 또 찬바람이 얼굴을 때려 살갗이 처마 밑에 걸린 건어물처럼 메말라갔다. 허삼관은 솜저고리의 주머니에 사발을 넣은 채, 한 손으로 소금을 입에 털어 넣으며 길을 걸었다. 그러다 강변에 있는 계단에 이르러 강물을 두 사발 떠 마시고 또다시 소금을 먹으며 길을 걸었다.

그날 오후 허삼관은 바이리의 병원에서 피를 팔고 나와, 병원 맞은편 반점에 가서 돼지간볶음과 황주 두 냥을 먹으려 했지만 몸을 움직일 수가 없었다. 그는 두 손으로 자기 몸을 꼭 껴안은 채 길 한가운데서 그저 덜덜 떨고 있었다. 두 다리가 광풍에 떠는 마른 가지처럼 격렬하게 흔들리는 모습이 곧 부러질 것만 같았다. 이윽고 몸이 휘청하더니 허삼관은 그대로 땅바닥에 쓰러지고 말았다(291~292쪽).

매혈 여로가 계속될수록, 그 고단한 역정이 이어질수록 허삼관의 몸은 쇠잔해지고 생명은 줄어든다. 그야말로 목숨을 건 여로이기 때문이다. 아들을 위해 어쩔 수 없이 생명을 담보로 한 매혈 여로를 걸어야 하는 허삼관의 초상 앞에서 우리의 연민의 정조는 더욱 깊어질수밖에 없다. 여관에서 동숙했던 노인이 "아니, 먼저는 힘을 싹 팔고 그 다음엔 온기를 싹 팔았다더니, 그럼 이제는 목숨만 겨우 남았을 텐데, 또 피를 팔면 그건 목숨을 팔아넘기는 거 아니요(297쪽)?"라며 진심으로 걱정해주지만, 그러나 허삼관에게 다른 선택의 여지란 있을 수 없었다. 그러다가 결국 황뎬에서 열 번째 피를 팔던 중 쓰러져 수혈을 받게 됨으로써 두 번 피 판 돈을 지불해야 되는 불상사도 겪는다. 그러고 나서 병원을 나온 그가 겨울바람 속에서 나무에 기댄 채 웅크리고 앉아 남은 돈을 정성스럽게 세고 또 잘 싸서 주머니에 넣으면서 눈물을 흘리는 장면에서 당신 역시 눈물을 보였을지도 모른다.

또 "내가 쉬지 않고 피를 파는 건 이거 말고는 별수가 없기 때문이야. 내 아들이 상하이의 병원에 있는데, 병이 아주 심하다네. 그래서 돈을 아주 많이 모아 가야 하거든. 돈이 없으면 의사가 주사도 안 놔주고, 약도 안 줄 테니까"라는 그의 목소리, 그리고 "원래는 치리바오에 가서 한 번, 창닝에 가서 한 번 더 피를 팔 생각이었네만, 이젠 못 하겠어. 또다시 피를 팔았다간 목숨까지 팔아넘길 것 같아서 말이야(318쪽)"라는 그의 목소리도 당신의 가슴을 울렸을 것이다. 결국 허삼관의 매혈 여로는 당연히 비극의 심화 여로요, 그에 따른 연민의 심화 여로였다고 할 수 있겠다. 그 여로에서 우리는 '산다는 것'에 대한 근본 문제를 발견하기도 한다. 어쨌거나 그는 이 매혈 여로를 통해 아들의 목숨을 구한다. 이런 식으로 그는 일이 있을 때마다 매혈을 통해 해결한다. 그러니까 그의 인생 역정이란 곧 매혈로 점철된 여로에 다름 아니었던 것이다.

소설은 시간을 단축시켜 결미 부분에서 예순이 된 허삼관의 초상을 보여준다. 그는 어느 날 승리반점 앞을 지나다가 돼지간볶음 냄새를 맡고는 그것이 불현듯 먹고 싶어졌다. 지난 시절 피를 팔던 기억을 파노라마처럼 떠올리던 그는 마지막으로 피를 판 지 11년 만에, 그리고 "생애 처음으로 자기 자신을 위해(329쪽)" 피를 팔기로 결심한다. 그러나 병원에서 젊은 혈두에게 거절당한다. 이제는 늙어서 자신의 피는 아무도 원하지 않고 가구에나 칠해야 한다는 말을 들은 그는 심한 절망감에 빠진다. "40년 만에 처음이었다. 처음으로 피를 팔지 못한 것이다. 집안에 일이 생길 때마다 피를 팔아 해결했는데, 이제는 자기 피를 아무도 원하지 않는다니……. 집에 또 일이 생기면 어떡하나(331쪽)?" 이런 생각을 하며 눈물을 줄줄 흘리는 허삼관의 격정적 초상에서 우리는 연민의 극대치를 체험한다.

양식(糧食)이 턱없이 부족한 형편이지만 그럼에도 불구하고 삶의 양식(良識)을 추구하며 나름대로 진실한 삶의 양식(樣式)을 꾸려오고자 했던 한 기층 민중이 자기 삶의 양식(樣式)의 종말이 예견되는 상황에서 느끼는 비애여서, 그에 대한 연민의 정조는 그만큼 각별한 것이 아닐 수 없다. 핏빛으로 얼룩진 허삼관의 눈물에서 우리는 매우 고단한 삶의 역정의 결정체를 확인할 수 있으며, 그로 인해 삶이란 한 편의 서사체란 결국 연민의 이야기 엮음이 아니겠는가 하는 생각을 하게 된다.

3. 삶의 희비극

이야기는 희극적 꾸밈으로 끝난다. 허삼관의 눈물에서 격정과 연민의 극한값을 보여준 다음, 그것을 통해 당신과 나의 카타르시스를 유도한 다음, 허삼관과 허옥란이 같이 승리반점에 가서 돼지간볶음과 황주를 먹고 마시는 대목의 흥청거림으로 마무리하고 있기 때문이다. 허삼관이 눈물을 흘리며 거리를 배회한다는 말을 사람들이 허옥란과 아들들에게 전해주자 다들 허삼관을 찾아온다. 아들들이 그까짓 것 때문에 창피하게 그러느냐고 핀잔을 주는데, 허옥란이 아들들에게 특히 일락에게 '양심' 운운하며 혼내고 승리반점으로 남편을 데리고 간 것이다. 거기서 허삼관은 아내가 사주는 생애에 가장 맛있는 돼지간볶음과 황주로 난생 처음으로 포식한다.

남편을 위로할 심사로 허옥란은 젊은 혈두 욕을 해댄다. 그에 대해 허삼관은 "그런 걸 두고 좆 털이 눈썹보다 나기는 늦게 나도 자라기는 길게 자란다고 하는 거라구(337쪽)"라고 말하는 것으로 이야기를 마감한다. 이 허삼관의 마지막 목소리를 서술자는 '근엄하게'라는 말로 표현한다. 그렇지만 이는 분명한 아이러니다. 작게는 희극적인 내용을 근엄한 어조라 표현한 말의 아이러니요, 더 크게는 연민과 격정을 자아내는 비극적 삶의 내용을 희극적인 말놀음으로 버무리는 구조적 아이러니다. 앞에서도 울음과 웃음의 교차 반복을 통한 긴장과 이완의 변증법적 서사 전략을 구사한다고 당신에게 말한 바 있지만, 이 부분에서 그것을 전체적으로 종합하고 있는 것처럼 여겨진다. 그러고 보니 앞에서는 그냥 스쳐 지나온 대목이지만 다음과 같이 웃음을 주는 부분도 퍽 많았다. 가령,

허옥란은 5년 동안 아들 셋을 낳았는데, 허삼관은 애들 이름을 각각 허일락, 허이락, 허삼락이라고 지었다.
삼락이가 십오 개월이 되었을 때 허옥란이 허삼관의 귀를 잡아당기며 물

었다.

"내가 아이를 낳을 때, 당신은 바깥에서 희희낙락했겠다?"

"난 웃은 적 없어. 그저 좀 히죽댔을 뿐이지. 소리를 내서 웃지는 않았다구."

"아이야."

허옥란이 탄성을 질렀다.

"그러니까 애들 이름이 일락, 이락, 삼락이지. 내가 분만실에서 고통을 한 번, 두 번, 세 번 당할 때 당신은 밖에서 한 번, 두 번, 세 번 즐거웠다 이거 아냐(57쪽)?"

이런 웃음이 허삼관의 피의 역정 이야기를 역설적으로 윤택하게 한다. 또 가벼운 장난이나 농담이 아닌 삶의 극한적인 고통을 체험한 사람들의 웃음이기에 그 희비극적 웃음의 의미는 결코 가볍지 않고 더욱 값지다. 또 그것은 삶의 실재로부터 유리된 채 가상의 몽중 보행으로 치닫는 포스트모던 시대의 지형에서 볼 때는 잃어버린 웃음의 일종이다. 어느덧 우리 삶의 양지에서는 사라진 듯 보이지만, 그래서 그늘에 한없이 가려진 웃음이지만, 그 그늘에 숨길 수 없는 희비극적 삶의 진실이 스며 있음을 우리가 어찌 부정할 수 있을 것인가.

여기까지 당신들은 무던히도 잘 참아왔다. 어떤 당신은 내 말을 듣는 동안 간혹 고개를 끄덕여주기도 했다. 또 어떤 당신은 고개를 갸웃거리다가 슬며시 자리를 떠나기도 했다. 어쨌거나 이제 다시 한

번 우리 대화해보자. 어떤가? '그'의 이야기가 곧 '당신'의 이야기고 '나'의 이야기인 '우리'의 이야기가 아닌가? 물론 당신들은 나와는 다른 방식으로 '그' 안에서 '당신'과 '나'와 '우리'의 초상을 발견할 수도 있으리라.

이제부터는 내가 당신들의 이야기를 겸허하게 들을 차례다. 허삼관의 삶의 역정이 환기하는 삶의 진실과 관련한 문제를 음미한 당신의 영혼의 목소리가 듣고 싶다. 아까부터 비교적 나에게 우호적이던 어떤 당신이 내게 다가와 속삭인다. '그래, 맞아. 그는 바로 나야. 내 그늘의 존재야. 내 삶의 그늘에는 늘 그 같은 역정이 있었어. 다만 내 삶의 양지를 위해 의식적으로 가리고 있었던 부분이지.' 또 다른 당신의 목소리. '철 지난 중국 이야기, 그렇지만 가장 중국적이기도 한 중국 이야기에서 난 인간적인 공감을 느꼈어.' 이어지는 세 번째 당신의 목소리. '산다는 것이 무엇인지를 무척 많이 생각하게 하는 작품이야. 휴머니즘의 교감 정도도 어지간하고.' 계속 이어지는 당신의 목소리, 목소리들……. 우리들의 소설 읽기, 삶 읽기는 그렇게 계속되고 있다.

우찬제(문학비평가)

옮긴이 최용만

1967년생. 1990년 한림대학교 중국학과를 졸업하고, 2000년에 북경대학교 중문과에서 당대문학(當代文學) 전공으로 석사학위를 취득했다. 주요 번역서로는 《허삼관 매혈기》 《가랑비 속의 외침》《형제 1, 2》《영혼의 식사》등이 있다.

mano2bkong@naver.com

허삼관 매혈기

첫판 1쇄 펴낸날 1999년 2월 3일
2판 1쇄 펴낸날 1999년 6월 25일
3판 1쇄 펴낸날 2007년 6월 28일
4판 1쇄 펴낸날 2023년 9월 12일
4판 2쇄 펴낸날 2024년 12월 12일

지은이 위화
옮긴이 최용만
발행인 조한나
편집기획 김교석 유승연 문해림 김유진 전하연 박혜인 조정현
디자인 한승연 성윤정
마케팅 문창운 백윤진 박희원
회계 양여진 김주연

펴낸곳 (주)도서출판 푸른숲
출판등록 2003년 12월 17일 제2003-000032호
주소 서울특별시 마포구 토정로 35-1 2층, 우편번호 04083
전화 02)6392-7871, 2(마케팅부), 02)6392-7873(편집부)
팩스 02)6392-7875
홈페이지 www.prunsoop.co.kr
페이스북 www.facebook.com/prunsoop   **인스타그램** @prunsoop

ⓒ푸른숲, 2023
ISBN 979-11-5675-430-5 (03820)

* 잘못된 책은 구입하신 서점에서 바꾸어 드립니다.
* 본서의 반품 기한은 2029년 12월 31일까지입니다.